村上海盗的女儿

—上—

〔日〕和田龙 著
郑民钦 译

人民文学出版社

著作权合同登记：图字 01-2016-6576 号

Original Japanese title：MURAKAMI KAIZOKU NO MUSUME by Ryo Wada
Copyright © Ryo Wada 2013
This Simplified Chinese edition published by arranged with Shinchosha Publishing Co., Ltd.
through The English Agency (Japan) Ltd.

图书在版编目(CIP)数据

村上海盗的女儿.上/(日)和田龙著；郑民钦译.
—北京：人民文学出版社，2017
ISBN 978-7-02-012295-0

Ⅰ.①村… Ⅱ.①和… ②郑… Ⅲ.①长篇小说-日本-现代 Ⅳ.①I313.45

中国版本图书馆 CIP 数据核字(2016)第 326398 号

责任编辑　朱卫净　王皎娇
装帧设计　汪佳诗

出版发行　人民文学出版社
社　　址　北京市朝内大街 166 号
邮政编码　100705
网　　址　http://www.rw-cn.com
印　　制　山东德州新华印务有限责任公司
经　　销　全国新华书店等

字　　数　247 千字
开　　本　890×1240 毫米　1/32
印　　张　10.5
版　　次　2017 年 3 月北京第 1 版
印　　次　2017 年 3 月第 1 次印刷

书　　号　978-7-02-012295-0
定　　价　46.00 元

如有印装质量问题，请与本社图书销售中心调换。电话：010-65233595

目录

序　章　1

第一章　21

第二章　125

第三章　227

出场人物

　　织田信长拥戴室町幕府最后的将军足利义昭在京都举兵起事，试图势力西扩。时在天正四年（1576年），是火攻比睿山之后五年、歼灭武田军队的长篠会战结束之后的第二年。信长与大坂本愿寺的战争进入第七个年头。

　　（村上家族）
　　村上景：嫁不出去的悍妇、丑女。二十岁。
　　村上武吉：村上景的父亲，能岛村上家族的家主。其势力控制大半个濑户内海，引领村上海盗进入鼎盛时期。
　　村上吉继：来岛村上家族的头号重臣。性情耿直，浑身毛发浓密。
　　村上吉充：因岛村上家族的家主。处世老到，温文儒雅。
　　村上元吉：村上景的哥哥。勤勉、严谨、正直，对家臣态度严厉。
　　村上景亲：村上景的弟弟。遇事逃跑的胆小鬼。

　　（毛利家族）
　　小早川隆景：已故毛利元就的第三子。辅佐毛利家族家主、他的侄子毛利辉元。其智谋韬略为丰臣秀吉、德川家康以及天下人所赞赏。
　　乃美宗胜：小早川隆景的重臣。原先是警固众（水军）的一员猛将。秃顶，对家主说话很不客气。
　　儿玉就英：毛利家族直属的警固众头领。皮肤白皙的年轻美男子，自尊心强。

（织田家族）

真锅七五三兵卫：攻打大坂本愿寺的真锅海盗的年轻家主。刚强无比的彪形大汉、怪杰。

真锅道梦斋：七五三兵卫的父亲。率领真锅家族在泉州取得飞跃发展，大光头和尚。

沼间义清：管辖泉州的触头，沼间任世之子。对真锅家族的崛起深感危机。

松浦安太夫：与沼间家族一样，也是泉州的触头。"坏兄弟"中的弟弟，南瓜脸。

寺田又右卫门："坏兄弟"中的哥哥，丝瓜脸。

原田直政：织田家族的重臣。攻打大坂本愿寺的主将。

（大坂本愿寺）

显如：一向宗本愿寺派第十一世门主（住持僧）。与织田信长对立。

下间赖龙：显如的亲信。依仗门主的威信为所欲为。

源爷：安芸高崎的农民。一向宗门徒。

留吉：源爷之孙，一向宗门徒。能说会道的少年。

铃木孙市：火枪雇佣兵集团杂贺党头领。

序章

1

　　最初文字标记为"大坂"的这块土地不知道从什么时候开始改为"大阪",并一直沿用至今。

　　"大阪"这个地名似乎在江户时代开始出现。当时重视发音胜于文字表记,"大阪"与"大坂"并用。

　　所以,战国时代的"OSAKA"是"大坂",至于现在称为"大阪"的地方当时一般称为"难波"。

　　那么,"大坂"究竟指的是什么地方呢?

　　其实,战国时代,"大坂"只是指一个地点。

　　这个地点就是一向宗(现在的净土真宗或者真宗)本愿寺派的本山(总寺院)大坂本愿寺。也正是现在的大阪城坚稳雄踞的地点。

　　——大坂也完了!

　　战国时代,天正四年(1576年)四月中旬的一天拂晓,纪州(和歌山县)杂贺的火枪雇佣兵集团、杂贺党头领铃木孙市从看似大坂本愿寺的城墙围墙上眺望外面,眉头紧锁。

　　——我必须见那个人。

　　这天晚上,虽然几乎是满月,却多有云彩。孙市目不转睛地凝视墙外那个一团漆黑的地方。他移开目光,转身朝另一个方向走去。

　　大坂本愿寺内宽阔的院子里,铺着白砂。要是白天,洁白的砂子闪烁着耀眼的亮光。在这拂晓时分,孙市踩踏着白砂往前走,他一边听着砂子发出的咔嚓咔嚓声,一边环视幽暗中隐约浮现的寺院。

——他在哪里呢？

他就是本愿寺第十一世门主显如，当时三十三岁。

孙市也是三十五岁上下，在他眼里，这个率领一向宗众多信徒、门徒的显如和自己只不过是同龄人。但现在必须立刻与他见面。

——大概又是在那个令人心烦的阿弥陀堂里吧。

孙市抬头看着前面那座巨大的建筑物的暗影。阿弥陀堂里安放着一向宗的本尊阿弥陀如来佛像。孙市往下一看，只见一个人影悄无声息地慢慢移行，一副傲慢的样子。

——原来是这家伙！

孙市的眉头皱得更紧，喊了一声："赖龙！"

下间赖龙是显如的坊官。

所谓"坊官"，就是亲信，佛事之外的一切俗事都由他向显如转达。自古以来，这个职务很容易把权力集中在自己手里。赖龙也不例外，他充分认识到这一点，并运用自如。

"谁啊？"

赖龙朝着声音的方向看过来，抬起下巴远远看着吧嗒吧嗒走过来的孙市的影子，仿佛在说"还不死心啊"。

——赖龙这家伙，就声音不错。

孙市从鼻尖上感觉到他的目光，心里苦笑着。

赖龙所属的下间家族世代延续辅佐本愿寺门主的佛事和俗事。在佛事方面，因为每天都要参加修行，朗读一向宗的开山祖亲鸾的教义，所以从小就学习小原派学问。现在赖龙虽然只管俗事，不参加佛事的修行，但他从小就接受过发声的特殊训练。

"是我，孙市。"孙市气呼呼地回答。

赖龙含带着轻蔑警告他："走石板路！石板路……"

赖龙的意思是不要踩坏打扫干净整齐的白砂。

——这小子！

孙市心里正发着火，赖龙的身影已经清晰地出现在眼前。他果然是高高地仰着下巴。

赖龙一副僧侣模样，头发剃光，身穿袈裟，但是他与普通僧侣的不同之处在于身佩腰刀。坊官又称为寺侍，所以赖龙带刀并不特殊。

不过，在统管杂贺火枪团一千之众的孙市看来，还是觉得赖龙可笑之极。

——这个半吊子武士！

他打算作弄一下这个装模作样的半吊子武士。

"喂，光佐这小子在哪里？"

"你是说光……佐？"赖龙用经过小原派训练过的美声忽然怪叫起来。

光佐是显如的俗名，显如是佛门弟子的法名。门徒中没有任何人敢这样毫不客气地直呼门主的俗名。

"你要尊称御门迹！御门迹……"

赖龙看孙市，也不过是一个门徒。他瞪着眼睛狠狠申斥孙市。

孙市心想他发火了，如果在白天，一定会看见他的光头火冒三丈，不由得心里暗自发笑。

赖龙扔下一句"对你这号人没道理可讲"，便转身打算离开。

——叫你小子胡说八道！

孙市收起心中的笑容，伸出长臂，从后面突然勒住赖龙的脖子。

"你干什么！"

耳边响起赖龙的抗议声，孙市心头感觉很舒服。赖龙手忙脚乱地挣扎，想掰开孙市的两只胳膊，但文弱的坊官怎能敌得过杂贺党头目的强劲臂力。

孙市将嘴贴在赖龙耳边，低声说道："赖龙，老子是谁啊！杂贺党头目岂是你所说的'这号人'？"

事情本来是孙市挑起来的，说话却如此蛮不讲理。他看着在自己侧面气喘吁吁的赖龙的眼睛，说道："你还不说？"

赖龙倒吸一口凉气，这是他第一次这么近距离看孙市的眼睛。

孙市的眼睛异于常人，当他睁大眼睛的时候，黑眼珠非常小，有时令人感觉简直就像猛禽。

孙市鹰隼般的目光直逼赖龙，继续说道："这件事对我来说不算什么，可是对你们和尚来说应该是十万火急的大事。"

"他在御影堂。"赖龙连眼睛都渗出泪花，发出如石子摩擦般的声音。

"哼！"孙市松开手臂，向御影堂走去。赖龙在后面紧追着。

"你说的十万火急的大事是什么？"

这小子的声音又变得好听了——孙市对赖龙的恢复之快不由得叹服，他已经完全恢复了门迹亲信的那种威严。

孙市目视前方，扔给赖龙一句话："我要和门迹谈话，你跟我来。"

他已经不再直呼"光佐"，尽管刚才说"这件事对自己不算什么"，但声音充满紧迫感。

2

"门迹。"

当铃木孙市带着下间赖龙拉开御影堂拉门的时候，只见身穿绯色袈裟的显如正仰望着堂主亲鸾开山祖的画像。

"孙市……"显如回头，露出些许微笑。

真是血统高贵啊——孙市不禁心情有所平静下来。

现存的显如画像的脸格外长。这张长脸遗传给儿子教如，据说他儿子的脸长约一尺。

显如一笑，脸部紧上方的小眼睛就看不见了，脸部紧下方的嘴唇画出一道小小的弧形，渗透出在战国这个时代一无所用之人的好处和豁达。

——此人不愧是贵胄啊！

孙市认为显如离尘脱俗的笑容是由于他的出身。

一向宗接近公卿阶层是在显如的父亲证如时期，他以门徒上缴的巨大资金作为武器，显示自己的威望，成为摄关九条家族的养子。本愿寺也是依靠这样的雄厚财力基础才进入门迹的行列。显如的母亲也是公卿的女儿。

显如十一岁丧父，当上门主。一个少年，置身于本愿寺的顶点，受到全国门徒的崇敬侍奉。本愿寺第一次进入门迹之列是在显如十六岁的时候。

与其说显如是一个僧侣，不如说是大名，不，是贵族。他出身高贵，受到周围众星捧月般的拥戴，这样的人有时候会成为一个无可救药的善人。孙市眼中的显如就是一个典型，这样的人品素养并不令人讨厌。

这样的人居然和信长持续了七年战争——孙市走上前去，这个不可思议的念头忽然占据他的脑海。

织田信长与一向宗本愿寺派的战争，即"石山会战"发生于六年前的元龟元年（1570年）。"石山会战"这个名称，是在大坂本愿寺被称为石山本愿寺之后，当时并没有这个名称。

显如之所以与信长对立，自古以来都一直认为是因为信长命令显如交出大坂本愿寺这块地皮。不过，这个说法缺少确凿的证据。

根据记述石山会战的《石山退去录》的记载，信长的确说过："大坂本愿寺之地形实乃古今罕见之城地。如在彼处筑城，控制西国，此乃最佳之地。"

同样是记述石山会战始末的《石山军记》里也有类似的记载，显如在开战之前写给近江（今滋贺县）门徒的信函中有这样的话："之前对信长有求必应，都无济于事，他竟要求毁弃（大坂本愿寺）。"从这段话可以看出，信长或许的确命令把本愿寺这块地捐献出来，也或许是将本愿寺逼到不得不献的境地。

信长此前曾向显如提出捐助矢钱（军费）五千贯等各种苛刻的要求，显如都老实从命，但唯有对交出大坂地盘的要求无法接受，于是决心武力迎战。

这场战争历经七年，打打停停、停停打打，从去年十二月停战至今（天正四年四月），处于休战状态。

不过，这和平时期也要完结了——孙市已经看到大坂本愿寺的结局。下次会战，必败无疑——他刚才从本愿寺城头观望外面的景象后做出这样的判断。

御影堂里，孙市走到显如面前，停下脚步，对他说："织田的军队可能在天王寺构筑新的城寨。"

"你是说天王寺？"

大声叫喊的是跟在后面的赖龙。天王寺位于大坂本愿寺南面，只相隔半里地（约2公里）。

"你说的十万火急，就是这个吗？"

在赖龙的惊叫声中，显如的笑容消失了。他默不作声，撩起袈裟，大步流星地朝御影堂外走去。

——门迹哟，你可得好好看看天王寺的城寨。

孙市看着显如和疾步紧追的赖龙的背部，自己也加紧脚步跟上去。

孙市走到御影堂走廊的时候，只见众僧人成群结队地朝寺院的南面城墙方向奔跑过去。

虽然太阳还没有从生驹山头露出来，但天已破晓，开始明亮起来。在一片黑色袈裟中，显如的绯色袈裟格外显眼。当然，僧人们也都发现显如，便都放慢脚步，保持与显如同样的步速前行。

这般徒子徒孙！——孙市看着如追逐渔火的黑鱼群那样追随显如的僧侣们，心里不由得掠过一阵不愉快。其实，他看不惯这些门徒也有一些原因——他们只知道说一不二地紧跟显如。

孙市皱着脸，从走廊上跳下去，往前跑去。

赖龙向从后面跑上来的孙市喊道："你是说除了野田、森口、森河内之外，他们又在天王寺修建城寨？我们是三面被围啊。"

织田信长的家臣太田牛一在《信长公记》中记述信长的生平事迹，明确记载信长的武将们继野田、森口、森河内，于天正四年四月十四日修建完成天王寺的城寨。

第一个修建的是位于大坂本愿寺西面四公里的野田城寨（今大阪市福岛区玉川）。

大吃一惊的是赖龙。本愿寺方面只是一心打算防御，在楼岸城寨（今大阪市中央区石町2丁目，大坂本愿寺西面近处）和木津城寨（今大阪市西成区出城，大坂本愿寺西南面5公里）屯兵。

"蠢货，对信长这样的对手只能静观其变。"孙市一边踩踏着白砂疾步前行，一边冲赖龙的后脑勺怒气冲冲地吼道，"你这是在授信长那家伙口实。"

正如孙市所言，赖龙的这一手给信长授以本愿寺破坏和解协议的口实。

果然不出所料，信长在四月三日竖起公告牌，宣布"困守大坂本愿寺者，不论男女，只要出来，保证不杀"。在本愿寺方面看来，这无疑是逼迫自己不得不进行守城战。

面对本愿寺方面的"守城"，信长便进而在森口（今守口市土居町）和森河内（今东大阪市森河内西）修建城寨，从而控制大坂本愿寺的东北面和东面。大坂本愿寺距离森口城寨约五公里，距离森河内城寨约三公里。而且今天早晨修建的天王寺城寨，最终也控制了本愿寺的南面。

这期间，只不过两周的时间。

孙市冷冷地看着咬牙切齿的赖龙的侧脸，指责道："被围得像铁桶一般。"

大坂本愿寺当然也不是麻痹大意，无所作为，也在设法搬取救兵，所依靠的正是这个孙市。就在前几天，孙市率领杂贺党一千之众进入大坂本愿寺。

3

带领黑衣僧侣的显如与下间赖龙一起登上土垒的台阶，从寺院围墙上眺望南面的外部景象，不由得震惊愕然。铃木孙市看着刚才掩蔽在黑暗中的这一片情景，原本严峻的脸色变得更加可怕。

大坂本愿寺位于南北长条的上町台地的北端，整个占地八町（约900米）见方，四周有护城河，外围圈绕着门徒居住的六个寺内町。寺内町的外围还挖掘有壕沟，将之团团围住。

从孙市现在站立的南面寺墙望过去，隔着巨大的壕沟，寺内町之一的南町屋就在脚下。再往前看，壕沟外面就是上町台地如带状往南延伸。一片荒地，其间散落着一些田地，就是森村、高津村这样的村落。

孙市的右前方是难波砂堆，与上町台地平行，同样呈带状向南延伸。难波砂堆与上町台地形成断坡，从上町台地到难波砂堆，必须走下陡坡。在孙市看来，难波砂堆再往右就是一片大海，当时称难波海，即现在的大阪湾。

战国时期，难波砂堆这一片土地长满芦苇，中间有些许水洼，几乎派不上什么用场。但是，农民们还是在这块土地上开垦出少量的农田，形成一些小村庄，这种情形与上町台地完全一样。

本愿寺方面的城寨就构筑在难波砂堆的各个村子里。从本愿寺方向看过去，秽多崎城寨、难波城寨、三津寺城寨、木津城寨南北连成一串，赖龙屯兵的木津城寨也是在难波砂堆的木津村里。

天王寺城寨突然出现在木津城寨东面两公里的上町台地，位于现今大阪市天王寺区生玉寺町的月江寺附近，离大坂本愿寺约两公里，是信长方面距离本愿寺最近的城寨。

天色渐明，孙市听着僧侣们吵杂的喊叫声，目不转睛地凝视着远处小小的天王寺城寨。

一夜之间就建起来了……

刚才在黑暗中看见闪烁的火花、听见轻微的枪声，就已经有所预感，现在一看，果然如此。赖龙屯兵的木津城寨的门徒们一定发现敌军修建城寨，双方已经发生过小规模的冲突。如果到跟前去，应该会看到地上横着门徒的尸体。

尽管不是土垒结构，只是在沙袋上插进木栅栏的临时性工程，但木栅栏上彩旗飞扬，仅就防御而言，完全足够。木栅栏内真正的筑城也已经开始。

这个城寨位于上町台地的西端，难波砂堆的木津城寨就在它的眼皮子底下，看得一清二楚。如果敌军从南面攻进上町台地，大坂本愿寺也就暴露在火力之下。

孙市对茫然若失地凝视着天王寺城寨的显如尖锐地质问道："这无异于刀子架在脖子上啊。门迹，怎么办？"

赖龙立即叫起来："打掉它！天王寺城寨，还有野田、森口、森河内，我们先发制人。"

信长接二连三地修建城寨，之所以没有受到本愿寺的攻击，因为双方处在还勉强维持着脆弱的和平状态。但是，现在有孙市站在自己一边，因此不必犹豫不决。

然而，孙市说出一句令赖龙火冒三丈的话："我可不去。"

"你说什么？"赖龙瞪着孙市，"你的杂贺党到这个大坂本愿寺是干什么来的？难道不是来打仗的吗？"

"是的。"孙市猛禽般的眼睛尖锐地盯着赖龙，然后一脸郑重其事的表情转向显如，道出自己进入本愿寺以后反复思考出的结果："门迹，舍弃大坂这个地方吧。让给信长，你看怎么样？"

"你胡说什么？！"

孙市对赖龙的怒吼声不予理睬，继续说道："我纪州之地对贵宗门信仰笃实，本寺迁移彼处最为合适。此地一旦与信长开战，就再无和谈可言，必败无疑。如果失败，别说寺院地盘，甚至宗门都会毁灭。所以必须丢掉幻想，放弃此地，在纪州建立新的大本山。"

"你是说答应信长的要求吗？"身材矮小的赖龙仿佛要扑上来一把抓住孙市的腰，气急败坏地叫喊。

据《石山军记》记载，率领杂贺党的铃木家族原本反对与信长对抗。该书这样记述孙市家族的成员铃木重幸在六年前开战时候规劝显如把土地让给信长的一段话:"虽说信长的要求不仁,但如果顺遂其意,退出此地,宗门可保无虞。"

对此表示强烈反对的是赖龙家族的下间和泉守。今天,孙市和赖龙重复着六年前双方家族展开的那一场交锋。

赖龙似乎对信长有着刻骨仇恨,后来显如倾向于与信长和谈的时候,只有他坚决反对,主张抗战到底,因此被显如疏远,有一阵子受到撤职处分。

是否开战,做出最后决断的是显如。六年前,他做出开战的决定。这一次,屯兵楼岸、木津,当然也不是赖龙的自作主张,而是得到显如的许可。如果按此思路考虑,显如应该还会做出战斗的决断。

赖龙摸准显如的心思,抬头看着他,再次催促他下决心出兵:"御门迹,请下命令吧!由我带领一万五千僧兵,捣毁那个城寨。"

他试图说服显如:住在大坂本愿寺寺内町的门徒加上楼岸、木津城寨的门徒,一共有一万五千之众,这样的大军攻打赶造出来的天王寺城寨,易如反掌。

但是,孙市冷冷地说道:"这一万五千人会被毁掉的。不,如果加上妇女儿童,五万门徒都会被毁掉的。"

铃木孙市是武人,与不过是门主传话人的赖龙相比,其对战争的熟悉度全然不同。

"赖龙,你听着。"孙市俯视着赖龙,"无论攻打信长的哪一座城寨,都不可能一次拿下。战争肯定会长期化。信长已经开始发动军粮作战。这样的话,储存在大坂本愿寺里的粮食很快就会被寺内町和城寨的门徒吃光。"

城寨一旦修建起来,易守难攻。古代兵书《孙子》上说,十围五攻。天王寺城寨,从军旗的数量来计算,至少屯兵五千以上，所以必定会是长期作战。

《石山退去录》记载，大坂本愿寺城里的人口是五万六千。这其中应该包括妇女儿童，这么多人如果守城一年，就需要十万石的粮食。本愿寺无论如何也无法紧急筹措这么多大米。

赖龙反驳道："把遍布各地的门徒动员起来，就可以筹集到军粮。"

"从哪里筹集？"孙市冷笑着问道，"过去的军粮粮仓越前、伊势长岛都已经被信长控制。你说从哪里筹集？"

去年九月，伊势长岛发生一向暴动；去年八月，越前发生一向暴动，都被信长镇压下去。这两个地方都是大坂本愿寺重要的后勤基地，因此大坂的粮食立刻告急，无法保障。

正如孙市所言，信长的确已经开始发动军粮作战。信长在九天前的四月五日就对大坂本愿寺周边的各个村庄发布"不许将军粮运进大坂"的命令，并且在四月三日下令全面收割大坂本愿寺周边的麦子。

孙市说："再加上这个包围圈——"

信长应该完全封锁了通往大坂本愿寺的所有街道，所以军粮不易运进来。

"哦……"赖龙也终于无言以对。

孙市撇下他，逼迫显如表态："门迹，下决心吧！"

"孙市啊……"显如转向这位杂贺党的首领，"我打算和信长再打一仗。因此，孙市，就拜托你了。"他话里含带着抱歉的语气。

但是，孙市的回答非常冷淡："我希望你别误解了。"

孙市从正面直视显如的眼睛，说道："我铃木孙市之所以到大坂本愿寺来，是因为我的家臣们尽是你的门徒。如果不响应门主的号召，连我在杂贺也将失去立足之地。至于本愿寺的存亡，其实跟我本人没有关系。"

自一向宗本愿寺派中兴之祖八世莲如赴纪州传教以后，纪州就成为一向宗的据点之一。孙市所领导的杂贺党的家臣中多有一向宗门徒，只要是与本愿寺相关的事情，很多人会把孙市的命令放在次要的地位。这就是孙市对门徒不满的原因。

孙市本人对信长并没有什么特殊的感情。大坂本愿寺与信长敌对的直接原因是，六年前信长为了攻打坚守野田城寨（天正四年的这个时期，信长的军队进入该城寨）的三好长逸而在大坂本愿寺旁边的楼岸城寨排兵布阵的时候打算顺便夺取本愿寺。当时孙市的杂贺党甚至还几乎成为信长的友军。

"今天我到这里来，是为了让门迹改变主意。"

孙市心想，如果可能的话，得把他从这场必败无疑的战争中解救出来。他与本愿寺没有情分，但喜欢显如宽容温厚的为人。所以说，孙市到大坂来，并非为了打仗，而是为了解救显如。

"……孙市。"显如欲言又止，陷入沉思。正因为他是善人，才会这样非常认真地考虑孙市的主张。

孙市紧接着说："六年前，近江有浅井长政，越前有他的同盟者朝仓义景，甲斐有他的同盟者武田信玄。可是，如今他们有的灰飞烟灭，有的一蹶不振。"

三年前，天正元年，武田信玄病死，浅井和朝仓在这一年都被信长消灭。武田死后，去年在长筱会战中，武田家族受到信长的重创，而无人出手救援。

"信长的力量急剧膨胀，绝非六年前所能相比。如果再次与他交手，必败无疑，绝不会议和。到时我们就会像长岛、越前那样被斩尽杀绝。"

显如听了孙市的这一番话，依然没有开口，还在继续思考。良久，他吐出一句："不，还是不行。"

显如抬起那张长脸，说道："这个大坂是莲如上人开辟之地，自烧毁山科本愿寺，迁移寺基，奠定大本山以来，是我的父亲证如上人悉心经营发展的。无论如何也不能交给信长。孙市，我无法改变自己的主张。"

他的声音平静淡定，但其中包含着非同寻常的决心。

"无论如何都不行吗？"孙市最后劝说，但显然含带着放弃的语气。

显如目不转睛地盯着孙市猛禽般的眼珠，平静地说道："拜托你了，孙市。你给想想法子。"

孙市内心暗笑——真是一个倔强的家伙。

其实，孙市事先也多少预料到会出现这种情况。如果劝说无果，自己手下的家臣们又吵吵嚷嚷得厉害，那么除了参战，别无其他选择。

看来非干不可了。

尽管心里不情愿，但他的脑子里已经想好了解决的办法。

"这样的话，只有海上这一条路。"孙市突然指着右前方。

4

显如和下间赖龙的目光从上町台地的天王寺城寨方向转向右边，只见难波砂堆上的木津城寨的右前方就是辽阔的大海，即现在的大阪湾。

"幸亏信长没有控制难波海，听说门徒现在还依然能够从海上前往我们的木津城寨，尽管这海上通道并不算宽敞。"

这一大早，难波海面上果然就有看似商船的船只来往航行，而且没有看到织田的船只。这是一派熟悉而和平的海上景象。

当时大阪湾的海岸线深入在今天的内陆地区，木津城寨所在的大阪市西成区出城就已经是海岸边。木津城寨南面、现在的"阪神高速 15 号堺线"在当时就基本上是海岸线，西面就是大海。木津川也比现在的短，木津城寨一带就是入海口。

难波砂堆上本愿寺方面的城寨，只有木津城寨面海。西国的门徒们自费建造小船前来这座面海的城寨。

孙市表明自己的计策："这样的话，需要把五万人的军粮从海上运进木津城寨。"

他说，首先屯粮木津，然后可以从南往北按顺序给三津寺、难波、楼岸、大坂本愿寺运粮。城寨之间的距离并不远，敌军的天王寺城寨也不能轻易捣乱阻挠。

"从海上……"显如望着朝阳映照下波光闪烁的难波海，自言自语。

天空晴朗，能望见淡路岛。

赖龙问道："可是，谁来准备军粮，运进木津城寨？"没有援兵，失去后勤基地，那么谁来筹集这么多军粮呢？

"毛利家族。"孙市轻松地回答，似乎这是理所当然的事。

"你说毛利家族？"赖龙厉声叫起来。

当时，毛利家族占有中国地区①的十国领地，似乎对信长和大坂本愿寺双方都通好，不打算与任何一方交恶。然而，孙市尚不知道，毛利家族家主毛利辉元的叔父小早川隆景两周前已经收了信长的正月贺信。

"尽管我们再三再四地请求毛利家族支援，但他们拖拖拉拉地只是派来几个武士，从来没有公开表示站在我们这一边。他们根本靠不住。"

---

① 日本的中国地区，位于九州与近畿之间。

显如也觉得赖龙的怀疑不无道理，看着孙市。

孙市点点头，冒出一句："将军家族。"

孙市指的是信长控制京都的大义名分、充分遭到利用后被一脚踢开的足利幕府的最后将军足利义昭。这位将军无权无势，只剩下名分。义昭依靠自己的名分，准备对信长展开反攻，呼吁全国的战国大名的联盟支持，并取得一定的成果。

义昭于两个月前撤出纪州，迁往备后国的鞆（广岛县福山市鞆町鞆以及鞆町后地一带）。备后国是毛利家族的领地，显然是想说服毛利家族与信长对抗。

孙市断言："现在将军正在说服毛利，这个时候如果我们再一次请求他们支援，一向按兵不动的毛利也不得不动起来。"

"毛利会动起来啊。"显如紧闭的嘴唇稍稍松弛下来，似乎觉得孙市言之有理。

但是，赖龙还是心存疑虑："可这五万人的军粮，即便毛利家族答应提供，也没有这么多的船来运送啊。"

从以往与信长打仗的周期性来看，至少需要储备一年的粮食。这样的话，如前所述，需要十万石大米。十万石，重约一万五千吨，如果装在米草袋里，要二十五万袋，这样的重量和体积简直不敢想象。即使是江户时期出现的那种载重千石的船只，即所谓的"千石船"，也得要百艘。当然，如果减少每条船的装载量，就不需要大船，但船只的数量就要增加好几倍。

在那个时代，没有任何武家拥有这么大、这么多的船只，只有一家除外，孙市直接道出他们的名字："村上海盗。"

"村上？"显如略微歪着脑袋表示怀疑，赖龙的反应则十分敏感。敏感的不是其名字，而是"海盗"这两个字。

"海盗……你是说依靠海盗？"赖龙叫起来，那声调就像是向魔鬼求救一样，美好的声音在颤抖。

当时的人们，一听到"海盗"这两个字，就不由自主地惊恐惧怕。

在海上讨生的海盗的真实状况犹如蒙罩着神秘的面纱，只有彪悍和残忍为人所知，何况村上海盗的武猛名声不仅在日本国内，甚至远播海外，令人闻之震撼。

孙市的杂贺党领地几乎覆盖现在的整个和歌山市，家臣中多有渔民，所以熟悉海盗的情况。

"他们不是普通的海盗，而是天下第一的海盗。"孙市的话似乎故意让赖龙更加胆怯，然后转过来对显如说道，"毛利家族与村上海盗通好。只要村上海盗同意，运送十万石军粮不在话下。"

"嗯。"显如的脸上绽开笑容。

孙市进而趁热打铁："敌人修建天王寺城寨，就是打算封锁我们的南方粮道，同时摧毁木津城寨，切断海上通道。一旦开战，必定万分危急。如果军粮运进来之前，木津城寨失陷，那万事皆休。"

木津城寨在天王寺城寨的右面只有半里的地方，如同在虎狼嘴边惊惧蹲缩的小动物。孙市指着敌我双方的城寨，明确分析敌方的企图后，深吸一口气，对着显如吼叫起来："立即派人去毛利那里，把村上海盗拉到我们这边来！"

显如使劲点头。

从这一刻开始，门主显如及其五万六千门徒的命运就完全交给了村上海盗。

第一章

5

太阳还挂在高空的时候，一个人正沿着山路攀登。说是山路，其实就是山城的道路。他正奔向安芸郡山城（广岛县安芸高田市吉田町）的内城公馆。

此人体瘦脸细，脸颊却很肥大，整个脸部显得很不协调，加上稍稍下垂的眼角，乍一看其貌不扬。然而，此人却是当今数一数二的谋士。他就是毛利家族的重臣、小早川家族的家主小早川隆景，时年四十三。

《武边啮闻书》记载一则这样的故事：信长死后，丰臣秀吉掌权。有一天，秀吉在伏见城与右大臣菊亭晴季下棋，晴季下了一步妙招，秀吉无法应对。束手无策之际，他自我解嘲地说道："此乱局由隆景也不成。"意思是说大概就连隆景也想不出对付的招数。在一旁观战的德川家康也说"此言极是"。可见隆景的聪明才智名震天下，为天下人所折服。

该怎么办呢？——隆景大伤脑筋。这一步棋实在难以决断，他边走边想，结果走过了头，凝视着坡路上的土块。

该不该救本愿寺？——隆景的脑子里只有这件事。

他知道，大坂本愿寺的使者已经来到安芸郡山城。毛利家族家主毛利辉元把隆景叫到郡山城来，就是为了向他咨询今后的对策。

据使者传达的信息，好像是运送军粮的事情。但军粮的数量，使者坚持要"面呈毛利家族家主"，对别人绝不开口。

——如果向大坂本愿寺运送军粮，首先就要涉及海上运输。隆景担任家主的小早川家族的家臣里，最了解船只情况的当数乃美宗胜。

——宗胜……

当隆景想到这个人的时候，他微微皱起眉头，然后转过身来，忽然"哦"地一声，抬头睁开眼睛。只见眼前站着一个人，那一对大耳垂令人感觉像是退下来隐居的商人那样悠闲自适。此人正是乃美宗胜。

宗胜是小早川家族的海盗家臣。在毛利、小早川家族中，因为经常出海担任家主的警卫，所以称为"警固众"。

虽说是在海上闯荡的汉子，但在当时几乎都是家主的臣仆。不仅如此，宗胜还是小早川家族分支里的一户名门亲戚。大概因为是名门的关系，他与当时人们对海盗固有的印象大不相同。

体格敦实，个矮头大，现年四十九岁，脑袋却已经秃得可以，看上去比实际年龄偏老。

隆景见他又没有绾发髻，于是有点不高兴。

宗胜自从秃顶以后，就不绾发髻。他说"我嫌麻烦"，把剩余的少量白发往后抚平，凸显出一颗大脑袋，其实这一颗如同长着白发的章鱼头具有令人浑身乏力的神奇威力。

隆景看着他，不由得暗想，此人在战场上是一员虎将，名不虚传。

如今已故的毛利元就在海上攻打九州大友宗麟的护防城门司城（福冈县北九州市门司区）的时候，曾有一度解围而去。

门司城修建在可以俯瞰关门濑户的半岛上。当时隆景从撤离的船只上望过去，只见一人在山崖下的沙滩上悠然策马。他是大友宗麟手下的侍大将泷田民部，显然是在向我方挑衅。

隆景恨得咬牙切齿，就在这时，我方船队中突然钻出一条小船，往门司城方向迅速驶去。

隆景心想，这是谁呢？只见小船靠近沙滩，从船上下来一个人,片刻之间,他手举泷田的首级,然后若无其事地登船返回。

隆景看得目瞪口呆。站在隆景身边的父亲元就说出此人的名字。

《常山纪谈》这样记述当时元就的话:"如只一人登陆,应必为兵部。"

兵部是当时宗胜的官职,即兵部丞。此人果然就是宗胜。这是近二十年前的往事。宗胜从毛利家族创业时期开始,身经百战,是一员骁勇老将。他鼻子左边的刀伤是永禄四年(1561年)留下的,这就是明证。

正因为是这样一员老将,所以他对隆景也无所顾忌。

隆景心想,宗胜在大家讨论问题的时候别出怪主意就好了。于是责怪道:"我不是说了吗?你用不着特意来。"

"你说什么啊?"果然不出所料,宗胜挺起胸膛,根本不理会隆景的意图,回答道:"本愿寺使者是到我的贺仪城里来的。我也要关注事态的变化,所以就来了。"

大坂本愿寺的使者吉兵卫乘坐的商船在海上航行时,是宗胜的家臣对其进行登船检查的。当吉兵卫表明自己是一色五郎左卫门的家臣、门徒的身份后,宗胜的家臣就把他送到家主居住的海滨之城贺仪城(广岛县竹原市忠海町)。

宗胜劈开吉兵卫携带的竹杖,看到藏在里面的门主显如写给毛利家族家主毛利辉元的告紧书函。宗胜命令家臣将吉兵卫本人以及书函移送往毛利家族的大本营安芸郡山城,同时自己携带书函的抄件前往隆景居住的新高山城(广岛县三原市本乡町),汇报情况。

隆景看着宗胜得意洋洋的样子,心里很不高兴,怪他没有和自己商量,就自作主张地把使者送往郡山城。

显如的书函是写给毛利家主的，所以把使者送交辉元家主是理所当然的措施，但处理这件事的时候，不是也应该和自己直接的主人隆景商量一下吗？宗胜好像完全没有考虑隆景的心理感受。

隆景心想，根据事态和情势，明明可以对书函置之不理，可这家伙完全自作主张。心里虽然不高兴，但嘴上不能斥责他。

"是嘛。"

就在隆景吞下这口气的时候，听见山坡上有人叫他："喂，隆景。"

隆景回头一看，一个人迈着稳健的步子从山上走下来。

"哥哥。"隆景朝他点点头。

原来是比隆景大三岁的哥哥吉川元春。看来他从居住的日野山城（广岛县山县郡北广岛町）先自己一步到这里。

隆景觉得他胖了，却投以羡慕的目光。那个时代，发胖是身体健壮和精力强盛的标志。实际上，元春正是一员猛将，与他壮硕的身体外形相匹配，丰臣秀吉还是织田信长部将的时候，攻打毛利家族的领地，都设法避开与元春正面作战。

《名将言行录》记载，元春面对秀吉的六万大军，以寡敌众。秀吉说他"乃大胆无敌之元春也"，大加赞赏。

元春和隆景是从安芸吉田三千贯的小领主发展到占领山阴、山阳等十国的霸主毛利元就的次子和三子。元就在扩大领地的过程中，分别把次子和三子送进"吉川"和"小早川"家族里，并篡夺其家主的地位，然后这两个家族都加入毛利家族门下，所以现在次子元春是"吉川"、三子隆景是"小早川"家族的家主。五年前，元就去世，其长子隆元在十三年前就已早逝。因此，天正四年（1576 年）这个时期，毛利家族的家主是隆元的长子辉元。就是说，元春和隆景是家主辉元的"分家的叔父"。

这两个叔父一直遵照父亲元就的教导，齐心协力辅佐年轻的家主辉元。他们凭借"武"和"智"强有力地辅佐本家，世人从吉川元春和小早川隆景的名字中各取一字，称他们为"毛利两川"，饱含敬畏之意。

元春看到站在隆景身后的宗胜，开玩笑地说道："怎么回事啊？海盗也来了。你还是老一套，借别人的东西打仗吗？"

这是指宗胜上战场只带短刀、不带别的武器的怪癖。他攻杀大友宗麟的侍大将泷田民部的时候，据说也是借用别人的长矛。

"眼前总有我顺手的武器。"宗胜不紧不慢地回答。今天他也是只带一把短刀，既没有带长刀，也没有带捧刀侍从。

元春有点惊讶地说"是吗"，接着又对隆景问道："是大坂本愿寺请求运送军粮吗？"

"没错。"

"隆景啊，说不定这次我们要做出决断了。"

显如书函的抄件也已经送到元春那里，知道大坂本愿寺对信长的军粮作战已经到了束手无策的地步。

以前大坂本愿寺也曾请求毛利家族运送军粮。因为对信长有所顾虑，所以只是送去了一些慰问性的军粮。从本愿寺的书函来看，这次信长的包围行动迅速，如果毛利家族答应运送本愿寺的军粮数量过多，可能会被信长视为对自己的背叛。

究竟该怎么办？——隆景的脑子又回到最初的那个问题。

他对元春说道："哥哥，决不能给大坂的使者一个明确的回答。"说罢，继续登上山路。

"噢，聪明。"元春对着隆景的后背逗弄他。元春从小就喜欢戏弄这个由于聪明过度而变得老成的弟弟。

6

毛利辉元在内城的大厅接见大坂本愿寺的使者。

台上正中坐着家主毛利辉元,下面的大厅里,小早川隆景和吉川元春位居上席,乃美宗胜等主要参加者坐成两排,注视着本愿寺的使者吉兵卫。

隆景向辉元这样介绍吉兵卫:"这位是大坂本愿寺门迹派来的一色五郎左卫门之家臣吉兵卫。"

辉元那一年二十三岁,眼睛细长,清秀锐利,与叔父隆景一样,脸颊丰满,令人感觉到大名的威严。然而,这世上徒有其表的绣花枕头还是很多的。辉元也是其中之一。

后来毛利家族为了调查家臣的业绩,让他们提交呈报书。其中竟然写着这样荒唐的事:"辉元主公,此事无可容忍,因公懈怠,以致中国与四国之众厌倦奉公,大打哈欠。"关原会战之时,他甚至连不成熟的对策都提不出来。当时家臣就已经对辉元有这样的评价。

隆景并非不知道家臣对辉元的这种评价,但这反过来更加坚定他可以说是悲壮的决心,为了毛利家族继续存在下去,我和哥哥必须保护、扶植这个侄子。

这时,辉元在观察隆景,探询自己是否要说话。隆景略一点头,给他送去暗号。

于是,辉元吐出一句:"准许当面问答。"

隆景向吉兵卫提问:"御门迹的书函我已经看过,知道大坂十分危急,但需要运送多少军粮,只是说口头告知。你如实相告。"

"是。"俯伏跪拜的吉兵卫稍稍抬起上半身，虽然允许当面回答，但不知道是应该向隆景还是向辉元回答，略一犹豫，便面对辉元回答道："至于需要多少军粮，考虑到万一被织田方面知悉也能采取相应之对策，书函上未作明确表示。如此……"

吉兵卫说了这么长的开场白，可以肯定提出的军粮数量巨大。隆景很不高兴，毫不客气地截断他的话："真啰嗦。快说，数量是多少？"

"是。"吉兵卫再次跪拜，"御门迹希望的军粮大约十万石。"

"十万石？"元春吼叫起来。

重臣们也都叫嚷起来。这时，隆景故意装出若无其事的表情，其实心海翻腾，无法平静。

——十万石。

这么多的军粮运进大坂本愿寺，毫无疑问己方将会被信长视为敌人。哥哥说得对，做决断的时候到了。但问题是怎么决断，是倒向本愿寺一边还是信长一边？如果判断失误，毛利家族就会遭受灭顶之灾。

隆景想到这里，竟觉得这个使者有点可恨。

无论如何，当场答复很危险。

"吉兵卫，你辛苦了。城下已经准备好住所，你逗留几天都可以。退下吧。"隆景尽量保持平静的语气，但因为吉兵卫受托于显如和铃木孙市，不肯轻易退下。他抬起头，态度坚定地看着辉元，恳求道："恕我无礼，恳请答复。本月十四日，佛法之敌信长就开始实施断粮战术，大坂饥饿，最多支撑三个月。如果现在尚能保持难波海航道通行……恳请支援！"

"你说的这些，我们从书函上都知道了。下去吧！"隆景叫起来，并且给家臣们一个暗号，命令他们把这个瘟神从大厅揪出去。

"恳请你们……答应！求求你们……"家臣们几乎是把吉兵卫拖出大厅，他几次放声叫喊。

他的声音逐渐远去，消失，大厅又恢复了宁静。元春说道："十万石，狮子大开口。"然后看着坐在正面的隆景，爽快地大笑起来，双手抱着后脑勺，说道：

"隆景，还是给他一个明确的答复吧，尽管原本并不打算回答。备后的鞆的将军也多次催促我们支持本愿寺。如果本愿寺真的只能支撑三个月，那我们也必须表明态度。"

隆景看得出来，虽然哥哥嘴里只是说要表明态度，没有说支持哪一方，其实他是打算支持大坂方面的。

但是，隆景无法轻易决断，老成持重的脸色变得更加严峻，自言自语道："如果运去十万石的军粮，那就无异于与信长公开对抗。"

7

毛利家族拥有山阴、山阳等十国领地，而信长在这个时期已经将近二十国收入囊中。即使大坂本愿寺和将军家族都和自己站在一起，小早川隆景认为如果就此向信长挑战，那绝对是昏了头脑。

这时，一个重臣走进大厅，带来促使站在本愿寺一方的重要材料。

这就是有关越后国（今新潟县）上杉谦信的材料。

上杉谦信曾与武田信玄进行过殊死血战，人称"军神"。天正四年（1576年）这个时候，他还健在。众人皆知，信长最害怕这个武将，绞尽脑汁想与他结盟。

"将军也请求上杉谦信加盟,如果我们从西面,谦信从北面两路夹攻,信长也吃不消。"

隆景当然认同这样的分析。上杉谦信在三年前就控制了越中国(富山县),如果他支持本愿寺,再加上毛利家族,就完全可以与信长对抗。

然而,这一切还只是假设。

隆景环视大厅里的所有重臣,用轻蔑的语气说道:"将军也太天真了。"

"将军不知道谦信与一向宗长期不和。谦信不可能在本愿寺饿死之前的三个月里与一向宗门徒和解,攻入信长的领地。"

正如隆景所说,谦信出身的长尾家族世代与一向宗的门徒不和,还盛传其祖父长尾能景死于与一向暴动的作战,其父亲长尾为景也是同样战死沙场。而且,谦信本人现在也被加贺(石川县南部)的一向暴动弄得焦头烂额。所以,谁也不信有人会去解救一向宗总寺院大坂本愿寺。

"如果我们贸然先动手解救本愿寺,而这时候谦信按兵不动,就变成只有我们和大坂两家共同对付信长,胜算不大。"

虽然隆景嘴上这么说,但如果问他是否倒向信长一边,他也不能肯定。其实,还存在谦信与本愿寺和解的一丝希望。

刚才进来的那个重臣对此进行分析:"谦信其实很憎恶这个乱世,曾向前任将军(足利义辉)明确表示结盟。他并没有说决不与现任将军结盟,也不与大坂和解。联盟成立、信长失败、大坂获胜,这些都有可能。如果这样的话,我们毛利家族在这天下就会失去立足之地。"

隆景看着这个重臣,心想我当然知道。

谦信十分重视如今已是风前残烛的室町幕府的权威,这一点令人敬佩。也许谦信会为了将军而忍辱负重与本愿寺结盟。在毛利家族作壁上观的期间，如果与本愿寺结盟的谦信战胜信长，那只会使毛利家族沦为天下人的笑柄，威信扫地。

——岂止如此，毛利家族难免土崩瓦解。

父亲元就去世还不到五年，而且是辉元继承了家主的地位。这期间，被毛利家族收进来的家臣们已经对这个家族失去信任了。即使信长失败，谦信和大坂本愿寺也不至于攻打过来，毛利家族的垮台肯定是由于内部崩溃。

这一段时间，毛利家族对是否与织田信长开战似乎进行了彻底深入的研究。《毛利家文书》中收有供讨论的方案《毛利氏织田信长和战对策书》，这份草案将战局分为"开战"和"不战"两种情况，列出各自的问题，条分缕析。当时已经与毛利家族结盟的备前国（冈山县东南部）的宇喜多直家的态度向背似乎也是一个问题。如果开战，家臣能否团结一致也成为讨论的议题，看来毛利家族的家臣们未必能够齐心协力，牢固团结。

隆景陷入沉思，刚才进来的那个重臣也随之闭口不言，其他人同样默不作声。

"隆景！"一个大嗓门打破了沉闷的空气，他便是吉川元春，"信长现在大肆向西扩张，即使我们抛弃大坂、加盟信长，他也必定要消灭我们。这是一个必战无疑的对手。"

隆景心里表示赞同——也许真是如此。

信长一方面与毛利家族友好往来，同时在背后瓦解、吞食毛利的领地，暗中协助被毛利家族消灭的尼子氏的旧臣山中鹿介收复失地，同时还把手伸到备前的宇喜多直家族里。相信与这样的信长结盟，最终也难免一战。如果这样的话，索性与大坂结盟，与信长断交。

隆景即将下决心的时候，另一个念头紧接着涌上来：如果谦信不站在我们这一边的话，那只能与大坂一同灭亡了。

思来想去，最终的结果是，既然谦信的态度不明朗，我们也就无法做出决断。

"哥哥，在谦信明确表态之前，还是别往大坂运粮为好。鉴于毛利家族今后的存续问题，不帮助大坂，给信长卖个人情，加深友谊也不失为上策。"

隆景现在只能做出这样的判断，因为他无法想象谦信会在三个月之内与本愿寺实现和解，发兵支援。然而，也不是完全没有这种可能性。结果所谓的判断只能静观别人的动静。隆景想无论如何先等一等再说。

上月末，信长给隆景送来正月贺信。这样，即使抛弃大坂本愿寺，也不会立即与信长发生战争，还可以寻找与信长继续友好往来的道路。

但是，元春接过隆景的话，嘲笑着说："聪明啊，隆景。可惜聪明过头，尽想一些鸡毛蒜皮没用的事。在你等待谦信的期间，如果大坂本愿寺失陷，那你就抓瞎吧。信长下一步就是拿我们开刀，毛利家族就会毁灭。"

元春继续说道："听明白了吗？简单地说，就是信长要夺取天下，而大坂本愿寺没有这个企图。为了毛利家族能够继续成为山阴山阳之主，只能与大坂结盟。所以……"他扫视一遍所有在座的人，说道："趁着现在盟友众多之际，与信长决战才是上策。"

兄弟二人性格迥异，元春采取积极主动的对策，隆景采取消极被动之计。当然，更容易让家臣们接受的是元春明快而清晰的意见，大家在听他说话的时候使劲点头，并发出呼应的声音。

隆景的意见就这样被大家无视。元春的意见也没有错，自有其一番道理。既然家臣们都选择听从元春，隆景只好闭嘴不语。

元春见隆景默不作声，认为他理屈词穷，于是转身面对家主辉元，请他裁断："这样可以吗，主公？"

辉元只说了一句："就这样吧。"

那么，接下来就是运送十万石军粮的准备工作。

元春喊道："就英。"

"在。"一个皮肤白皙、眉清目秀的男子从重臣行列中膝行而出，将身体转向元春。

他是毛利家族直属的警固众头目儿玉就英，时年三十三岁，年轻英俊。眼角细长，目光炯炯，鼻梁细直，唇红齿白，家臣们惊讶以为他是平安时期的在原业平再世的美男子。

他武艺高强，当年毛利元就任命他为直属于毛利家族的船队队长时，对家臣们说"凡事皆依就英之意办理"。令主公如此赏识重用，可见此人无可挑剔。但也正因为如此，他自恃靠山强大，有点高傲狂妄。

元春眯着眼睛看着就英的脸，问道："将十万石军粮运进大坂本愿寺，你有办法吗？"

"有。"两个月前，就英继承父亲就方的家主之位，将安芸草津城（广岛市西区）作为自己居住的城池，现在正是志得意满的时候。他胸有成竹地回答道："毛利家族警固众儿玉家族如果能得到小早川家族警固众乃美家族的支援，运送十万石军粮实乃易事。"

隆景不让他来，他却硬是跟来的秃顶乃美宗胜笑起来。隆景没想到自己的家臣能派上用场，便说道："宗胜，就英说的没错吧。"

宗胜慢吞吞地回答道："不行。"

隆景对宗胜的回答略感安心。只要不是立即运粮进大坂，就可以争取时间等待谦信的表态，于是催促道："说说你的想法。"

"你不催我我也会说的。"宗胜说话毫不客气,接着向辉元进言。

8

"把乃美家族和儿玉家族的船只全部集中起来也难以运输十万石军粮。"

"你说什么!"儿玉就英的白脸一下子涨红。

"好了,别发这么大的火。"乃美宗胜对他根本不予理睬,浮现出挫其锐气的笑容,继续说道:"即使如就英所说,可以装载十万石军粮,但还必须有护卫的兵船。我们没有兵船。虽然大坂的使者说难波海上无敌军,但是,没有兵船护卫,根本就无法运输。只要出现几条船只的敌人,就会把军粮抢光。"

在场几乎所有的人都和宗胜年龄差不多,亲眼见过宗胜的奋勇战斗,所以他说话的分量绝非小毛孩就英所能比拟。

小早川隆景看着在场所有人的反应,心中大为赞赏,真想现在就上去抚摸一下这个秃顶。

就英怒气冲冲地问道:"这么说,军粮就无法运送吗?"

然而,宗胜的回答使隆景充分认识到这个秃头果然毫不在乎自己的心情,只听他说道:"我并没有这么说。"接着停顿半晌,冒出一句:"可以依靠……村上海盗。"

这小子是说军粮完全可以运送吗?——隆景对村上海盗十分熟悉,如果能得到他们的助力,运送十万石军粮的确不在话下。

隆景心情激动,环视为找到对策理应喜悦的家臣们,结果发现整个大厅弥漫着一种异样的气氛。在座的家臣几乎都是陆军,他们只要一听到村上海盗这几个字,就会吓得浑身发抖。

在这样的气氛中,只有就英撇了撇嘴。

就英是警固众,脑子里早就装着村上海盗,并不认为有什么可怕。之所以没有提这个名字,是因为他想毛利家臣独自完成这次运送军粮的任务。

据村上海盗后裔著述的《武家万代记》记载,后来就英曾这样说过:"自古以来,海盗家族于合战之时,对岛众(村上海盗)所言,不能言否。"儿玉家族尽管是毛利家族直属的警固众,但与村上海盗相比,也只能甘拜下风。高傲自大的就英当然不会向海盗求援。

这时,家主毛利辉元重复道"村上海盗啊",那语气听上去好像对"村上海盗"似懂非懂的样子。

宗胜的脸上瞬间露出厌烦的表情,但可能考虑到毕竟是毛利家族的家主,便附和道"正如您所知道的",然后开始讲述村上海盗的情况。

村上海盗是盘踞在连接现在的广岛县尾道市、三原市与爱媛县今治市的濑户内海上以芸予诸岛为主的诸多岛屿上的海盗群。

记载伊予国(爱媛县)历史的《予阳盛衰记》这样记述在芸予诸岛上横行霸道的海盗状况:"占据各处要塞(中略)以及诸多地盘。经常出动数百艘船,干扰海上航行。到处设立瞭望岗楼,通过贝太鼓联系,鼓声响起,依次递送,片刻之间,长达百里。"

芸予诸岛由五十多个大小岛屿组成,南北相连,犹如阻隔濑户内海的一道屏障。当然不可能完全阻断,岛屿之间有大海相连,但海峡形成错综复杂的航道,狭窄的水路都是激流湍飞的难关。

濑户内海是主要的水运航路,来往于东西航线的船只都要经过这样的难关。村上海盗便在形成航道难关的岛屿上修建城寨,私设关卡。城寨之间互相联系,对来往船只征收称为"帆别钱"

的过路费，以维持其军事装备的费用。

宗胜继续说道："村上海盗由三个家族组成。"

根据记载村上海盗谱系的《北畠正统系图》的说法，村上海盗由平安时期的村上天皇创建。后来在南北朝的战乱中，后醍醐天皇率领南朝支柱北畠亲房与足利尊打仗。北畠亲房的孙子北畠师清移居芸予诸岛，继承当时已经衰微的村上家族的家名，并将三个岛屿分给三个儿子（义显、显忠、显长）管辖。这就是三个家族的起始。这三个家族用自己作为据点的岛屿冠名，由北向南分别是"因岛村上""能岛村上""来岛村上"，三家统称三岛村上。

宗胜对辉元说道："因岛村上已经臣服于我们毛利家族，来岛村上也因为主家伊予守护家、河野家的家运衰败，多有依赖毛利家族，也能听从我们调动。"

尽管村上海盗势力强大，到了大名登上政治舞台的战国时期，也不得不依靠他们。三岛村上中最势单力薄的因岛村上因为离广岛县的本州部分近，大约二十年前就被毛利家收服了。

因为来岛村上离四国本土近，比因岛村上更早成为伊予国河野家的家臣。当时来岛村上大有凌驾于主家之上的气势，但依然安于河野家的家臣地位。其主家河野家族受到四国土佐长宗我部远亲等的压制，毛利家族多次救援其摆脱困境。一旦出事，毛利家应该可以命令他们跟随自己。

如此说来，剩下的就是能岛村上这一家。

天正四年（1576年）那个时候，三岛村上中只有这一家保持独立。岂止独立，能岛村上的实力大大超越三岛村上的其他两家，进入鼎盛时期。其强大的势力西至周防滩（山口县、福冈县、大分县所面临的海域），东达盐饱诸岛（冈山县与香川县相夹的海域诸岛），到处设立城寨，收取帆别钱。甚至来日本传教的耶稣会传教士路易斯·弗洛伊斯在其著作《日本史》中也介绍村上家族是"日本最大的海盗",应该说是海盗王才对。

对村上海盗的恐惧和赞叹可以说都集中在能岛村上这一家。大厅里的毛利家族的家臣们听到"村上海盗"一词想起来的也是这个海盗王。

吉川元春摇晃着肥胖的身子,懊恼地问宗胜:"能把能岛拉过来吗?"

宗胜为难地说道:"不是那么容易的。"

元春苦涩地说出家主的名字:"村上武吉……"

正是这个武吉创造出能岛村上最鼎盛辉煌的时代。

据《武家万代记》记载,来岛、因岛这两个家族把村上武吉置于村上海盗的第一把手的位置。经常"凡事听凭武吉做主",尊重武吉的意愿。武吉如雷贯耳的名声还不仅仅如此,室町幕府的前将军足利义辉对毛利家族与尼子家族的对立实在看不下去的时候,也是请他出面调解,可见其威势之大。

宗胜听到元春说出武吉这个名字,使劲点点头,说道:"不说服他出来,往大坂本愿寺运粮终归没有把握。"

但是,武吉有理由不站在毛利一边。隆景冷冷地道出其中的原委:"如果还记恨五年前的那一仗,武吉就不会站过来。"

五年前是元龟二年(1571年),毛利家族攻打武吉居住的能岛城。

原因是本来武吉一直对毛利家族提供海上运输的方便,突然间把这好处给了势力范围在九州北部的大名大友宗麟。

能岛村上本来就是一股独立的力量,虽不能说这是背叛行为,但当时与大友对立的毛利家族无法容忍,多次派人敦促武吉收回成命,但是他毫不退让。于是,毛利只好发兵声讨。

这一仗打得很惨。虽然毛利家族付出沉重的代价得到武吉的和解，但说实在的，只是见识了能岛村上的武力。后来武吉也若无其事般和毛利家族友好往来，但从来没有帮毛利打过仗。

不知道这家伙肚子里打的什么主意，连隆景也看不透他的本质。

重提五年前的那一场战争，所有人的脸色都阴沉下来。如果村上武吉根本不把大毛利家族放在眼里，对这次请求没兴趣的话，就会一口回绝。

隆景看到大家这个样子，不由得心里高兴，同时也增强了信心，心想大家还是放弃对村上海盗的依赖，等待上杉谦信的决断吧。

就在这时，元春打破沉默："宗胜，你能说服武吉吗？"

宗胜的回答还是无所顾忌："我一开始就这么打算。"

这个秃头！——隆景在心中怒骂宗胜。这时元春转身向辉元禀报道："主公，这样的话，请告知大坂使者我们同意的决定，并命令乃美宗胜、儿玉就英赶赴能岛说服村上武吉与我方共同战斗。"

"就这样吧。"

隆景焦虑万分——毛利家族即将崩溃瓦解。没有谦信，决不能与大坂结成同盟。现在，能够为我们争取等待谦信回应时间的就只有村上武吉。

武吉哟，你断然拒绝毛利家族的请求吧！——隆景简直就是在祈祷。

9

安芸郡山城讨论会结束两天后，乃美宗胜和儿玉就英乘坐战船前往能岛。

从本州的高处俯瞰夏天的芸予诸岛，那种奇观令人震撼。

到处可见突兀矗立于海上的深绿色庞然大物，与其说是岛屿，不如说是巨大山体更合适，连绵直至四国本土。这些山体如同沉浸在蔚蓝色的大海里，美得恍如另一个世界。

正是在这样的季节，由称为"关船"的中型战船两艘和称为"小快船"的小型战船六艘组成的船队载着宗胜与就英，在岛屿之间的水道上迅速穿行，奔向能岛。

小快船这种小型船的大小大概是现在公园水上小艇的五倍，二十个水手分坐左右摇橹。船的大小由橹的数量表示，这是"二十支橹的小快船"。

关船的形状很奇怪，大小可以想象为长约二十五米的游艇，上面是几乎超出两翼的箱子，箱子叫做"矢仓"。矢仓的上板就是现在所说的甲板，称为"矢仓板"，四周围有竖板，板上凿有枪眼。甲板上还有小屋，称为"屋形"。矢仓内的船舱左右各容纳二十五人，共五十名摇橹的水手。

宗胜站在关船甲板的船头处，把他的大脑袋转向就英："哪里是一个岛屿的尽头，哪里是海峡的起点，乍一看还分辨不出来。"

真是个讨厌的老头——就英满脸的不高兴，尖利的目光瞥了一下大脑袋，鼻子哼一声，继续注视前方。就英是第一次去能岛。

一旦乘船出海，观赏沿途岛屿，便会发现景色迥异。每座岛上的山体褶皱起伏，诸多岛屿也是重重叠叠，以为是航道，船入山间，却是海湾；以为是海湾，却是航道，实在错综复杂，变化莫测。

现在就英面前的大海上，数座山体相连，似乎挡住航道，不知道从哪两座山之间穿过去才能重现航道。

宗胜对就英的心情如何满不在乎，继续说道："这样子去能岛说服武吉，让我想起严岛会战。"

又是这一套老话——就英打心眼儿感到厌烦。

严岛会战发生于二十一年前的天文二十四年（1555年），这是对毛利家族具有重大意义的战争。严岛会战时，毛利家族只有三千兵力，而敌军陶晴贤拥有三万大军。现在已经故去的毛利元就心生一计，打算将敌人的三万大军诱入严岛，使之失去兵力优势，然后一举歼之。

但是，当时毛利方面没有足够的船只将三千军队运进严岛，就是说，必须拥有阻止敌人三万大军从严岛乘船逃跑的水军。于是，元就想到了村上海盗。

当时去能岛谈判的就是这个老头——就英斜眼看着宗胜的秃顶，想起当年的事情。

二十一年前，也是宗胜主持与武吉的谈判。宗胜在与武吉谈判之前，先去说服来岛村上和因岛村上，打算把这两个家族也拉过来。因岛村上表示愿意，但来岛村上说"要先看武吉的态度"，没有立即表示同意。如果得不到能岛、来岛的支持，就根本无法运送三千兵员。毛利家族的命运无异于掌握在武吉手里。

武吉当时才二十二岁就已经城府很深，不置可否，采取的行动也让人摸不透他的真实想法。

在战斗即将开始的时候，武吉才率领村上海盗的两百艘大船从芸予诸岛向西航行。这个时候，敌人的三万大军已经被引诱到严岛，而毛利的三千军队还在与严岛隔海相望的本州。

武吉船队驶来的时候，毛利一方还不知道是敌是友，因为接到敌方陶晴贤也在拉拢村上海盗的情报。如果船队驶向严岛，武吉就是去支援敌军。不大一会儿，两百艘的大船队在本州附近的廿日市海面下锚，毛利的士兵欢声雷动。这表明村上海盗站在毛利一边。

这场战斗毛利家族大获全胜，敌军将领陶晴贤在严岛自刃。由于这场会战的胜利，毛利家族被周边的领主推举为盟主，成为拥有山阴、山阳十国的大名。没有村上海盗的相助，毛利家族绝不可能如此飞黄腾达。

严岛会战时，就英还只有十二岁，所以未能参加，但他深知这场会战对毛利家族的重要意义以及武吉的功绩。不过当他想到二十多年以后的今天毛利家族还依然看着一群海盗的态度决定自己的进退，心里真不是滋味。

"严岛会战那时候，我还没有元服（成人），我不知道。"他没好气地打断宗胜的话。

就英对宗胜说话很不客气，不像对长辈的态度。这是因为就英是毛利本家的家臣，而宗胜是毛利分支小早川的家臣的缘故。

正因为如此，宗胜并没有对就英的态度感到生气，只是说"是啊，是在你元服之前"，露出一丝岑寂的笑容。宗胜没有生气并不是因为意识到毛利家族论资排辈的序列。

就英见宗胜没有反驳，便冷笑着说道："不过，这个能岛村上如今好像没有控制整个三岛的力量了。五年前的那一次战争，因岛、来岛不是也站在你这边吗？"

这是事实。五年前，奉毛利家族之命攻打能岛的是小早川隆景的水军，即乃美宗胜的警固众。因岛村上因为是毛利的属下，故站在毛利一边，而来岛村上也站在宗胜一边。

"时代变了。因岛村上、来岛村上为了自己的存续，需要依靠毛利家族。可是只有武吉不当别的家族的家臣，一直保持独立。"宗胜回答道，但是他的语调有点奇怪。说前半截时带着岑寂的微笑，后半截却显得盛气凌人。

就英明白这个老头喜欢武吉。他皱起眉头,开始关心起武吉的性格为人,便向宗胜打听。

"是这样的。"宗胜点点头,就像谈论自己一样自豪地开始讲述,"这不是一句话能说清楚的,总之,他具有强烈的自豪感,聪明、胆大、争强好胜。外表看似稳重的小个子,其实他的将才连先君元就主公都要让他几分。"

《武家万代记》记载,毛利元就在世时,为了笼络比自己小三十六岁的武吉,可谓煞费苦心。据说武吉带着幼小的孩子去郡山城,元就就抱着孩子坐在自己的膝盖上,亲自喂吃东西,还把武吉的家臣请到贵宾室吃饭,以此营造自己与武吉心心相印的印象。

"不过,现在的主公好像不知道武吉的心思。光知道海盗在哪里是不够的……"

《武家万代记》还记载村上海盗流露出这样的不满:"元就时代与辉元时代之仪,对军法及其他逐渐减少。"元就死后,到了辉元时代,与村上海盗的交往不如以前那么上心。随着毛利家族势如破竹般的发展,辉元开始不再关心过去的功臣。

"武吉曾经对毛利绝望,打算放弃,其根源可能就是这个吧。"宗胜这样说,因为自己也有相似的想法。自己这个老干将在严岛会战时与武吉在海上并肩作战,立下功勋。但是,到了辉元时代,年轻人不但不提他的军功,最后只落得就英"我不知道严岛会战"一句令人伤心的话。

无论自己立下什么样的丰功伟绩,年轻人没有亲眼看见,必然漠不关心。即使知道,也不会向宗胜询问当年立功的情况。直截了当地说,问题出在毛利家族的家主辉元身上。自己二十一年前千辛万苦说服村上海盗的往事,也已经记忆模糊。仿佛建功立业不过是人生的虚幻。

这大概就是岁月吧。宗胜今年四十九岁,却已经出现老态,因此不会对就英的出口不逊感到生气。

步入老态的宗胜以与年龄相仿的阴郁语调说道:"其实能岛村上的势力也许在武吉这一代就会结束。"

"为什么?"就英的眼睛闪现些许光芒。

"很遗憾,没有像样的接班人。"

宗胜攻打能岛的时候,在与武吉议和的谈判桌上,见过他的两个儿子。长子元吉和次子景亲。今年是天正四年,他们应该分别是二十三岁和十九岁。

"长子元吉虽然遗传了武吉的聪明,却缺少气魄胆量;次子景亲似乎只是遗传了父亲的稳重。"

就英冷笑着回答道:"听起来实在是遗憾。"

然而,宗胜的本意并不在此,他摇了摇秃顶的脑袋,道出自己的真意:"我是说,继承了武吉刚勇和暴烈性格的是他的女儿。"

10

"女儿,是他的亲生女儿吗?"就英表示怀疑。他没有听说过武吉有亲生的女儿,如果说她是武吉的女儿,那只能是养女。好像名叫琴姬,但没听说此女性情刚勇暴烈。

其实现在记载武吉有亲生女儿的古籍只有一种。《北畠正统系图》等能岛村上的家谱都没有这个女儿的名字,只有《萩藩谱录》有所记载。

就英居住在能岛西面十六里(约63公里)的安芸草津城,总是一副故意轻视村上海盗的姿态,当然不知道这些事情。而宗胜居住在能岛西北面只有五里(约20公里)的贺仪城,又与武吉有过谈判的经历，自然对这些事情十分熟悉。

"是的，是他的亲生女儿。她哥哥叫元吉，弟弟叫景亲。她今年也有二十岁了吧，名叫景。"

"是念 KYOU① 吧。"

"我家主公小早川隆景赐的偏讳。"

赐偏讳往往是为了加强与对方的关系而使用的一种方法，即为其取名字中的一个字。历史人物中多有相似名字就是这个缘故。

宗胜说，毛利家族通过赐偏讳试图显示与能岛村上格外亲近密切的关系，毛利元就取自己名字中的"元"字赐予武吉的长子元吉，小早川隆景取"景"字赐予次子景亲。武吉的亲生女儿也接受隆景的"景"字，依吴音念"KYOU"。

"对女子也赐偏讳吗？"就英露出怪异的表情。因为偏讳一般是赐给男子。

"那个姑娘……"宗胜大概想起昔日的情景，心生怀念，不由得眯起眼睛："谒见隆景主公的时候，提出比赛相扑。那时候她才五岁。主公十分高兴，就戏谑地赐给她偏讳。"

村上武吉带着次子景亲谒见的时候，长女也陪伴一旁，于是得到一个"景"字。当时宗胜也在场，见到五岁时候的景，后来就再没有见过这个姑娘。

小早川的家主也够奇怪的——就英不由得感到意外，连平时总是板着一副忧郁的面孔深思熟虑的隆景都能戏谑地赐予偏讳的姑娘是一个怎样的人呢？

"不过，听说这个景长大以后，不仅变成一个世所罕见的烈女，还长得相当丑，如今都二十岁了，还嫁不出去。"

---

① "景"的读音。

二十岁还是单身——就英不由得皱起眉头。虽然战国时代盛行政治婚姻，但女子的外貌还是很重要的。漂亮的女人，提亲者络绎不绝；反之则无人问津。一般人十几岁就出嫁，二十岁还没有婆家，想来丑得可以。再加上脾气暴躁，那就难上加难。

　　就英当时也是单身，但二者先天条件有天壤之别，他既有外表又有内涵，提亲者踏破门槛。只是由于就英的高傲自大，对所有提亲者都一律拒之门外。在这个得天独厚的男人看来，甚至觉得景这个姑娘有点可悲。

　　村上武吉竟然有一个棘手的女儿——就英不禁窃笑。

　　宗胜瞟一眼就英的脸，露出庸俗的笑容，说道："就英少爷仪表堂堂，男子气派，要是被景看上了，说不定会遭到纠缠。"

　　胡说八道些什么啊！——就英对宗胜投以轻蔑的眼光。

　　这时，只见一艘船从后面急速驶来，转眼间就超越过去。这艘船只有就英所乘坐的关船一半大小，没有矢仓，大概是来往于港口之间的运人运货的"回船"。从船舷伸出来的橹快速转动，船如同箭一般从海面上滑过去。

　　就英正注视着越来越小的回船的船尾，只听见身后很远处传来一声叫喊："喂，哎呀！等等啊！"

　　就英从竖板上露出脑袋往后一看，原来追过来的是一艘关船。船身上画着①的图案，这无疑是村上海盗的家徽。

　　村上海盗的关船在就英乘坐的关船旁边减速，两船并行。船上一个四十岁左右的人对着远去的回船骂骂咧咧地说："让这帮混蛋给跑了。"

　　"是强行冲关的吧。"宗胜向对方搭讪。

　　那人把头转过来，仿佛这才发现这边的两个人，急忙谦恭地说道："哎哟，原来是宗胜大人，就英大人也在。"

　　吉充——就英面无表情地看着他。

他是因岛村上的家主村上吉充。

记录村上海盗经历的《能岛来岛因岛由来记》中所说的"因岛青影城主、立花以下九城主",就是此人。天正四年(1576年)这个时期,以因岛岛内西北端的青木城为主城。由于此前接到宗胜在这一天前往能岛的报告,现在正从因岛前往南面约五里(约20公里)的能岛的途中。

吉充性格温柔,细长的眼睛好像总是饱含着笑意,嘴角略往上翘,洋溢着与年轻的就英不同的四十岁男人的成熟魅力。

因岛村上已经被毛利家族收编,受小早川隆景的控制。大概由于这个缘故,他对毛利家族直属的家臣以及小早川家族的重臣都十分谦卑恭敬。就英看着吉充这种卑微的样子,甚至感觉他的卑躬诡媚会缠住自己,心中略感不快。这个样子还是海盗吗?

吉充用夸张的手势指着远去的回船解释刚才的情况:"我的关船打算检查那艘船,那家伙却逃走了。"

说是"海关",并非在海上设立关口。只是城寨上发现有船只通过,便派遣关船上去阻拦,征收过路费帆别钱。就是说,关船本身就是海关。

宗胜问道:"不再继续追了?"

吉充微笑着回答道:"不追了。其实是不能追。"

宗胜仿佛早就知道的样子,就英却有点莫名其妙,吉充对他说:"那些人进入了能岛村上的领地。"

这时,海螺的号声劈波斩浪在海面上尖锐地响起。不是一只海螺,各个岛屿都响起海螺雄浑凄厉的声响。

《武家万代记》这样记载:"伊予路之乘船由来岛众相究,备后由因岛收取帆别钱。"芸予诸岛海域的帆别钱收取范围由三岛村上之间各自划定。通过伊予国(爱媛县)附近的船只由来岛村上收取帆别钱,备后国(广岛县东部)附近则由因岛村上收取。

能岛村上控制着伊予路与备后路之间,即构成芸予诸岛的大部分海域。回船进入的正是这个海域。

在海螺的轰鸣声中,就英望着海上的回船。只见一艘艘小快船从各个岛屿背后急速驶出来,成群结队地从四面八方朝着回船包抄过去,如同扑向猎物的猎犬。

这就是能岛村上的海盗行动吗?——就英聚精会神地关注着。

吉充在就英旁边嘀咕道:"被我们因岛村上抓住的不知有多合算。"

吉充说得没错。乘坐回船的那些人应该即将亲身感受到。

11

在此起彼伏的海螺号声中,回船一片混乱,一个水手在甲板上叫唤:"头儿,了不得了。我们进了能岛村上的领域。"

"你不说我也知道。"这个被叫做"头儿"的人回头看着水手。他四十岁上下,一脸凶相,急忙掀开船板,探头瞧着甲板下面的船舱。

船舱里塞着二十来个乘客,四周站着大约十个持刀的手下。乘客都身穿粗糙的农田干活的衣服。这个头儿,图谋掠夺农民乘客的行李。

"喂,这帮家伙中,只要有一个乱喊乱叫,就把他们统统杀掉!"喽啰们对头儿唯命是从,便将手中的刀对着乘客。

乘客们悚惧畏缩,不仅仅只是害怕刀尖对着自己,杀一儆百的被绞杀者的尸体更让大家惊恐万分。

《武家万代记》记载:"诸国往来之人于乘船中被绞杀。"当时海上似乎频发这类事件。有的船冒充回船,欺骗乘客上船后,谋财害命。

头儿指着尸体，对一个吓得哆哆嗦嗦的乘客命令道："你抱着它！你听着，这不是尸体，这是病人。明白吗？"

这大概是为了在能岛村上的海盗登船时候欺骗他们。就在头儿扔下这句话的时候，忽然看见乘客里有一个年纪很小的小男孩和一个枯瘦的老人，便说道："那个老头和小家伙，你们上来！"

"就我一个人上去不行吗？"敢于反抗的是这个小男孩。虽然离开大家独自上甲板会很不安，但这个小男孩为了保护老爷爷，气势凛然地瞪着头儿。

"留吉，你别去！"老爷爷喊着孩子的名字，让他不要说话。

这个名叫留吉的小男孩直视头儿的眼睛，用自己的后背挡住老爷爷，坚定地说道："源爷，你留在船舱里。我不怕死。"

头儿不屑地哼了一声，可是时间紧迫，能岛村上的海盗马上就要登船，不能再磨磨蹭蹭了。"就小孩子你上来吧！"

头儿把留吉拉上来，然后粗暴地盖上船舱。甲板上站着七个喽啰，头儿把留吉猛力朝其中一人身上推去："抱着他！要是不老实就杀了他。"

那个喽啰从后面抱住留吉，背靠着船舷蹲坐下来，手里还拿着短刀抵住留吉的后背。头儿看了一眼，正打算向船头走去，"喂——"留吉抬起不屈的脑袋，叫住他，"你们这帮恶棍，遇到海盗就得完蛋！"

"你现在就想死吗？！"头儿怒吼起来，然而，此刻他脸上出现了与那一副凶相很不相符的恐惧表情，转过身背对着如获胜般不再说话的留吉，嘟囔一声"混球"，然后走开。

然而，他环视四周，顿时目瞪口呆。自己的这艘回船已经停了下来，被近五十艘小快船团团围住。

小快船距离自己的回船只有十间（约18米），每艘船上除了摇橹的二十名水手，还有大约十名士兵。他们一律兜裆布和圆筒铠甲，一身武勇灵捷的轻便装束，只手提刀，身子稍稍前倾，目光炯炯。

头儿吓得双腿发软，勉强使劲站住，往船头一看，只见一艘巨大的关船从小快船堆里钻出来。关船挤开周围的小快船，向这边直驶过来。

"那是……"头儿定睛注视着关船的船头。

一个海盗站立在船头的竖板上，坚定屹立。不知道他身怀什么功夫绝技，仅靠一点立足点，竟能迎着大风，双臂抱胸，纹丝不动。

他一身轻装，连圆筒铠甲也不穿，只有绑腿和手背套，根本谈不上是保护身体的护具。一把刀随意地插在窄袖便服的带子上。这件窄袖便服也很奇怪，没有袖子，肩膀外露，下摆极短，几乎露出大腿根。头发不结发髻，齐肩中发在海风中飞扬飘动。他态度高傲地俯视着回船。

"关船上的那个人有点怪异。"——说这话的是在回船后面半町（约55米）的地方停船的儿玉就英。关船上的这个海盗，身高差不多六尺（约180厘米），身材细长。

停靠在旁边的关船上的村上吉充回答道："那是个女的。"

宗胜一听，热血冲上秃脑袋，激动得几乎叫起来："多少年没见啊！那就是景姬吗？"

"是的。他们把最应该避讳的人叫出来了。"

她正是能岛村上家主村上武吉的女儿景。

修长的身子，过长的手脚，而且长脖子上顶着一个小脑袋。这种不协调的身体不由得令人注目。

最怪异的还是这一张脸。

被海风吹起的头发掩盖着面部，细小的脸庞，鼻梁如鹰嘴一样尖锐，而且高耸。那一双大眼睛仿佛眼眶裂开一般，两道眉毛直逼眼珠，与外眼角一起怒气冲冲地吊上去。嘴大唇厚，嘴角神气地翘起来，像是魔鬼的微笑。

景的目光盯着前面的回船，接着张开大嘴，用响亮的高音命令在脚下待命的士兵："把关船的船尾贴上回船的船腹！"

想登上敌人船只，一般都是把船尾贴在对方的船腹。这是她发出劫持船只的信号。

"遵命！"

士兵两眼发光，向船尾跑去。甲板后面有通往船舱的进出口。他穿过入口，跑下梯子，向摇橹的士兵传达景的命令。

"掉头！船尾贴上回船。小姐命令劫船。"

"哟！"叫喊的不是水手，而是聚集在船舱里的士兵。他们目含凶光，蜂拥着奔向出口。

这时，稳站在竖板上的景跳到甲板上。她的弟弟景亲一边叫着"姐姐、姐姐"一边从船尾跑过来。他的个子比景还高，但眉毛与姐姐相反，八字眉，总是一副哭丧的脸。

"姐姐，不能这样！"

船开始掉头，景快步向船尾走去，景亲纠缠着恳求。

景没有停下脚步，不耐烦地皱起眉头："你真烦！说什么呢？"

"姐姐你不是说不必亲自劫船吗？"

"糊涂！"景冷漠地回答。说着两人一起来到船尾。

景脚踩船尾的竖板，说道："这么有意思的事情，怎么能让别人干呢？"说完，脸上露出妖魔般的笑容，再次屹立在竖板上。周围小快船上的士兵们为她的飒爽英姿爆发出雷鸣般的欢呼声。

关船掉头完毕。随着轰鸣声，船尾撞击在回船的船腹上，但是景并没有因冲击力而摇晃，身子依然一动不动，大眼睛直视着下面的回船。

就英从后面注视着成"丁"字形的关船和回船。第一个跳上回船的就是这个站在关船船尾的细高个女子。

就英惊讶地问道:"她亲自劫船吗?"

吉充半是无奈地回答道:"她总这样。"

景姬亲自从事海盗活动,这在伊予海域的海盗无人不知,甚至成为一种特色。但是,就英亲眼见到以后,先是惊讶,接着冷笑道:"什么勇猛?!不就是依仗人多势众,威胁那些吓得缩成一团的人吗?"

在他看来,回船已经被小快船团团围住,就是她单独劫船,敌人也不敢反抗。

"说到底,不过是大小姐的游戏。"就英嗤之以鼻。

"这还算是秀气的。"吉充摇摇头,说道,"有一次,她一个人驾驶小快船,遇见不付帆别钱、还态度蛮横的九州武士,结果把那十个人全报销了。"

"功夫高强啊。"就英的表情认真起来。

"是啊,所以就更没人敢提亲了。"

12

在士兵们的欢呼声中,景对景亲喊道:"三岛明神的鹤姬也这么干。"

她每次单独劫船,都要说这句话。只见她大吼一声,猛劲儿在竖板上蹬腿。

"姐姐!"景亲伸出双手,却终归够不着。姐姐的身体跃上空中,对着回船急速落下。就在此时,景亲所在的关船甲板上出现混乱。

"景亲少爷，借过！"士兵们叫喊着拥到船尾，争先恐后地开始爬上竖板。

"唉，还是这个样子。"景亲皱紧眉头。

每次都这样疯狂。只要景有所行动，士兵们就不顾一切地助威参与。景亲之所以想阻止景的行动，也正是因为知道要发生这样的事情，并不是担心姐姐会出现危险。

"好了，你们别瞎闹了。有几个人想上去？难不成又要和姐姐一起把船弄沉了？"

以前，景劫持了一条商船，士兵们也纷纷跳上去，船承载不住，沉入海底。结果别说帆别钱，自己还蒙受损失。

"好了，都别去！"景亲虽然性格怯弱，但动作敏捷，不像高大个。他在船尾跑动着，把攀登竖板的士兵一个个拽下来。但是，士兵们都已经昏了头。一个士兵喊着"你走开"，扭着身子，不让他拽，还用胳膊肘撞了他一下。

"很痛！你干什么？"替姐姐收拾这摊破事的总是弟弟。他泪眼忍痛，依然使劲抓着士兵的脖子往下拽。

不过，这场混乱并没有持续多久。景气势威猛地跳到回船上，挺着丰满的胸脯站起来，怒吼一声："你们怎么回事！"

关船上的士兵立即被这一声镇住了，一个个呆立不动。景亲和士兵们战战兢兢地瞧了一眼下面的回船，发现景正一脸怒容地抬头看着他们。

"又是来帮倒忙的，我可饶不了你们！"

刚才还那么疯狂的士兵们都老老实实地从竖板上溜下来，一张张垂头丧气的脸如同被主人叱骂的狗。

"还有你们！"景转身对周围的小快船喊道。这些小快船，不等命令就擅自接近回船，只听女子的一声吼叫，立即乖乖地从水里收起摇橹。

景处理完这些后,哼了一声,环视回船上的人,厉声问道:"我是能岛村上。船老大在吗?"

后背顶着刀尖的留吉心惊胆战,紧张地注视着这个女子。留吉虽小,却也听说过这个名字。如果真是恶魔般的能岛村上,对付这些恶棍自然不在话下。他抬头望着二间(约3.6米)前的景,充满期待。

女海盗双手抱胸,瞪着甲板,大概是性子急躁的缘故,不停地用手指敲打上臂,被太阳晒成古铜色的小臂随着敲击鼓动着,仿佛蛇在里面扭动。

可是为什么就她一个人上来呢?——留吉觉得奇怪,注视她的脸。细看之下,这是一张如魔鬼般威武的脸型,但总觉得她做事考虑不周,于是突然不安起来。

"船老大在吗?"

"我是。"就是刚才留吉咒骂的那个一脸凶相的头儿。

"是你?"景径自走到那个自称船老大的头儿面前,要论长相凶狠,景一点儿也不逊色,她藐视着这个中等身材的头儿,问道:"你已经进入我们能岛村上的领海。有'押船'吗?"

距离当时近一百六十年前,通过濑户内海往返于朝鲜和京都的李氏朝鲜的官员宋希璟在游记《老松堂日本行录》中这样写道:"自东而来之船,若乘东盗一人,即西盗不害;自西而来之船,若乘西盗一人,即东盗不害。"

来往于东西之间的回船上只要有一个海盗押船,海盗就是通行证,可以畅通无阻。这叫做"押船(押运的人)"。景询问的就是这个。

头儿不胜惶恐的样子,回答道:"真不凑巧,没有押运的海盗。"

景又问道："那有旗或者免符吗？"

按照《武家万代记》《能岛家根本觉书》等记载，所谓"旗"和"免符"都是缴纳买路钱后发给的通行证。

距当时五年以后天正九年（1581年）能岛村上家主村上武吉发行的通行旗还保存至今。宽约六十厘米、长约七十五厘米的布上写着"上"一个大字，十分简单。当时船上只要插着这面旗子，就可以保证航海安全。

"也没有。"

就是说，经过这里的所有船只都必带的人或物，这艘船都没有。

"嗯？"景噘起嘴唇，皱起眉头。这个女子真是奇怪，她摆出这副模样，可怕的面容一下子变成天真无邪、像是思考的表情。她的两只长胳膊交叉着抱在胸前，一副沉思的样子："你们是从东面来的还是西面来的？"

"从西面来的。"

景追问道："要是从西面来，应该在赤间关或者上关缴纳帆别钱，并拿到免符。为什么没有？"

景这样怀疑理所当然。如果从芸予诸岛以西过来，应该经过赤间关（山口县下关市）或者上关（山口县熊毛郡上关町）的海关。

头儿更加畏缩身子，回答道："其实我们是安芸国高崎人。本打算在因岛缴纳帆别钱，所以往东行驶。没想到乘客里有人生病，没有法子，正准备返航。"

"噢，是这样啊。"景的眉结展开。

景也知道安芸国的高崎，位于能岛的西北面五里，距因岛的西面也是五里，距离很近。从赤间关、上关看，只是东面的一个小港口。所以虽说由西面过来，却不经过这两个海关。出高崎向东，如果从因岛的前面通过，也就没有机会缴纳帆别钱。

景问道："病人呢？"

"在船舱里。"

景让他掀开船板，往下一瞧，船舱里挤着几十个老老少少的农民，还有水手。一个农民抱着另一个低垂着脑袋、像是病人的农民，那人脸色煞白，跟死人一样。

景回头对头儿说："像死了一样。"

本来就已经死了——在一边听着两个人对话的留吉心里大骂这个女海盗。

头儿撒了弥天大谎！

装载留吉等二十名乘客的回船的确是从安芸高崎出发，但他们很快就勒死一名乘客，扣押大家的行李。事件发生后，村上吉充乘坐的因岛村上的关船发现了这艘回船。如果村上海盗上船检查，自己的犯罪行为就会暴露，所以急忙逃跑。

难道这大姐还不知道吗？——听他们的对话，似乎这个女海盗对恶棍头儿的解释深信不疑。

头儿申辩道："因为病情紧急，就打算尽快回高崎，刚好这时候，你们来了。"

"这么说，你们因为害怕就逃跑。"景的语气甚至带着几分同情。

当海盗还这么心软——留吉瞪着女海盗，咬牙切齿。

"这样的话，你们是打算不通关回高崎吗？"

"是的。你看连这小孩子都吓坏了。请高抬贵手，饶了我们。"

头儿厚颜无耻地指着留吉，稍微弯下腰来。在景看来，这个胆怯的孩子被他的父亲从后面抱着。头儿特地把留吉拽到甲板上来，正是这个目的。

然而，一次绝佳机会出现在这小家伙面前。

"小孩子……"女海盗一边说着一边朝留吉这边走过来。

现在正是机会——幸亏恶棍们在女海盗的后面，看不见留吉的脸。留吉对着女海盗眼珠上翻，左右转动，做出各种怪相，试图让她注意到身后正用刀尖顶着自己的那个喽啰。不知道女海盗是否有所领会，只见她目不转睛地看着留吉。留吉以为她已经理解，不料她的话令留吉大失所望。

"喂，这小家伙怎么翻白眼啊。"她转身大步朝头儿那边走去。

这个傻大姐！——小脑袋里大概只有耗子那么少的脑汁。留吉的眼睛恢复正常，垂头丧气，忽然觉得后背有点疼痛。女海盗说的话似乎让他身后的喽啰发觉留吉的异常举动。

糟了！——留吉的着急并非出于怕死，而是因为几年的夙愿未能实现。要是她对我们见死不救，我们就无法报恩。留吉盯着女海盗的后背，默默地祈祷她能看破头儿的伎俩。

景走到头儿跟前，停下来，似乎想结束谈话："你还有什么要说的吗？"

"没有了，只求您的宽恕。"头儿只是一味低头请求。

景深深吁出一口气，抬头看着关船大声喊道："喂，景亲，帆别钱收不了了。"

景亲也一直听着刚才景与头儿的谈话，便说道："是啊，既然不通关，就没法征收。乱收一气，又会挨哥哥说。"

景听到哥哥两个字，不由得心头一惊，但立即恢复平静，仿佛把自己解开的谜向大家公开一样煞有介事地说道："不能收帆别钱，不是因为没有通关。"

景亲本来懒得问，却还是问道："那是因为什么？"

然而，回答的不是景，而是留吉："这些家伙都是恶棍！海盗大姐，杀了他们！"

留吉下定决心，即使刀剑穿身，也要喊出来。景的回答却带着不满的语气:"啊,我刚想这么说,却被你先说了。"

关船上的景亲不知道发生什么事,从船舷探出身子,问道:"姐,怎么回事?"

这时,留吉命悬一发。当他大声叫喊的时候,身后的喽啰紧握短刀,使劲顶着留吉后背,随时就要捅进去。

就在这个瞬间,景低声说了一句"把这些家伙统统杀了",紧接着从头儿面前飞腾而起,在空中一边转身一边抓住刀柄,眨眼之间跳到身后的留吉面前,对着喽啰放出斩杀之刀。

留吉捉摸不透这个刀法,刀柄应该就在自己眼前,却只见一道闪光,刀已入鞘。出其不意,电光石火,喽啰虽然已经身首分离,头颅却依然坐在脖子上。

留吉回头一看,只见喽啰翻起白眼,脖子的刀口处鲜血流淌。他的短刀没有捅进自己的身体,留吉猛然爬向景的脚边。

"小家伙,没事吧?"景赶紧看着留吉。

留吉不但没有感谢,反而责怪起来:"反应真慢,刚才对你使眼色,做各种表情……大姐你真笨。"

"你说什么?"景沉下脸来。

刚才景的确没有领会留吉面部表情的意思,但是她从别的方面发现了。其实,照在短刀上的阳光反射在留吉身后的那个喽啰的额头上。这点早已被景识破,但留吉这小家伙还是一味责备,弄得景不舒服。

"我一开始就知道了,上船的时候就感觉出来了。"景撒了一点小谎予以否定。留吉还是回嘴道:"我叫喊以后,你才动手的吧?"

"我正打算动手,你先叫出来而已。"

这位大姐多大呢?——只有十岁的留吉都这么想,看来景看上去不大。在他眼里,这个龇牙咧嘴狡辩着的女海盗就和附近的捣蛋坏孩子差不多。

喽啰的脑袋终于从脖子上掉落下来，周围的小快船发出震耳欲聋的喝彩声。

乘坐在后面关船上的乃美宗胜和儿玉就英也看见这一幕。在小快船的海盗们沸腾的欢呼声中，宗胜高兴地眯缝着眼睛，说道："果然名不虚传。"

就英却皱着眉头："那家伙动刀了。"

旁边关船上的因岛村上吉充把手贴在额头上，显得有点苦恼，说道："果然是这个结果啊。"

因岛村上以为事情已经解决，便催促道："宗胜大人、就英大人，我们开船吧。"

就英不放心，说道："事情还没完，再等等为好。"

吉充嘿嘿一笑，说道："景做事情，只需片刻工夫，即可收拾事态。"

就在景和留吉进行无聊争论的时候，头儿立即重整旗鼓。原本喽啰们不持武器，以免引起怀疑，现在他命令手下全部持刀："对方就一个女人，劫持她作为人质，逃往高崎。"

头儿看见这个女海盗斥责部下的样子，尽管其貌不扬，却无疑出身高贵，只要将她俘虏，海盗们也就顺从自己。

"砍了她的手或者脚，让她老实点！"

喽啰们听到头儿的命令，一起拔刀，有两个人从景的后面突袭过来。

"来啊。"景残忍一笑，"小家伙，别离开我！"回身出手，猛势突进。

"蠢货，竟然和姐姐动手。"关船上的景亲皱起眉头。他作为弟弟深刻领教过姐姐的武勇，知道她的厉害。在回船上偷袭姐姐的这两个喽啰实在可怜，如同过去、现在的自己。

景往前逼进，却不拔刀。那两个喽啰一前一后，当双方逼近到一间（约1.8米）的时候，只听景一声"看刀"，她双臂在胸前交叉，接着猛地一挥，藏在手背套里的小刀飞了出去。

"啊！"前面那个喽啰哼叫一声，只见小刀扎在两只脚背上。小刀大概已经插进船板，他身子不断挣扎，脚却移动不得。

"蠢货！"

喽啰看见景棱角鲜明的脸庞露出冷笑的时候，景正从他身旁经过，手起刀落，头颅飞了出去。

"下一个！"景继续疾步向前，猛然抽出长刀，踩着船板，大眼瞪着另一个喽啰。对方不甘示弱，紧逼上来，准备短刀肉搏，只见他举刀劈头而下。

"好胆量！"景哈哈一笑，举起长刀，在头顶上架住对手的武器。紧接着臂力放松，同时左脚退到右后方，转到对方身边。对方拼尽浑身力气对着长刀挥刀劈下，却只是将景手中的长刀轻轻拨开一点，转瞬间长刀消失，而手中的刀不由自主地往前冲，身体也站不稳，向前倾斜。他一声低叫，跟跄着收不住脚，把侧面暴露给景。这是格斗中最禁忌的位置。他急忙转头，这时女海盗的长刀已经劈头盖脸抡下来。

喽啰的脑袋连同伸出来的手臂被景一刀两断。

"看着都疼啊！"景亲叫喊起来，不由得用手摸了摸自己的脖子。在周围士兵的欢呼喝彩声中，只有景亲皱着眉头，摸着脖子。

刚才的刀术是景亲自发明、从小经过无数次的研究磨炼才完成的。这个刀法是故意让对手挥劈自己的长刀，利用向下的反作用力，在身体侧面旋转长刀，使刀尖朝头顶劈去。对方越是用力，景的长刀的出击速度就越快。

"不打不成吗？"景亲对被砍杀的喽啰深表同情。

景为了磨炼这个刀技，总是拿景亲作为对手进行练习。景亲从小就挨打，到了青年继续挨打，结果脖子变得粗大，肩膀厚实，与这一副苦兮兮的脸庞很不相称。为了逃脱动作敏捷的姐姐，别看景亲个子高，很早就练就了一身逃跑的本领。

"这帮家伙这下子可领教了。"景亲嘀咕着，看见头儿带着四个喽啰浑身哆嗦。

"怎么，这就完了？"景垂下手中的刀，问道。她歪斜着厚嘴唇，那表情仿佛是失去了游戏的对手。

喽啰们面面相觑，但又互相交换眼色，他们明白，不抓住这个女海盗，自己就不能活着回去。

"上！"差不多已经忘了要抓这个女海盗做人质的头儿一声令下，喽啰们狂呼乱喊地扑上去。

"好，来啊！"景掠过一丝微笑，使出以弟弟作练手而磨炼出的刀术，片刻之间就劈落一个。

"下一个！"她吼道。但喽啰们已经丧魂失魄，不敢应战。谁上来谁死。于是他们一个个扔下武器，俯伏投降。

景满脸不悦地看着他们，刀尖指向头儿："喂，你怎么样？"

这个群贼之首手里拿着刀，眼珠一动不动地看着景。接着扔下刀子，倒地跪拜："岂敢！"

"哼！"景失望地收刀入鞘。

但是，留吉怒气未消，从景身后伸出脑袋，煽动道："他们勒死乘客，还想夺走我们的行李。要统统杀掉！"

景不快地说道："你小小年纪，说话却这么残忍。这个样子缺少教养！"

你才是呢！——留吉心里不服。干出这种最残忍的事情的，难道不是你这个女海盗吗？但是他刚刚见识过这一手可怕的刀术，便忍住不说。

"小家伙给我闭嘴！小家伙……"景呵责留吉，然后转向头儿及其喽啰。她不想就这样放走这帮恶棍，便严厉训斥道："喂，你们……能岛村上是有规矩的，如果你们放弃抵抗，就要服从规矩，接受相应的处罚。"

能岛村上的海关是随意私设的。从这个意义上说，回船的头儿与海盗也很相似，但能岛海关的存在在海域产生一定的秩序。只要老实缴纳帆别钱，不仅允许通行，甚至有时还能得到保护，海域内的犯罪行为会受到严厉的惩处。在警察力量薄弱的乱世，甚至可以说这是维持治安的道义性行为。

听了景的话，头儿和喽啰们都放下心来，看来并非传言所说，村上海盗不会随意杀人。他们还不知道规矩的具体内容，就松下一口气，实在过于轻率。他们都抬头仰望着景，一副苦苦哀求的样子。

景瞥了他们一眼，看看周围，发布命令："小子们，给我上！"

士兵们从景亲所在的关船上争先恐后地跳下回船，小快船如潮水般从四面八方靠上来，将叫做"投桥"的带钩绳梯搭在回船船舷上。关船和小快船的士兵们都害怕景的处罚，于是一直耐心地等待这个时刻的来临。

"哎呀呀……"如此一来，景亲也只好翻过竖板，跟着士兵跳下去。

"哎哟……"留吉不由自主地躲到景身后。

从关船上跳下来的士兵也好，从绳梯上爬过来的士兵也罢，都眼睛放光，一副穷凶极恶的面孔，对蜷缩在甲板上的头儿及其喽啰们怒目而视，简直就是一群渴望鲜血的野兽。连豪言壮语说自己不怕死的留吉也不敢正眼看他们。而此时的女海盗站在他们中间，双臂交叉，悠然自得。

一个小海盗跑到她跟前，乖顺虔诚地呼叫："小姐！"

小姐？！——留吉重新端详女海盗的脸。所谓"小姐"，应该端庄贤淑得好像不是世间的人。而眼前这个女子，如此粗暴狂野，也好像不是世间的人。这样的人算是小姐吗？正当留吉惊讶之际，女海盗对这个士兵命令道："船舱里也有一些人，把里面的喽啰抓起来，把农民放了。"

这时，留吉才想起祖父还在船舱里，顿时吓得发抖。船舱里的喽啰们发觉甲板上乱成一团，很有可能已经杀死源爷等所有乘客了。

所幸的是，源爷平安无事。

船舱里的喽啰尽管听到甲板上搏斗的声响，但没有因此对乘客动手。他们已经看见海盗船驶靠过来，如果贸然动手，最后受苦的还是自己。

不仅喽啰们，源爷等农民听到头顶上无数杂乱急促的脚步声，也都浑身打颤。不久，听见有几个人走过来，然后打开出入口的船板。从出入口的四方形边上探进来几张比喽啰还要凶狠数倍的面孔，其中一个露出残酷的笑容，叫唤道："我们是能岛村上。老实点！"

源爷上到甲板，看见船上满是身穿圆筒铠甲和兜裆布的海盗。留吉从他们之间穿过，边喊"源爷！"边跑过去。

"留吉，你没事吧？"

"没上天堂。"留吉显示出刚强的性格。

源爷抚摸着他的脑袋，环视甲板。从船舱里拽上来的十来个喽啰被推到船头，和头儿坐在一起。海盗们拥挤聚集在他们面前，处在一种节日般的兴奋之中。

源爷嘀咕道："这说不定呀……"

"怎么啦？源爷。"

"你最好别看。"源爷觉察出即将发生的事，对留吉摇摇头，却一眼看见站在海盗后面趾高气扬的高个子女子，令人瞩目。

"那个女的是谁？"

"能岛村上的小姐。就是那个大姐救了我。"

"她就是能岛村上的……"源爷凝视着景，瞧也不瞧她面前像是在哀求的男人，只是目不转睛地盯着她。

在她面前哀求的是她的弟弟景亲，他抬头看着姐姐，不断地恳求："姐姐，虽说是规矩，能不能算了。我实在下不了手。"

"你真是个胆小鬼！"景叹一口气，瞪着巨眼，脸上掠过令人悚惧的笑容，放出话来，"景亲，惩罚恶人有什么可犹豫的？"

景亲心惊肉跳，姐姐同往常一样，对这样的惩罚总是热血躁动，她本来就不听弟弟的规劝，现在更是听不进去。

算了，不行！——就在景亲放弃规劝的时候，忽然传来一声大嗓门："景，在干什么呢？"

13

景和景亲朝声音的方向看去，从后面驶来的因岛村上的关船正在几间远的地方将船头与回船并排靠拢。村上吉充站在船头上。

"这个家伙！"景怒骂一句。村上武吉的这个女儿爱记仇。她与吉充已经五年没有见面，但对他支持毛利这件事依然怀恨在心："是吉充叔叔啊。为什么事情过来的啊？我们可没事找你。"

吉充对景的怒骂并不介意，温雅的面部做了一个怪样，说道："有点事来求武吉。"

"你五年前攻打能岛,现在还有什么脸面来求他。"景情绪激动。

吉充毫无应对之意,说道:"好了,别这么说,那是武士奉公之责。"

"你……"景咬牙怒视。

这时,吉充乘坐的关船对面出现了两艘关船和几艘小快船,一个秃头的小个子从其中一艘关船上探出脑袋,用熟人般亲热的语气说道:"哎呀呀,能岛的小姐,好久不见了。"

"你是谁?"

"你不记得了吧。我是小早川的家臣乃美宗胜啊。"

"你是宗胜!"乃美宗胜不正是攻打能岛时毛利方面的总指挥吗?

"你也来打过我们吧。你这混蛋!"

"好了,别发这么大的火。"宗胜用一种戏弄的语调避其锋芒,在他眼里,景不过是叫声烦人的小狗。

景龇出牙齿怒骂:"这个秃驴!"

但是,当她看见站在宗胜身旁的一个男子时,立即收回龇出的牙齿,表情端庄起来。站在宗胜旁边的是一个年轻的武士,眼角细长,目光清澈,气势凛然。景目不转睛地看着他。

这眼神,真讨厌!——站在景身旁的景亲皱起眉头。只要姐姐看见英姿飒爽的年轻武士,都是这副模样,眯缝起眼睛,用一种鉴定般的目光从头到脚打量着对方。丑女人的这种神态实在惨不忍睹,真想捂住眼睛。而且这一次她看见的是世所罕见的英俊威武的年轻武士。

嗨,别做梦了——景亲深深叹息。

景似乎对这个年轻武士十分满意。在这种场合,也不知道是出于什么策略,姐姐总是特别强势。果然,她圆睁巨眼,粗暴地责问对方："你是什么人？"

年轻的武士明显流露出不快的表情，回答道："儿玉就英。"

景的眼眸里深藏着欲望。她知道这个名字，毛利家族直属的家臣、本家的海盗首领。年过三十，好像依然单身。

景亲也听说过就英的传言。这时，他发现姐姐心怀不切实际的想法。姐姐到处宣扬自己"非海盗不嫁"，如果对方既是勇武俊秀的武士，又是海盗家族的家主，那就是最好不过的猎物了。

这个时候，姐姐装出平静淡然的样子，让人看着难受。"噢，是吗？"她明明两眼发光，却是一副漠不关心的神情，以居高临下的态度对就英说道："你就是儿玉海盗的首领啊。"

"是的。不过，我们不叫海盗，毛利家族很温雅地称之为警固众。"

景在这个时候也不会服输："警固众啊——"鼻子哼一声，看着自己的士兵大声嘲笑道，"还挺会自命不凡的。"

士兵们也学着景的样子哄笑起来。

就英怒气毕露："不许这么说！"

景根本不把他放在眼里："这么说，温雅的警固众不会变成他们这个样子吧，对着村上海盗哭泣求饶？"接着嘿嘿一笑，大声命令道："小子们，做好准备！"

命令一出，士兵们把几个烧得通红的火桶粗野地放在畏缩在船头的头儿及其喽啰的面前。火桶中露出铁棍似的东西。

头儿及其喽啰一看见火桶，齐声惊叫起来。他们这才明白所谓村上海盗的规矩是怎么回事。头儿在甲板上爬着想逃跑，但站立在他面前的都是蛮横的海盗，立即踩着他的后背，把他压趴在地上，抱着两肋拖回去。

"求求你们，饶命啊！我再也不干坏事了。"在甲板上被拽拖的头儿使劲向景求情。他的喽啰们被海盗从左右两边把胳膊拧起来，跪在地上，低垂脑袋，痛哭叫唤。

景看着头儿，用残忍的笑容回答他："已经晚了。"

就英清清楚楚地看见回船上发生的一切，问宗胜道："又要发生什么事？"

"现在要执行能岛村上的古老刑罚。对在能岛领海为非作歹的处置方法只有一种。"

就英着急问道："是什么？"

"在额头上烙印。"

《武家万代记》里的法规文件《海盗连判状》这样记载："罪船之事，在船头与加子（水手）之额上烙印。"

在犯罪的船老大及其手下的额头上烙下印记。

能岛村上的村上武吉、因岛村上的村上吉充、来岛村上的村上吉继等三岛村上的家主或者相当于家主身份的人都在这份连判状上签了字，但至今还遵守这个古法的就只有能岛村上一家。因为这个惩罚方式过于野蛮残忍。

景大喝一声："动手！"

士兵们从几个火桶里同时拔出烧得通红的铁棍。他们没有丝毫的犹豫动摇，在其他士兵一把抓住头儿及其喽啰的胡子扬起脸庞的瞬间，把赤红的铁棍一下子摁在额头上。

随着皮肉烧焦的声音，头儿和喽啰们凄厉地尖叫起来。片刻之后，黑烟消散，额头上留下乌黑的烙印，一个圆圈里有个"上"字。这是村上海盗的家徽。

"这下子该领教了吧。"在团团围在自己身边的士兵们的呐喊声中，景放声大笑。

在众人的惊惧沉默中，只听见源爷颤抖的声音："还是那个烙印啊。"

有流言说，在源爷居住的安芸高崎的村子里，附近的海面上漂浮着额头上烙有这个印记的尸体，偶有幸存者游到岸边，也都变得痴呆。看到这些尸体和半生不死的人，大家都不寒而栗，深知村上海盗的淫威，一定刻骨铭记在芸予海域绝对不能干任何坏事。

留吉站在源爷身边，大骂这帮恶棍："活该！"

景扭头对留吉说道："小家伙，还没完呢。好好看看这帮家伙的下场。"紧接着命令道，"开始第二步！"

士兵们立即上前，把喽啰们的脑袋使劲扳过来，仰面朝上，用几乎刺穿头颅的力气猛力烙印。回船再次响起撕心裂肺的惨叫。

"果然是能岛村上，绝不手软。"听着回船上凄厉悲惨的叫声，宗胜在几间之外的关船上发出赞叹。

宗胜身边，就英扭曲着英俊的脸，看见景在哭喊的喽啰们前面仰天大笑。

"恶心！"就英吐出一句，转身不看这惨无人道的景象，命令士兵"开船"。

就英的关船开动的时候，回船上所有罪人都给烙了印。

景亲眯缝着眼睛注视着惨状，有的痛苦呻吟，更多的是茫然自失，还有的痛死过去。姐姐面对这些人无动于衷，冷酷无情，付之一笑。

这样的话，哪个男人敢接近她——景亲实在无奈，叫道："姐儿。"示意她看前方。

"嗯？"

景闭上大嘴，看着关船刚才所在的地方，只见三艘关船带着小快船迅速朝能岛方向驶去。一个男子站在关船的船尾，凝视着这边。从形态判断，大概是儿玉就英。

景对着越来越小的就英人影嘟囔道："窝囊废！"虽然这句

话不应针对自己想嫁的男人,但只有景亲知道姐姐还是希望嫁给就英。

而远方的就英也在注视景,但想法与她截然相反——多么可怕的丑女,多么可怕的悍妇——看着越来越远的景的人影,心头越发堵得慌。

14

景久久地目送儿玉就英离去,然后回头慢慢地看着这些烙印的罪人,命令道:"把这帮家伙统统扔到海里去!"

"遵命!"士兵们叫喊着,两人一组,抓着罪人的胳膊和脚,把他们一个个扔进海里。

景看着他们有的游,有的沉,哼了一声。这场游戏到此算是结束,便转过身背对大海,脚踩着从关船上垂放下来的绳梯,对留吉说"小家伙,来",随后敏捷地爬上梯子。

留吉嘴里叫着"海盗姐姐",跑到她脚边,好像要感谢的样子。

景往下看着留吉,皮笑肉不笑:"你不用谢。"

"不是这个意思。"留吉不悦地说道,"姐姐,你把恶棍都扔到海里去,没人开船啊。你得想办法。"

"你怎么回事啊?杀尽恶棍不是你说的吗?现在把他们都处理了,你又要我去找摇橹的水手。"景感觉十分败兴。

"留吉,你能闭嘴吗?"源爷慌忙拽住留吉的绳腰带。留吉喝道"源爷,你放手",不想离开绳梯。其他乘客既希望留吉说的话得以实现,又害怕海盗的威势,便远远地围观。

"好了好了,知道了。"景不耐烦地说道,"留吉,这个老头儿就是源爷吧？我让士兵把你们送到高崎。这行了吧。"

她对士兵下令后，自己继续抓着绳梯往上爬。士兵们也一个个顺着绳梯爬上去，回到原先的关船或小快船上。不一会儿，回船上只剩下留吉、源爷等农民乘客，还有奉命留下来担任水手的士兵。士兵们立即在两侧船舷开始摇橹。

"姐姐！"留吉大声叫喊，似乎还有话要说，但这时回船开始掉头，头顶上的景也消失在竖板后面。

源爷摁着留吉的肩膀，说："算了，能遇上海盗已经很幸运了。"

尽管留吉十分不满，也只好闭嘴。景的关船也开始掉头，船头与回船南北相反，大概驶返能岛吧。掉头完毕，无数的小快船跟随在后面。

景站在关船的船头，眼望前方，就英与乃美宗胜、因岛村上的吉充船队都即将消失在伯方岛后面。

"露一手能岛村上的本事，我们要比毛利先返回能岛！小子们，快！"景吼叫着发布命令。

当能岛村上的船队消失在伯方岛背后的时候，宗胜对就英说道："就英大人，你是第一次来能岛吧。"

"你要让我说几遍？"就英板着脸。

宗胜指着在旁边行驶的就英的关船，建议道："那好，你命令儿玉家族的关船提高警惕。"

因为就英要向宗胜请教通往能岛的航线，便和宗胜同乘一船，自己的关船跟在一旁。这时宗胜提醒就英注意。

"为什么？"

宗胜伸出粗短的胳膊，指着船首方向。

就英一回头，看得目瞪口呆，气都喘不上来："这……"

航道两岸悬崖峭壁，势逼欲倾，甚至令人产生关船无法从这狭窄的水路通过的错觉。

宗胜道出这险滩的名字："鼻栗濑户（海峡）。"

鼻栗濑户被东面的伯方岛、西面的大三岛夹在中间，最窄处只有三百米。这条水路可以说是从本州南下能岛的鬼门关。

"不行！"就英跑到船舷边上，对着并行的自己的关船大声喊道："走海峡正中间。"

这个时候，潮流与航向相同，是顺流。如果能巧妙地利用潮流，可以不费力气地抵达能岛，不料却遇到如此狭窄的海峡。潮流的速度非同寻常，再往前一看，这条水路的两侧贴着两个岛屿的边缘，歪七扭八。

"把紧舵！"就英又叫起来。

这时潮流突然加速，他"啊"的一声，紧紧抓住竖板，再回头看自己的关船和小快船，正在漩涡里颠簸旋转。

"五年前可是历尽艰辛啊。"宗胜摇着大脑袋叫喊，语调中透出一种愉快。

"哼！"——就英再次把目光转向大海，本应跟在后面的因岛村上的关船追赶上来，超越过去。他们对这一带的漩涡海况了如指掌，船头稳定，沿着航线一路南下。

吉充从船舷大声说道："就英大人，您没事吧？"谦恭的语气更触怒就英的情绪。

就英含带怒气地命令道："你们先去能岛，通知他们说我们马上就到。"

"遵命。"吉充又故意表现出谦恭的样子。

"那小子欺负人。"就英看着超过去后变得越来越小的吉充的关船嘟囔着，但真正激怒他的还在后头。因岛村上的关船过去以后，接着是能岛村上的关船和无数的小快船开始大举超越。

"这帮家伙……"就英狠劲抓着竖板，几乎要把木板捏碎。

能岛的小快船在被海潮颠簸的毛利的小快船中穿梭，一艘接一艘地超越过去。小快船之后是关船，景悠闲自得地坐在船舷一侧的竖板上。

村上武吉的女儿露出两条大腿晃荡着，大声揶揄："什么警固众，也没什么了不得。"

"这个丑女人……"就英感到窝心，而身边宗胜漫不经心的一句"啊，景小姐，又见到你了"更让他火冒三丈。

"宗胜！"

就在就英气冲冲怒吼的时候，能岛村上的船队已经过去，从远去的关船上传来女人的高声尖笑。

就英和宗胜率领的毛利家族的船队就像被鼻栗濑户扔出来一般，终于进入比较宽阔、水流缓慢的宫洼濑户。这是由南面的伊予大岛、北面的伯方岛和大三岛钳制的东西走向的海域。毛利船队一片混乱，惨状犹如海上遇难。

就英在稳定下来的船上稍微歇一口气，环顾四周，不见村上海盗船队的影子，他们大概已经靠岸了。

"对准辰巳（东南）方向！"就英身旁的宗胜发出命令。

随着船头转向东南方向，就英注视着航线前方，影影绰绰有两个被伯方岛和伊予大岛夹持的小岛，还看见有几条船停靠在那里。

"那就是能岛吗？"

宗胜摇摇头："不，那是见近岛。"

这个小岛现在架设着联结芸予诸岛的公路（广岛县尾道市至爱媛县今治市的公路），桥墩所在的岛屿当时也属于能岛村上。

"见近岛右后方的那个岛才是能岛。"

"就是那么个小岛啊……"就英感到吃惊。

能岛比见近岛还要小，也是一座小山，山间数处削平，建成城郭，像是要塞。不过，威震天下的海盗王的根据地难道就是这样的小城寨吗？

宗胜点头道："的确是这样。武吉拥有伊予大岛等诸多岛屿，但对能岛情有独钟。"

"什么缘故？"就英觉得奇怪。但是，随着关船靠近能岛，直至看清全貌，就能知道武吉将根据地放在能岛的理由。

从宫洼濑户往东南，伯方岛和伊予大岛近在咫尺，海域如同受到挤压，突然变窄。控扼这个狭窄海峡的是比能岛大得多的鹈岛。能岛位于鹈岛与伊予大岛之间的极其细窄的航道上，尤其是鹈岛与能岛的距离不到百米，这条航道叫做荒神濑户，是险滩中的鬼门关。战时又是无与伦比的天然堑壕。

"那道海峡流速多少？"刚才在鼻栗濑户备受折磨的就英心有余悸。

宗胜苦笑着说道："在这险要之地修筑城堡，易守难攻，船难以靠近。"

水流继续加速，秃顶宗胜在颠簸的关船上又愉快地说："这可以看出他很要强。"

"哦……"就英又紧紧抓住竖板，回头看跟随在后面的儿玉家的关船和小快船，船队果然乱成一团。

"你们想让能岛村上看笑话吗？振作起来！"就英扯着嗓子喊，但他自己抱着竖板，已经没有任何威严可言。

15

一个四十多岁的男人从能岛城内城的庭院里俯视着毛利家族

的船队。

他身材矮小,与身材匹配的小脑袋、难以产生赘肉的体质、从窄袖露出的手腕显得细小,却青筋暴起。

一张古铜色的脸,其中最具特点的是前额。前额高高隆起,一双与景一样的巨眼炯炯发光。与结实健壮的身躯相映衬,给人一种浑身充满智慧的印象。他就是《能岛家根本觉书》盛赞为"无与伦比的武士"的能岛村上之家主村上武吉。

该书记述,就是他建立起征收帆别钱的制度。这项措施给原先只是海上犯罪团伙的海盗提供了稳定的生计来源,变成秩序井然的组织。据《能岛来岛因岛由来记》记载,除能岛城外,武吉还拥有务司城、中途城等八座城寨。

武吉的嘴角浮现出微笑,充满海盗王独特的威严,在海风的吹拂中关注着毛利家族的船队。

从内城看到的毛利船队与其说是正向这边"驶"来,不如说是被潮流"冲"到这边来。

"毛利家的警固众还是不会用船。"武吉身旁的一个中等身材、肤色白皙的年轻人冷笑着说道。

他和武吉一样,也是前额凸起,但眼睛细小,目光极其尖锐。他是武吉的长子元吉。

武吉听着儿子的嘲笑,依然面含微笑,忽然目光转向左边,看着环绕内城的带状城郭外山崖下的宽阔沙滩,轻声一笑。

元吉微微歪过脑袋,看着父亲注视的方向。

俯瞰能岛,大致呈三角形。周长约八百米,到处都是堤坝兼码头,三角形的三边都可以停船。

位于岛中心、被削成平地的山顶部分是武吉和元吉居住的内城,四周是削得更低的平地,叫做"带曲轮"。三角形的顶点部分也建筑有这样的曲轮。能岛共有五个曲轮。

三角形岛屿的西侧是开阔的海滨，这里是能岛城的主要码头，小型船（小快船）直接驶上沙滩，关船停靠在堤坝旁边。另外，能岛的南面与一个叫做鲷崎岛的小岛相邻，也修建有曲轮，两岛由吊桥连接。

　　元吉看见在商船进进出出的西面海滨上，几十艘已经完成工作的小快船正陆续靠岸，士兵们从船上下来，登上沙滩。几艘关船也停靠在堤坝旁，其中一艘是因岛村上的，家主吉充正从甲板垂下的绳梯上下来。

　　元吉把目光移向能岛村上的关船，他不由得皱起眉头。

　　妹妹景忽然从关船后面探出头来，观察四周，接着小心翼翼地朝内城相反方向的鲷崎岛逃去。半路上看见山崖的坑洼，便躲在里面，从内城看不见她。

　　"景又躲在那里。"武吉笑了，他的语气像是欣赏宠物小狗做出的奇妙动作。

　　元吉却没有好气地说："景这家伙，好像又干了海盗的营生。"细小的眼睛里含着怒火。

　　"正好……"武吉满面笑容，对元吉说道，"要是她刚回来，大概已经见过儿玉就英了。你去问问景的想法。"

　　元吉自然知道要问景什么事，可是一听父亲这话，心里就有气。不论景做什么，这个父亲从来也没有责备过她，完全是放任纵容。后来，当哥哥的元吉不知不觉地开始代替父亲管教景，要让她做一个真正有出息的人。

　　元吉发牢骚道："用不着问她什么想法吧。父亲，你对她太娇惯了。"

　　武吉没有正面回应，开玩笑地说道："我是父亲，除了惯女儿，还会什么啊。"

　　元吉满脸不高兴地离开，武吉在后面说道："别老教训她。"

元吉头也不回,大声说道:"多管闲事。"

被他们发现了吗?——躲在山崖后面的景大吃一惊。探出一只眼睛朝内城一看,发现哥哥元吉正从城道上下来,朝自己这边走来,看样子不是来迎接毛利家族的。这样的话——真是糟糕,又要被他训一通话——别看景已经是二十岁的大姑娘了,挨哥哥的责备还是战战兢兢的。

在景看来,要不被哥哥痛骂,要不索性挨揍,这倒并不可怕。但元吉的做法不是这样,而是没完没了的车轱辘话,景都已经听得耳朵起茧,同样的话翻来覆去,只能当作耳边风。

怎么办?——没有时间磨磨蹭蹭了,景转身朝鲷崎岛方向跑去。穿过堤坝,来到能岛南端的吊桥前面,吊桥那一头就是鲷崎岛。景看着脚下轰鸣涌动的海潮,跑上吊桥。

在桥上还遇见能岛村上的家臣。按说家臣对主人家的小姐要跪拜,可是,在这种粗野人的集团里,这一套规矩都免了。可能对方觉得对这个无人管教的野小姐没有必要表示敬意,只是轻描淡写地说一句"呀,小姐",就过去了。

景是那种见面时绝不会表示敬意的女人,在双方擦肩而过的时候,景急匆匆地说道:"喂,你……这么回事……拜托了。"紧接着迅速跑过去。

"这么回事"……大家都知道是怎么回事。只要景惊慌失措地逃跑,肯定就是挨哥哥教训的时候。反正海盗行径都已经暴露,所谓的"拜托"也就是让他不要告诉哥哥。

"啊,又是这么回事啊,知道了,知道了。"家臣笑呵呵地回答着,景已经跑过吊桥,消失在鲷崎岛哨所后面。

景将后背贴在哨所的墙壁上,窥看吊桥,没有发现元吉——

真危险！她稍微放下心来，往正面一看，突然哇地叫起来。

鲷崎岛南端的庭院里，一个身穿窄袖便服的女子正眺望大海。

景大喘一口气："原来是你啊，琴。你怎么来了啊？"

"嗯，回到老家来了，也到这里看望养父。"琴微笑着。

她名叫琴姬，是村上武吉的养女，前年出嫁，离开能岛，与景同岁。

还是这么漂亮——景每次见到她，总是这么发自内心地感叹。

扁脸丰颊勾勒出女性的曲线，眼睛如利剑划开的一道细缝，小嘴噘起，肤白，声细，态度拘谨，身体雍容丰满，细微的一举一动也呈现出娇媚的艳丽——大概所有的男人都会为之倾倒。

这在当时是美女的标准，如琴姬这样，面部线条柔和，有点肥胖。总之一句话，长相要和景截然相反才是美女。

琴姬成为武吉的养女以后，她的美貌引起众人的关注，一传十，十传百，与村上海盗友好往来的周边各国都家喻户晓，提亲之人络绎不绝，踏破门槛，而景无人问津。

琴姬在这个问题上表现出意外的固执倔强，对所有的提亲者都不点头，武吉也不勉强。过了几年，她终于答应嫁给战国枭雄毛利元就的第四子元清。对于濑户内的女人来说，这是无比美好的良缘。直到这时，大家才发现琴姬的真实目的。

这样的琴姬，在景眼里是一个稳重文静、彬彬有礼的女子。

景看着琴姬洁白无瑕的脸颊，心想这就是那个通康的女儿啊——九年前病死的来岛通康是琴姬的生父，也是当时来岛村上家的家主，性格与女儿完全不同，是一个刚勇之士。在战场上流传有很多故事，与村上武吉并称双雄。可以说，通康时代是来岛村上家族的鼎盛时期。

不过，性格这么老实，每天多无聊啊！——景对通康的这个女儿表示小小的同情，虽然羡慕琴姬有一副漂亮的脸蛋，但并不想取而代之。因为景有自己快乐的海盗生活。

其实，这样看待琴姬是个误会。她对自己很满意，而且并非老实的女子。

她颇有心计。

"您穿得够凉快的啊。"琴姬看着比自己高一头的景，可怜兮兮地说，接着轻笑几声。那笑声含带轻微的嘲弄和蔑视。

可是，村上武吉的亲女儿对这种微妙的揶揄和侮辱满不在乎，拍拍黑黝黝的胳膊和大腿："穿长袖长褂的衣服，要是掉进海里，就难以逃生，还是这样的好。"说着，露出洁白的牙齿笑起来，"琴，你穿的衣服真好。毛利家一定是非常豪华吧。"眼里流露出艳羡。

琴姬没有得意忘形，哼哼一声，优雅文静地微笑着轻轻摇摇头。

"虽说是毛利家族，但由于是元就公的四子，被送去穗井田家族当养子，继承其家主地位，所以我是穗井田家的家眷。"

虽然琴姬的丈夫是毛利元就的四子，却是庶子，即侧室所生。他与元就正室所生的隆元（已故）、吉川元春、小早川隆景不一样。穗井田家只是毛利家纯粹的家臣，尽管琴姬貌美如花，却也无法指望提升地位。

琴姬聪明伶俐，她明白先把事实告诉对方，装出一副谦恭的样子，反而会让对方感觉到自己的炙热威势。

其实景并没有把琴姬的话放在心上，只是随口应付道："噢，是嘛。穗井田，不是毛利。"她的语气甚至令人感觉心不在焉。

琴姬对这种迟钝的反应并不买账，心想一定要让这个黑不溜秋的大个子女人知道我的荣华富贵，便说道："不过啊，我的孩子说不定会成为毛利家的人，因为家主辉元老爷没有子嗣。要是我们有了孩子，听说要过继做养子当继承人呢。"琴姬说话的语气温柔，却夸大其词，说得天花乱坠。

不过，她后来还真的如愿以偿。三年后的天正七年（1579年），琴姬生下一子，名秀元，成为毛利辉元的养嗣子。再后来，因为辉元生下男孩，秀就不能成为继承人，但毛利家对他十分重视，让他另立门户，成立分支。于是秀元成为长府藩的藩祖，作为长州藩的支藩一直延续到明治维新。

琴姬继续说道："不过啊，大名家主的母亲可不怎么样，听说让人感觉拘束，不喜欢。现在这个婆婆还可以。"

"哦，你不喜欢啊。"景感觉十分腻烦。

其实景这个大个子女人也理解嫁给毛利家四子的琴姬的威势和幸运，但没想到这个女人会如此拐弯抹角地自吹自擂，故无法领会话里话外的微妙含义。

景日夜在船上与男海盗们混在一起，说话只会直来直去。从这层意义上说，几乎所有的女人她都应付不过来。在景看来，嫁人的目的因人而异，她感兴趣的是："你觉得当穗井田家的太太有意思吗？"

琴姬终于对景失去信心，以教训的口吻说道："这我可不知道，不过，元清老爷把幕府里的事都告诉我，我听着就高兴。"说完，她把目光转向大海。

"这么回事啊。"景还是显得似懂非懂。

就在这时，从吊桥方向传来一声怒喝："嘿，景！"

景不由得缩下脖子，但这声音不像是哥哥元吉那样的响亮优美，而是如战场上闷雷般沙哑苍老。

连来岛的吉继伯父都来了——这是景除哥哥之外最怕的人。他就是《能岛来岛因岛由来记》所记载的"小豆岛等五城之城主、来岛村上家的重臣"村上吉继。当时他不是以来岛，而是将大三岛（爱媛县今治市大三岛町）海上的小岛屿修建为要塞作为根据地。

九年前，琴姬的父亲来岛通康病逝的时候，当时六岁的儿子通总继承来岛村上家主之位。通总是琴姬的弟弟。一直辅佐年幼家主的就是村上吉继，在天正四年（1576 年）这个时候，大有来岛村上家族代表的形象。他比景的父亲武吉年长，已年过五十。

另外，景等村上武吉的孩子叫因岛村上的家主为"吉充叔叔"，叫这个吉继为"吉继伯父"，准确地说，其实他们都不是名副其实的"叔叔""伯父"。只是因为先祖是兄弟，便约定俗成一直这么叫下来。

这家伙还是和毛球一个样——五年没见，今天看到吉继伯父这个样子，景不由得撇了撇嘴。

吉继的长相就像连环画里所描绘的海盗模样。个子很一般，身躯却十分壮实，腰粗肉厚，从和服半裙裤下露出来的脚脖子粗壮，从窄袖便服的领子处露出的胸肌仿佛要撑破衣服似的。胸毛粗硬浓密，一直铺卷到咽喉，从袖口挤出来的极粗的小手也长着密密麻麻的黑毛。在景眼里，他就是一个毛球。

"景，你又干了什么好事？"吉继不容分说地大声斥责。他鼻孔朝天，脸的下半部分覆盖着荆棘般的胡子，眉毛也是极粗，仿佛草丛中露出一双眼睛。

"什么也没干。"景翻起眼睛看着吉继，一反常态胆怯地撒谎。

"胡说！你不会什么也不干的。"吉继总是这样，不分青红皂白就是劈头盖脸地责骂。

他每次来能岛，只要一看见景，就暴跳如雷。然而不幸的是，景总有一些地方被他说中。吉继得理不饶人，总把胆怯的景抱起来扔进海里，景也因此练就一身好水性。

景十五岁的时候，因为来岛村上跟随毛利家族攻打能岛，后来就再也没有见过吉继。因此景很久没有被扔进海里,但见到吉继,本能地感到紧张,而且现在的景的确有辫子可抓,心虚得很。

"瞧瞧,还是干坏事了。"吉继打一个榧子,逼近景,忽然发现琴姬正看着自己,立即改变主意,放下胳膊。

他以与对待景截然不同的谦恭卑下的态度对琴姬说道:"小姐,船已备好,请回城。"

"是嘛。"琴姬以对待下属的态度回答吉继。

吉继虽说是来岛村上的重臣,但毕竟只是家臣,对家主的姐姐琴姬自然毕恭毕敬。这么说的话,景也是能岛村上家主的女儿,吉继也应该像对待琴姬一样尊重她。

景抱怨道:"我也是小姐哦。"

吉继怒目相视,呵责道:"有像你这样的小姐吗?"紧接着立即换一副面孔,低三下四地对琴姬说道:"小姐,请!"

这个毛球混蛋!——景瞪眼怒视吉继的后背。

"景小姐,我先走了。"琴姬可爱地告别,表情收敛。

景想起自己正在逃跑,扔下一句"好,琴,我也走了",打算逃进哨所里。

"想逃到哪儿去?"

从哨所里传来哥哥元吉严肃的声音。景凝视着黑乎乎的哨所里面,看见哥哥白皙的面孔,面无笑容,目光锐利,显然怒气冲冲。

"哥哥。"景身子僵在那里。

16

元吉走进内城宅邸自己的居室,背对着壁龛柱子坐下来,然后指着正面的座位说道："坐！"

"是。"

站在门口的景乖乖地闭拢双膝坐下来。她垂头丧气，缩着身子，看上去整个人小了一圈。

元吉盯着景的头顶，平静地说："又当海盗去了？"

"是。"景低垂脑袋老实回答。

"父亲对此事视而不见，但兵书上说，女子上军船乃禁忌。"

"是。"

能岛村上家族世传的《能岛家传》明确记述："禁女子上军船。"

该书记载水上作战的战法以及战场章法，元吉将其奉为圭臬。村上海盗的家传兵书有数种，元吉全都读过。

女子不上军船，可以说是几乎所有的兵书都必须记载的规定。元吉不能不当回事，这也正是景见哥哥就跑、见吉继就抬不起头的原因。

"你以前……"元吉开始教训，"说过海盗那些事不是打仗，所以干那些事不要紧。"

"是。"景小声回答。景也有她的道理，征收帆别钱这样的海盗活儿的确也会遇到反抗，但不会发展为争端或战争。

当然，景这个人十分渴望参加战争，跃跃欲试，于是在海盗活动中挑起战斗。按照兵书的规定，景不能上战船，那就只好在海盗活动中体验战斗，发泄积压在心中的郁愤。

元吉将妹妹的这个意图看得一清二楚："但是，海盗活动中，如果对方反抗，会立即变为战斗。所以，这也必须禁止。不论什么情况，女子都不能上军船。"

"是。"

"我这么说并不是完全因为兵书上的规定。"

"是。"

"还有你的出嫁问题。"元吉还在教训，但他的声调没有升高，而是一成不变的平淡语气，"你的婚姻毫无进展，你知道是什么原因吗？"

"是。"

"是因为你品行不好。"

"是。"

"婚姻是家庭之间的结合，像你这样品行不好的女子，弄不好反倒与对方结仇。没有哪一家会冒冒失失地娶你这样危险的女子做妻子的。你自己不这么认为吗？"

景依然低着脑袋回答："是。"

这时元吉发现妹妹从始至终就答一个"是"字，于是问道："你一直就回答'是'吗？"

"是。"

元吉白皙的额头上青筋暴起，但还是保持平静的语调："你以为只要回答'是'，我就不再继续责备你了吗？"

"是。"

这个"是"一说出口，景一下子惊觉起来——糟了，回答错了。她抬头一看，哥哥满脸通红。

"景！"元吉大声怒喝，对着吓得身子后仰、双手撑在身后的景怒吼起来："景，你听着！绝不许你提什么想参战的要求，海盗活动也一样。如果你还是海盗的女儿，就必须坚守兵书上的规定。知道了吗？"

"是。"景后仰着身子回答。

元吉使劲呼出一口气，沉默片刻，脸色逐渐恢复正常。要是平时，他总是变换其他说法继续重复"女子不能上军船"的道理，但今天不一样。

"这不是今天谈话的重点。"元吉出乎意料地问道,"看见儿玉就英了吗?"

"嗯。"景战战兢兢地重新坐好,感到不解。

元吉继续说:"父亲希望与儿玉家结为连理。"

什么!——景差一点探出身子,但是,眼睛不会撒谎,她目不转睛地盯着哥哥。

"父亲命我了解你对他的想法。"元吉不快地避开妹妹渴望的目光,重新凝聚视线,以居高临下的态度问道,"不会不同意吧?"

景对这桩婚事当然求之不得。就英无论事业还是容貌都足够符合条件,景恨不得现在就飞到他身旁。但是,女人因为自己长得丑,往往反而故意摆架子。景也不例外,双臂抱怀,装作沉思的样子:"嗯……"

元吉这个人循规蹈矩,死板认真,看到妹妹的态度发生意外的变化,顿时不知所措,一本正经地问道:"不喜欢吗?"

景煞有介事地提出貌似有理的问题:"这么说,父亲打算把五年前的战争一笔勾销吗?"

"你是在考虑这件事啊。"元吉心想原来是这么回事,便使劲点点头,说道,"父亲是这么打算的。听说自从五年前的那场战争以后,你就不喜欢毛利。所以你也讨厌毛利的直属家臣儿玉家族吗?"

"不,那件事就算了。"景一口扔掉刚才的理由。

见景避而不答,元吉问道:"那是因为什么啊?"

"儿玉家族嘛……"

"海盗家族不是很好嘛。"

"这个嘛……那倒是。"说罢,景低下脑袋。

元吉猛然想起来,于是再一次叮嘱道:"你记住,嫁过去后也不能干海盗那些事。"

"嗯。"

景抬起头来,立刻想到,反正现在就禁止自己干海盗活动和上军船,嫁过去以后,只要瞒人眼目一样可以出海。

元吉开始不耐烦:"怎么样?嫁不嫁啊?"

"是啊,嫁不嫁呢……"

元吉看着景,发现她深思的表情里流露出笑意,终于知道这家伙在装模作样,便说道:"你真不自量。"然后猛地站起来,扔下一句"好了,我把你拒绝这门亲事的意思告诉父亲",重重的脚步向门口走去。

"哥哥,我刚才瞎说的。"这个时候,景再也不能继续装腔作势了,连爬带滚地跟在元吉后面,说道:"我去我去。哥哥,我嫁。"

"那你不早说!"

17

村上武吉独自在内城宅邸的大厅里等着大家。

说是大厅,其实就是在周边不过八百米的小岛顶上削平一块地,在那儿修建起来的宅邸中的一个房间,连三十张榻榻米都没有。在回响着海潮声音的大厅里,他站在敞开的采光隔扇旁边,望着天空。

来岛的村上吉继粗鲁地拉开板门进来,怒吼道:"怎么啦?武吉,毛利还没来吗?"

武吉回头微笑着说:"已经送琴出去了吗?"

矮小的武吉与魁梧的吉继在一起,简直就是一个小孩、一个大人的感觉。然而,座次是有规矩的。孩子在上席,大人在下席。并不是因为这里是能岛村上的根据地，就是在来岛、因岛见面，能岛村上也必定是上席。

"嗯，已经顺利出发了。"吉继按照规矩坐在下席，突然皱起脸，说道，"刚才见到景了。怎么回事啊，年龄也不小了，打扮得怪模怪样的。我看还是赶紧找个武士家庭嫁了算了。"

武吉依然满面笑容地坐在上席："她还提各种条件呢。"

吉继啧啧嘴，说道："就别挑肥拣瘦了。"

这时，外面有人打开板门，进来的是因岛的村上吉充。与在毛利、小早川的家臣儿玉就英、乃美宗胜面前时那种谦恭的态度大相径庭，现在显得轻松悠闲。

"嗨，肩膀发酸。"他解下带刀的刀鞘，使劲敲打肩膀。刀鞘的形状很奇特，宽如锯子，弯度很大。刀鞘里的刀大概状如一弯新月。

"吉充，你还用这把刀？"武吉觉得可笑。

这是吉充引以为豪的青龙刀。村上海盗的先祖是倭寇，这把刀据说是当年在朝鲜沿海一带打劫的时候带回来的。虽然不如日本刀锋利，但外形的气势出类拔萃。

"这种刀吓唬吓唬人还是数第一的。"吉充把青龙刀高举在武吉头上，坐在吉继对面。

三岛村上三巨头聚在一起，还是五年前与毛利家族战争以来的第一次。这三个人只要聚在一起，就好像回到少年时代那样亲切，但是，吉继和吉充都摸不透武吉的心思。

毛利家向武吉派遣事先通报的使者已经出发，对于毛利家族的要求，武吉的回答决定着和战的关键。吉继和吉充打算先问清武吉的意向，如果他不打算和毛利站在一边，他们考虑作为同族人予以说服。

但是，武吉说"事前磋商很麻烦"，直到毛利家的正使今天到达之前一直拒绝开会研究。不仅如此，就在毛利家的正使马上就要到达的这个时候，武吉还无忧无虑地对吉充说："毛利家的入宫侍奉还是那个样。"透着瞧不起毛利家族、目中无人的口吻。

其实吉充对武吉这种故意以轻松随意的语调处理大事的做法十分了解，便滑稽地耸耸肩膀，说道："别看轻松，其实劳神。不过，这也是为了因岛村上能够继续生存下去。怎么样？武吉，你也别独自硬撑着，还是接受毛利家的关照吧。"

武吉无所畏惧地笑着说："我这个人不会说奉承话，性格如此，没法子。"

"那是。"吉充扬起好看的眉头，苦笑着。

吉继看着这两个人交锋，心里发急。每一次都是这样，于是他单刀直入地问道："毛利家的正使一会儿就到，能岛打算怎么办？是否答应毛利家的要求？"

"是啊，怎么办呢？"武吉丝毫不改语调。

吉继拧起粗浓的眉毛："不能再发生五年前那样的骚乱了。如果你不接受毛利家的要求，那么很可能我不得不再和你打一场。"

"真可怕。"武吉嘴上这么说，脸上却绽放笑容，接着转向吉充，以轻松的口气问道："吉充，如果毛利命令你，你还会攻打能岛吧？"

吉充回答得很干脆："现在我是毛利的部下。"

"噢，可怕。"武吉故作夸张地扬起眉毛。

吉继觉得再说无益，便不再理会武吉。

"父亲。"

进来的是元吉，走到上席旁边，俯身向武吉低声汇报："刚才那件事，不用问，景表示同意。"

"是吗？"武吉闭上眼睛，缓缓点头。

不再理会武吉的吉继却插嘴问道:"喂,景怎么啦?"

武吉没有明确回答:"你很快就会知道的。"

"哼!"吉继很不愉快地揪着胡子,但看到从上席退下来坐在自己身边的元吉,又嘿嘿一笑,说道:"喂,元吉,你还是不喝酒光看兵书吗?要在实战中学习战争,实战。纸上谈兵,学不到战争。"

认真的人,最讨厌别人嘲笑自己的认真精神。元吉心头不快,表情扭曲,回嘴道:"吉继伯父写的兵法书也应该在里面的吧。"

这本书是《三岛流水军理断抄》。这是现在在场的武吉、吉继、吉充三个人将能岛、来岛、因岛世传的兵书加以梳理取舍后编成的兵书。

元吉不能理解的是,这部兵书是应毛利元就的要求编撰、奉献上去的,水上作战的战术原本是秘而不宣的,却将其交给别人。不知道父亲武吉以及这个吉继究竟是怎么想的。

元吉咄咄逼人地说道:"毛利家族的先祖就是把这部书作为自己的兵书的。"

元就得到这部兵书后,非常满意,称之为"一品流",作为自家的兵法,命令水军按此训练。因此,毛利家族直属家臣儿玉就英自不待言,小早川家族的家臣乃美宗胜也学习村上海盗编撰的战术,熟稔其兵法。

"哦,就是那本啊……"吉继一边捻着胡子一边大言不惭地说,"要是完全相信兵书,本来能打赢的仗也打不赢。"说罢,轻蔑地笑起来。

其实,嘲弄元吉是没有道理的,指挥五年前那场战争的是武吉,元吉只是和弟弟景亲一起参战。

元吉冷冷地说道:"你要是说不可信,那就没有必要写兵书了。"

片刻工夫,毛利家的正使到达。能岛的家臣打开下席附近的板门,然后向大厅里的诸位禀告:"毛利家族家臣儿玉就英大人、小早川家族家臣乃美宗胜大人驾到。"话音未落,只听见乃美宗胜热情爽朗的声音:"呀呀,各位久等了。"随着宗胜一起进来的是默不作声的儿玉就英。

"好久不见了,武吉大人。"宗胜与就英一起盘腿端坐在下席的中间,他对着正面的武吉低下秃顶的大脑袋致礼。

武吉也使劲点头回应,满面笑容,但嘴里说出来的话与这样的气氛极不融洽:"是好久不见了,还是五年前攻打能岛以来第一次见面啊。"

宗胜与这个海盗王曾几次谈判交锋,算是老相识。便夸张地伏地磕头,避开对方的话题:"哎呀,您这么一说,我就不好提今天请求之事了。恳请原谅。"

一副卑躬屈膝的狼狈样——就英心里震怒。

宗胜身为毛利家族的正使,竟然像奴仆一样低三下四,俯首帖耳,可一会儿又兴高采烈,喋喋不休,这一切都是为了阿谀奉承村上武吉。

身材矮小的武吉坦然端坐在上席,俨然以老大的口吻对谄媚的宗胜说道:"哦,那时候我做的也稍微有点过了。"

本来武吉对于毛利家警固众首领的宗胜别说问候寒暄,连瞧都不瞧一眼。

何等狂妄自大——能岛村上不是毛利家族的家臣,武吉坐上席完全没有问题,居于下席的就英向他通报自己姓名也是理所当然的,所以就英生气是没有道理的。就宗胜的态度而言,他只是为了尽量缓和气氛,但自恃清高的就英感觉这是极大的屈辱。

"能岛大人!"就英瞪起清澈的眼睛,大声逼问道,"你看过打前站的人送来的书函了吗？"

严厉的语气顿时让大厅里的空气凝固下来。

"哦。"武吉这才第一次正面看着就英，然后郑重其事地挪动座位将整个身子对向就英，略一低头，回答道："已经拜读。毛利家族准备与织田家族对抗，询问能否向大坂本愿寺运送十万石军粮。"

武吉的回答极为恳切，脸上已无笑容，而是认真严肃的表情。就英心想，我这么大喝一声，这个海盗王终于感觉到了毛利家族的强大威势。然而，就英想错了，他马上就领教到武吉的厉害。

"是这样的，儿玉就方大人。"武吉平静如水。

"就方是家父名字，我是就英，请你分清楚了！"就英从座位上竖起单腿，叫喊起来。

"终于自报姓名了。"武吉嘴角翘起，点了点头。那笑容如同教诲孩子般柔和。

他的目的是让我自报姓名啊——就英后悔不已，但觉得对这个笑容没有恶意的人叫喊倒显得自己卑微。他放松下来，在座位上重新坐好。

能岛见他这样，便语调柔和地说道："我是能岛村上家主村上武吉。这是长子元吉。"

父亲，你别这么激怒他啊——景坐在大厅外面的走廊上，抱着一边膝盖，竖起耳朵听里面的谈话，紧皱眉头。当然，她最想偷听到的还是可能会涉及的嫁人的话题。

可是，刚才那一番话，她不明白父亲为什么要挑衅这个未来的女婿。

从大厅传来"武吉大人，太苛刻了"的声音，声音含带着苦笑，一听就知道是那个了解彼此脾气的秃顶。

宗胜把气鼓鼓的就英撇在一边，接过话题说下去："的确这是我方提出的向大坂本愿寺运送军粮的请求。这既是将军家族的愿望，也是越后的上杉谦信参战的条件。武吉大人与我们站在一起是不会吃亏的。"

武吉微笑着倾听他说话，但他的那一双大眼睛里有一种森冷的感觉。"噢。"——嘴里回答，表情不变，嘴动而心不动。

这个人连表情都纹丝不动，不好办！——宗胜束手无策。但是他对武吉并无不满，海盗王对大毛利家族的正使采取如此傲慢态度的胆量甚至让他产生仰视的心情。

当然，宗胜不会就此善罢甘休，他必须尽量努力不被武吉拒绝，否则对毛利家极为不利，于是把想到的话坦诚相告："武吉大人只要运送军粮就可以。据来自大坂方面的使者说，难波海上没有发现织田的兵船。"

其实这话用不着告诉武吉，从难波海启航的商船每天都要与能岛村上的关船打交道，武吉比宗胜更熟悉难波海的状况。

"噢，光是运送军粮。"武吉淡淡地重复宗胜的话，但不置可否，最后又老话重提："我想起来了。这样子被宗胜大人劝说，严岛会战恍若昨日。"

宗胜心里苦笑，回应道"诚然……"，可是下面无话可接，因为该说的话都已经说完。

有谁能让武吉做出肯定的回答啊——宗胜斜眼看着大厅里的人，但大家可能觉得无法继续说服，便都默不作声地注视着武吉。吉继粗暴地揪着胡须，吉充呆若木鸡，他身边的就英满脸通红瞪着武吉，就连元吉，大概父亲事先没有向他透露意向，也是心神不定的样子。

宗胜现在唯一的方法就是直截了当地逼问："怎么样？能成为我们的盟军吗？"

武吉没有回答，反问道："宗胜大人，要是上杉谦信不合作，你们打算怎么办？"

这件事在安芸郡山城会议上已经达成一致。宗胜回答道："即使上杉谦信不与我们合作，毛利家族也要断然实施运送军粮的计划。"

武吉又提一个奇怪的问题："隆景也同意吗？"

"啊？"

"小早川隆景也是这个想法吗？"

武吉看透了隆景的心事——宗胜心里不由得叹服。在毛利家族的商议会场上，宗胜的主人小早川隆景表示"等待谦信站过来以后再说"的意见。武吉一定打听过这件事。不过，在隆景的哥哥吉川元春和毛利家重臣们的坚持下，隆景放弃自己的主张，赞同大家的意见。现在，宗胜只是说出那次会议的结论："当然，只要是毛利家族的意愿，我的家主小早川隆景也会赞成的。"

"是嘛。"

这时，宗胜敏锐地看见武吉的黑眼珠在转动。武吉斜视着采光隔扇，视线凝住不动。宗胜在严岛会战的谈判时就已经看见过，这是武吉思考问题作出决断时的特点。

宗胜琢磨武吉在想些什么，从谈话的过程来看，应该是在考虑隆景。

考虑隆景的什么呢——武吉与隆景生于同一年，都是四十三岁。武吉以前常有机会去毛利家，从小就认识隆景。在宗胜眼里，武吉与隆景势均力敌，或者说武吉的智慧更胜一筹，他对隆景的心思应该了如指掌。

或许他对隆景还有更深的主意——宗胜凝视着武吉隆起的额头，片刻之间，武吉大概已考虑成熟，鼻子哼笑一声，目光回到正面，接着问了一个毫无关系的问题："我说，儿玉就英大人……"

"什么事?"一直被晾在一边的就英有点吃惊,立即端正姿容。

"听说就英大人尚未婚娶,没错吧?"

"那又怎么啦?"就英真想还嘴,问这种无聊的问题,自己是否单身与今天所说的事情有关吗?

武吉又问道:"婚娶之后,你会让妻子上军船吗?"

"你说什么?"就英气冲冲地反问。

武吉重复一遍:"会让她上船吗?"

"糊涂!兵书说得很明白,女子禁上军船。不可能上的吧。不过我不知道能岛村上的家风。"

"嗯。"武吉深深地点了点头。

走廊上的景满心不高兴——父亲打算让就英把自己紧紧拴住——她依然抱着膝盖,心里不满。显然,父亲向就英提问的目的就是为了确定这个事情。

算了,随你的便——只要自己如愿嫁到海盗家里,以后就看自己的本事了。她无所畏惧地笑起来——就英还不是让我驯得服服帖帖——主意既定,便竖起耳朵继续听大厅里的对话——父亲别那么故弄玄虚的,痛痛快快地表明支持毛利家不就得了吗?

父亲既然打算把自己嫁给儿玉就英,应该也不会得罪毛利家族。既然如此,那就赶紧回复说答应运送军粮,然后正式提出和就英缔结良缘的事。可是,父亲对刚才就英的回答只是"嗯"了一声,此后就听不到别的话。

大厅里,宗胜也在屏息凝神地等待武吉的回复,终于忍不住催促道:"怎么样?"

"噢,决定了。"武吉深深点头,睁开眼睛,说道,"和你们一起。"

"噢噢……"不仅宗胜，来岛、因岛的首领吉继和吉充也都呼喊起来。这样，三岛村上就不会再动干戈。

在三个人的呼喊声中，武吉再次开口说道："但是，我有条件。"

秃顶宗胜兴奋地说道："是奖赏吧？虽然毛利家还没有决定，不过请您坦率提出来，不必客气。我宗胜一定保证与毛利家交涉，满足您的要求。"

然而，武吉提出的条件应该是任何男人都无法接受的："我要把我的女儿景嫁给儿玉就英大人。"

"你说什么！"就英怒不可遏，单腿立起。而宗胜、吉继、吉充三人都张口结舌。甚至元吉也是目瞪口呆地看着父亲。这个长子从没听说过强行将丑女悍妇的妹妹推出去作为换取支持毛利家族的条件。

怎么这样啊——走廊上的景也哑然无语。

父亲宠爱自己，甚至同意实现女儿嫁给海盗家的愿望，但将这桩婚事作为支持毛利家族的交换条件，这样做不是太露骨了吗？应该先明确表示支持毛利家族，然后再提亲，如此一来，本来可以谈妥的事情反而会谈不妥。

父亲，做事情的顺序颠倒了，要反过来——难道那么聪明机智的父亲由于过分溺爱女儿而一时糊涂了吗？他一门心思只想着无论采取什么手段也要拿下这门亲事。这等于说就英难以接受娶景为妻，这件事不是应该由自己来拒绝吗？

不过，景立刻改变想法，她知道自己的武艺与容貌之间的落差，既然这么英俊，又是海盗首领的男人出现在眼前，这无疑是绝无仅有的机会——我岂能白白错过？决心已定，便窥视大厅内的进展情况。

大厅里传来宗胜战战兢兢的声音，问了一个不该问的问题：

"为慎重起见，我再问一遍：你没有拒绝支持毛利家族吧？"

这是什么意思啊——景噘起嘴巴，心里对板门里面的宗胜抱怨。但是，就这个秃子的立场而言，他的叮问自有其道理。因为武吉很有可能没有支持毛利家的意思，便故意提出娶景为妻作为条件这样的无理要求，最后导致谈判破裂。

但是，景知道父亲不是那种违心虚伪的人。不喜欢的事，他就断然拒绝，这就是父亲这个男人的秉性。对于父亲来说，支持毛利家族属于第二位，女儿婚事才是第一位的大事。

我让父亲受累了——景不由得叹息。

"你是倾城之貌。"景从小就听父亲这么说，"你这样的倾城之貌，想嫁哪一家就嫁哪一家。"

父亲告诉她，所谓"倾城"，就是美女。即使到了景意识到自己似乎并非美女的年龄，父亲仍然这么说。据景的观察，父亲说这句话是出于真心，他真的这么认为，好像至今还这么相信。

父亲是个机灵的人，发现周围的看法与自己的大相径庭，便嘟囔道"世上的男人有眼无珠"，为了实现女儿嫁给海盗的愿望，父亲的确采取了一些措施，但海盗王在这件事上也无能为力。

现在父亲把这桩婚事作为交换条件提出来，也是出于对现状万分焦虑，才首先要得到婚事的确切保证，不得已而为之，这种做法其实并非他的本意。正因为景深知父亲的无奈，所以对这种强迫别人接受的做法只是感到吃惊，绝没有生气。

"就是说，你没有拒绝支持毛利家族。"

武吉一听，勃然大怒："谁说拒绝了？"他的巨眼怒火燃烧，盯着宗胜，浑厚低沉的声音具有威压的气势："如果你认为我拒绝了，那随你的便。"

看来他是认真的——宗胜注视着他，对这个溺爱子女的糊涂海盗王感到吃惊，但此时只能表示歉意："噢，我刚才失礼了。"

他的秃头几乎贴在榻榻米上，匍匐致歉，然后抬起头，说道："但是，因为我们只是毛利家族的家臣，不能私自答应与能岛村上家族的这桩婚姻大事。待我向主家禀报，听取意见后，再做回复。"

武吉的心情略微好转："此言甚当，那我等候对双方都有好处的回复。"

武吉此言一出，就英愤然从座位上站起来，斩钉截铁地说道："我拒绝！"他秀丽的脸庞因愤怒涨得通红，接着变成凄惨的苍白，说道："其实他的真意是拒绝我们的请求。他对五年前毛利家族的攻打还记恨在心，所以故意提出我们断不会接受的条件。谁要娶那个丑陋的悍妇？这件事我自己就能决定。我不同意！"

哇——景闭目仰天长叹。从来没有听过有人对我如此恶言诽谤，要是普通女子，恐怕早就昏厥过去了。这可不行，她猛地站起来。

就英一怒之下，愤然离座，走出大厅。景心想这样两人肯定会在走廊上碰见，自己被对方断然回绝婚事，自然要回避。这时听见就英在大厅里大声叫道"恕我告辞"，景立即飞快地向走廊尽头的角落跑去。

18

大厅里大家都心情焦虑，既然毛利家的警固众首领如此怒不可遏，那就不排除三岛村上再次交战的可能。来岛村上家的吉继等人毫不掩饰焦躁的情绪，抱着脑袋。

只有武吉泰然自若。刚才的怒火消失得无影无踪，面含微笑看着乃美宗胜，那眼神似乎在向他询问：这事态该如何收拾？

就英断然拒绝，宗胜束手无策，抹着秃顶上的汗珠，站起来说："改日再谈。"

"噢。"武吉表情平静地点点头。

宗胜向门口走去，忽然改变主意，转过身来。他作为长年与武吉谈判的对手，想把心里的苦处吐出来："武吉大人。"

"嗯？"

"您的要价有点高了。"宗胜半是开玩笑地笑起来。要求娶景为妻，这个条件实在太高了。

这回武吉没有发火，抿嘴一笑："宗胜，就看你的了。"

"呵……"宗胜没有回答，面带难色，关上板门。

就英的脚步声早已消失，等到也听不见宗胜的脚步声时，武吉大笑起来："儿玉就英还嫩了点，不过是个好武士。"

"不过是一个倔犟的小毛孩。"吉充满脸不屑地嘲弄。这个因岛村上的家主对就英盛气凌人的言行举止一直忍耐着。

武吉依然兴高采烈："我以前也是这个样子。"

"嘿嘿。"吉充装着没听见。

要说武吉年轻时候的狂妄自大，绝非就英所能比，现在似乎显得通情达理，但那种倔强固执的本性经常写在脸上。

武吉逗弄吉充："吉充，你不去追他们吗？"

自己激怒这两个人，却劝说毛利家的手下吉充去追赶就英和宗胜，向他们说一句道歉的话。

吉充的为人处世要比武吉伶俐机巧得多，"当然要去"，他收起温柔的微笑，叫喊着"就英大人、宗胜大人"，跑出大厅。

景跑到走廊尽头，在拐角处不知所措，如果一直往前跑，哪一条都是直路，都会被就英看见，于是想逃进房间里躲起来。

她一看，左右两边都有板门。进哪一扇门呢？这个时刻，最忌讳的就是拿不定主意。

"是景姬吗？"身后响起就英的怒声。

糟了——她低声叹一口气，慢慢转过身去。

就英还是急匆匆的脚步，向景走来："你刚才听见大厅里说的话了吧？"

"嗯。"景兴趣索然。

就英在她正面停下脚步，神色严峻地说道："景姬，你听我说，儿玉就英是毛利家警固众的首领，是武士。武士娶妻不问美丑。所以，我离座不是因为不愿意娶你。"

这句话和说景是丑女人是一样的意思。

"这话跟当事人说不合适吧。"景感到吃惊，回他一句，但心里想的又是另一回事——真是个好男子。

就英明亮俊美的眼睛因含带怒气更显得眉目含春，说话停顿时那上翘紧闭的嘴角充满凛然威严，远看英姿飒爽，近看令人惊叹。

就英似乎具有相当大的派头，但他也因此身负重任。这样的气质让他说出刚才的话，景不讨厌这样的男人。

但是，这个男人说出来的话毫不客气："我之所以拒绝这门亲事，是因为对能岛村上大人提条件的方式不满意。没别的意思，也不是小姐的美丑问题，请你明白这一点。"说罢，也不等景回答，径自离开。

完了——景沮丧地看着就英的后背。这时，宗胜从后面跑上来追赶就英，在他经过景身边的时候，说了一声"对不起，以后再说"，像是安慰，脚步没停就过去了。

这个秃驴，简直废话——景的心情更加凄凉悲伤。然而，宗胜刚走，吉充又来，他快活地问道："噢，景，又失败啦。"

"讨厌!"此时吉充已经跑到走廊前头去了。

让我静一静——景长叹一口气,打开右边的板门走进去,只见里面坐着一屋子人。小小的房间挤得满满的,大家都抬头看着她。景亲也盘腿坐在他们中间。

"那个儿玉就英,声音真大。"景亲拼命忍着笑。

被这些家伙听见了——景恨得咬牙切齿,但如果在这里发作,只是更加丢人现眼,只好默不作声。

景亲这个弟弟乘姐姐之危,发起攻击,虽然以前也曾多次遭到姐姐的反击,但平时积郁心中的闷气还是一下子发泄了出来:"这嫁人的事,好像又吹了。"

景也不说话,用指甲狠狠地戳进景亲的心窝。

"唔!"景亲昏厥过去,景瞥他一眼,然后面无表情地看着屋子里的人,都是身穿脏兮兮农田工作服的人。

"你们都是什么人?"

景亲喘息不定,断断续续地回答道:"他们就是姐姐刚才从回船救下的农民啊。"

景亲听留在回船上当水手的士兵说,景离开以后,一个小孩子过来说"大家希望乘船去难波"。

"起初没有理会这小孩子,但农民们都固执地请求,于是只好先到能岛,打算请示父亲或者哥哥。"景亲说完后,大概完全清醒过来,大口大口地使劲呼吸。

"哦,是这么回事啊。"景流露出此事微不足道的表情,注视着农民们,说道:"要是这件事,当时你们和我说一句不就行了吗?"

农民们已经知道这个海盗王的女儿是什么样的女子,都坐着不动,低着脑袋,只有一个人抬头直言:"也不知姐姐你跑到哪里去了,找不到你啊。"

景觉得眼熟："哈，又是你啊。"

"我是留吉。"小孩子愤愤地说，"几次叫你，你却急匆匆地回去了。"留吉对景急急忙忙回到关船表示不满。他一直没有机会向自己的救命恩人表示感谢。

景是个不要别人感恩的人，敷衍着说："知道了，知道了。"接着略显不耐烦地问道，"你们去难波做什么？"

按住留吉替他回答的是一个老人，就是留吉叫他源爷的大概七十多岁的老者。

"小姐……"他双手按在地板上，"我们这些人都是为报日常之恩，打算去大坂运送军粮，当兵参军的。"

景知道，大坂指的就是大坂本愿寺。她惊讶的目光环视着他们："你们是门徒吗？"

"是的。"源爷回答。

这些农民是称为"安艺门徒"的一向宗的信徒。

一向宗在中国地方的传教始于三百六十年前的建保四年（1216年），开祖亲鸾的弟子明光上人在备后国沼隈（今广岛县福山市沼隈町）创建光照寺。

本愿寺十世门主证如（显如之父）在天文五年（1536年）至天文二十年（1551年）的日记《天文日记》中记述，备后国（广岛县东部）的光照寺、安艺国（广岛县西部）的照林坊都是相对于本山本愿寺的末寺。天正四年（1576年）这个时候，这两座末寺都成为一向宗传教的据点。

末寺的存在以及称为"讲"的门徒聚会对安艺国门徒的增加起到重大的作用。所谓"讲"是一种组织形态，原先是把一向宗的教义带到各个村落的集会里讲解，将整村的人发展为门徒。尤其在安艺国，这种讲不断产生，由于其规模巨大，被称为"安艺门徒"。

安芸门徒为拯救大坂本愿寺脱离困境，已经行动起来。他们主动以讲为单位，征集船只赶往难波，一点一点地运进军粮，并且亲自参加护城。

源爷和留吉居住的安芸国高崎的村子里也有讲这个组织。他们所隶属的讲的村民们也雇船支援本愿寺。

"这条船的船老大就是被小姐惩处的恶棍。"源爷的目光落在地板上。

"这样啊。"景说，可是她对门徒们毫无兴趣。她本人不是门徒，而且一向宗在能岛所在的伊予国（爱媛县）并不兴旺。

留吉毫不理会景所作出的冷漠反应，插嘴道："姐姐，你是能岛村上的小姐。不能命令什么人送我们去大坂吗？"

"哦！"景笔直站立，冷冰冰的眼光俯视着留吉。她现在这样的态度也是可以理解的。与儿玉家的婚事已被严词拒绝，这样的话，毛利家族对自己而言还是五年前攻打能岛的敌人，当哥哥征求自己对嫁给儿玉家的意见时那种无所谓的心情又一次涌上心头，因此不打算援助毛利家准备运送军粮拯救的大坂本愿寺及其门徒，也没有这种情分。

"你们要是门徒的话，大概是毛利一伙的吧。那就别想了。"

但是，出乎意外的是，留吉绷着脸噘着嘴说道："我们才不理睬毛利家呢。"

景惊讶地说道："你们刚才还说毛利家来人求你们支援大坂本愿寺，你们不是一伙的吗？"

留吉的话是哪壶不开提哪壶："你说毛利家的人，就是刚才拒绝娶你的那个人吗？"

看来刚才的对话都被他们听见了。景觉得扫兴："是的啊，就是那件事。"

留吉忿忿不平地说道："毛利家靠得住吗？因为毛利迟迟按

兵不动,所以我们这些安芸门徒才前往支援。"

留吉的话并没有让景为这些门徒的侠肝义胆感到心动,依然一副无动于衷的表情:"哦,那你们辛苦了。"

留吉不肯就此罢休,膝行近前,再次恳求:"求你了,姐姐。你下命令把我们送到大坂去吧。"

"不行。"

"求你了,求求你了!"

"不干!毛利一伙,谁愿意干啊?绝对不去大坂。"景把头扭向一边,断然拒绝。

虽然留吉这些人与毛利家似乎没有直接关联,但把他们送到大坂,归根结底还是对毛利家有利。这件事,无论怎么求情都不愿意答应。

我才不去呢——景盯着天花板,心里盘算着。

留吉好像也闭嘴了,整个屋子没人说话,只听到震撼地面的海潮的激荡。

怎么沉默这么长时间呢——景终于感觉疑惑,沉默的时间太长了,一群敢于租船前往大坂的门徒,不至于就这样轻易罢手。景把目光收回来,突然发现大家都抬头注视着她,整个屋子充满眼巴巴的企盼的目光。

"怎么啦?"景有点惊慌,也使劲瞪着他们。门徒们的目光一动不动凝视着自己,只有留吉浮现出一丝微笑。

"不,不是这么回事。你们……"景忽然意识到这些人的目光所表达的意思,急忙弯下腰,看着他们的脸,解释道,"不是因为这门亲事被拒绝而记恨他们。"

这个房间与大厅就隔着一块门板,所以刚才大厅里的谈话都听得清清楚楚。他们意味深长的目光肯定以为景以此泄愤报复。

"你们别误会。因为五年前毛利攻打过我们,所以我才拒绝你们的要求。我能岛村上不能让你们运送军粮到大坂支援毛利那帮家伙，所以拒绝你们。事情就是这样。"

但是，景越是说得慷慨激昂，越感觉是在自我辩解。门徒们对自己的解释毫无反应。景得设法打开这种气氛，便看着弟弟说道："是这样吧，景亲。"

但这个亲弟弟也以同样的目光注视着她——这个混蛋——景用指甲在他的心口戳一下。景亲在昏厥中挣扎说道："我不是什么都还没说吗？"

"这张脸就表明你说了。"景申斥他后，郑重其事地对大家说，"你们都明白了吧。能岛村上不支援你们，原因就是五年前的那件事。都知道了，那就立即离开！"

这时，源爷膝行上来，大胆地靠近景身边，说道："美丽的村上海盗小姐。"

源爷没有说假话。从在回船上第一眼看到景的那一刻开始，他就这么认为，眼睛没离开过她。但同时他也在运用自己的智慧。刚才听见走廊上的谈话，知道这位小姐好像因为长得丑没有人愿意娶她。如果这样的话，自己的话也许会说动这个看上去没有什么心眼的姑娘。

景苦笑着俯视源爷："你说什么啊，老爷子。说奉承话也不管用，不行就是不行。"她眉毛紧蹙，面含怒气，语气严厉，"喂，老爷子，你的嘲笑找错人了。"

源爷依然表情严肃地直视着景："毫无嘲笑的意思。其实，小姐的尊容非同寻常。"

景厌烦地说道："这我知道。"

源爷揣摩景话中的含意，摇摇头说："不是这个意思。我是说小姐的尊容犹如南蛮人。"

"南蛮？"景皱起眉头。

所谓南蛮人，指的是葡萄牙、西班牙等多有黑发的南部欧洲人。而在江户时期来到日本的荷兰人、英国人，因其发红，故称为红毛人。

南蛮人第一次踏上日本的土地，与火枪传入日本同时，就是葡萄牙人漂流到种子岛那个时候。

1543年火枪传入日本以后已经过了三十多年，如今来日的葡萄牙、西班牙的商船络绎不绝，不断地在能岛村上的海域航行通过。所以景也多次见过南蛮人。

可是景没有意识到自己长得像南蛮人，他们的确也有黑头发的，偶尔还能看见船上也有女子，但从来没想到自己的长相与他们相似。

"南蛮人就是我这副长相吗？"

"是的。隆鼻大眼，脖子长，手脚长，小脑袋，无一处不像。"

景探出脸庞："不过，他们没这么黑吧？"

"也有黑皮肤的。"

"噢。"但景并不感兴趣，说自己与南蛮人相像，甚至有一种受侮辱的感觉。刚才说自己漂亮那是怎么回事啊？

"说起来是几年前的事情了，我因为服徭役，曾经跟着领主去过泉州的堺。你也知道，堺是南蛮人的聚集地。"

"知道啊。那又怎么样？"景不耐烦地催促。

堺位于泉州（今大阪府西南部）与摄州（今大阪府北部）的交界处，当时是一座国际性的港口都市，有南蛮以及中国、朝鲜、东南亚的商船往来频繁，建有房屋一万多间。西临难波海，其他三面挖有护城河守卫，其形态犹如城郭，后来被称为"东方的威尼斯"。该市过去曾由称为"会合众"的豪商自治管理，极尽繁华，但最近八年间被织田信长控制，失去了自治权。但是，依然维持贸易据点的功能，保持着国际性港口都市的地位。

"所以，堺在泉州，泉州人对南蛮人已经习以为常，很多人觉得南蛮女子很漂亮。"源爷的话多少有点夸大其词。

"噢，是嘛。"景表面上若无其事的样子，心里却开始翻腾——真的吗？她大为心动，心想这世界上还有这样不可思议的国家？

源爷说的，确有其事。

路易斯·弗洛伊斯在《日本史》中详细记述那个时代的日本人对南蛮人的排斥心理。这位传教士在日本居住近三十年，会见过织田信长和丰臣秀吉，他在著作中由于过分强调在日本传播基督教的艰辛，所以有过度记述之嫌。

相比之下，同样是葡萄牙人、耶稣会的翻译，同样在日本居住三十多年的罗德里格斯所著的《日本教会史》就有所不同。其中这样写道："日本人对外国人怀有善意，热情款待。对外国人进入本国十分放心，这与中国、朝鲜的情况截然不同。"他甚感惊叹，而且他也会见过丰臣秀吉和德川家康。

"我和泉州人一样，认为她们很漂亮。所以我刚才说小姐也很美丽。"

源爷始终保持赞赏的表情，他说完话的时候，景感觉自己心潮澎湃。但是，她没有忘记进行最重要的确认。如果仅仅是源爷这样的农民、小市民觉得自己漂亮，那没什么意思。

景若无其事般问道："泉州有海盗吗？"

"有。"源爷虽然明确回答，其实心里没底，他也不知道，只是脱口而出。

"有海盗，哦。"

对景这种令人扫兴的回答最急躁的是她的弟弟景亲。这下可糟了——泉州濒临大坂本愿寺所在的摄州。现在几乎包含在大阪府里，而大坂本愿寺离堺不到一千五百米。姐姐听说泉州有海盗，她唯一的想法就是——去！

景亲没有说话，只是看着姐姐。这时，留吉多余地插嘴道："姐姐一起乘船去大坂吗？"

"你真够纠缠的。"景露出厌烦的表情。

她绝对会去大坂的——景亲愕然。对姐姐来说，泉州简直如同世外桃源。她不会命令别人去，而是打算亲自前往。

果然，景在留吉的"姐姐，去吧"的劝诱下，露出跃跃欲试的笑容，说道："真拿你没办法，去吧。"

在门徒们终于放下心来的嘈杂声中，景没有忘记加上一句让他们感恩戴德的话："你们真的很磨人。"

"姐姐，这不行！"景亲忍不住劝阻姐姐。弟弟的劝阻只能成为自己的动力，绝对不会产生阻止姐姐的效果。

她对弟弟的话充耳不闻，问道："景亲，他们的回船停在哪个码头？"

景目的明确，气势压人，景亲不敢违抗，回答道："西码头。"

回船停靠在能岛城的主要泊船处之一的西码头。

景命令道："景亲，你带他们上船，然后把船开到东面的堤坝旁等着我。"

说罢，她返身向门口走去。景的意图是避开西码头，打算从不引人注目的东面堤坝上船。

"又要挨哥哥训斥。"景亲使出最后的手段进行威胁。

景停下脚步，猛然转身，巨眼闪烁着可怕的光芒："喂，景亲，我不在的这些日子，你无论如何必须设法隐瞒住。"

如果去大坂，往返需要近二十天。这期间，哥哥元吉绝对会发觉景不在家里。

"瞒不过哥哥的，马上就会暴露。"

"暴露挨骂的只是你。"景坏坏地笑着，然后对门徒们说道，"快点！潮流要变化。"

她把手放在门上，正准备打开，却突然停下来，听见从大厅沿着走廊传过来的脚步声。

好几个人的脚步声。哥哥——景眉头紧锁。应该还有父亲，那粗鲁的脚步声肯定是吉继伯父。

在大家屏息凝神等待脚步声过去的时候，景亲曾三次试图打消景的想法："就是只带几个士兵去，也马上会被哥哥发觉的。那可怎么办？"

"说什么啊？我一个人去。"景满不在乎地笑起来，没有理睬他。

"水手怎么办？没人摇橹啊。"

"教他们。"景回头看着门徒。农民们使劲点头。

景亲嘴里喷了一声，这当儿，脚步声已经远去。但景还是等了一小会儿，然后低声叫道："走！"带头冲出房间。门徒们跟在她后面，争先恐后往外跑。

"好，走吧。"景亲也不得不跟在后面。

跑出内城宅邸后，人分两路。景往东面的堤坝跑去，景亲带着门徒跑往回船停靠的西边码头。

19

拒绝亲事的儿玉就英和后面追上来的乃美宗胜此时在西面码头的堤坝，正要登上已经做好启航准备的各自的关船。

因岛的村上吉充在他们身边几次低头致歉。刚才在武吉面前表现出的轻松态度消失得无影无踪，一副俯首低眉的样子："实在对不起。我一定会严厉忠告武吉。"

就英激烈地一口顶回去："用不着。"

宗胜忽然开口道："没有主家的家伙，就是这样无法无天。"

"啊？"吉充不由得抬头看着宗胜。这句话也可以理解为对武吉的嘲讽挖苦。但是，宗胜眯缝着眼睛，怀着回忆往事的表情说道："我乃美家在臣属毛利家族之前也是任性不羁。"

前面说过，乃美家族与主家小早川家族是姻亲关系，上一代主家毛利元就将三子隆景送给小早川家族做养子，从而篡夺该家族势力。当时宗胜二十三岁。

此后的乃美家族发生很大的变化，由于主家小早川成为毛利家族的分支，乃美家族也全面接受毛利家族的指导。对主人小早川一向说话很不客气的宗胜也在关键问题上对具有毛利家族威势背景的主人不敢公然对抗。结果乃美家族的家臣在隆景前面变得战战兢兢，唯命是从。

当然，宗胜也不得不佩服小早川家族的家主隆景的才干气量，不如说，赏识的正是他的英明。也正是因为对主人的信任，他在隆景面前才会表现出看似不讲礼仪、坦率无忌的态度。刚才宗胜亲切回忆起来的就是在被毛利家族收服之前的小早川家族里十分吃香、自由任性的家风。

毛利家族的手下、因岛村上家族的家主吉充对宗胜的这种心情也非常理解。他以不同寻常的严肃表情看着宗胜，目光表达赞许的含意。但比他们年轻的就英就态度不同。

就英懂事的时候，毛利家族的势力正如日中天，他对儿玉家族是毛利家族的家臣这一点没有任何不满。因此，看到有人怀着崇敬的眼光对村上武吉说话就怒火燃烧。

"没有主家的海盗，早晚要灭亡的。"就英扔下一句，抓着梯子登上关船。宗胜和吉充只好看着他的后背，默不作声。就英的这句话无可辩驳。

有可能控制战国时代乱世的霸主只有几家，无非是织田以及毛利家族等掌握着几个领地的战国大名。乃美、因岛村上这样的弱小势力只能依附于上述某家大势力集团，否则无法自保。

宗胜心甘情愿地成为被毛利家族篡权的小早川家族的家臣，吉充放弃武吉那样的独立地位而臣服于毛利家族，都是出于这样的原因。为了本家族的存续，他们只能低头屈服。

小早川隆景对是否给大坂本愿寺运送军粮十分苦恼也正是这个原因。在自己能否继续生存下去的紧要关头，拯救本愿寺是次要的，大可随它去。

在这种大形势下，村上武吉保持独立，不臣服于任何大势力，这个方针过于莽撞轻率。即便是日本头号的海盗，如果毛利家族全力进攻，那也会性命难保。不过，对他的飒爽英姿不能不深怀崇望敬畏之情。

宗胜也是这样的想法。他看就英已经上船，便转眼看着吉充，微微一笑，鼻子左侧的伤痕扭曲着，说道："不论怎么说，村上武吉还是了不起的男子汉。"

就英在儿玉家的关船上大声命令"张帆"。宗胜与吉充告别，走向自家的关船。

听到就英大声的命令，元吉的半边脸颊露出嘲笑。元吉走出内城宅邸，来到和父亲武吉站在一起的来岛吉继的身边，从山顶的内城俯视西码头。

无知的家伙——他在心里骂道。

"不能说'张帆'，要说'扬帆'。毛利家什么也不学，不学无术。"元吉看着开始起航的毛利家的两艘关船，希望听到这两个海盗大佬的赞同意见。

"我方的船只不叫张帆,叫扬帆;落下风帆叫收帆。"

按能岛村上家的兵书《能岛家传》记载,在军船上使用的语言都有严格细致的规定。

"帆"有"扬"和"收",但对敌方船只的"扬帆"只能说"拉","收帆"只能说"下"。所谓"拉",是利用安装在桅杆顶部的叫做"蝉"的滑车,用绳子把帆"拉"上去。因为"拉"与"退"谐音,以此寓意敌军退却。

兵书上没有"张帆"这个命令用语,元吉因此瞧不起就英。

《能岛家传》还将我方的兵力配置称为"一手""二手",而将敌军的兵力叫做"一片""两片",寓意将对方的兵力布置"切断"而击破之。当时的武将喜欢这样具有凶吉兆头的用语,不过使用起来的确感觉麻烦。元吉对兵书上的这些细致的规定熟记于心,而且在家族中彻底实施。

能岛村上的家臣无缘接触秘传的兵书,所以不知道这些文字的规定。元吉连斥带骂地迫使他们一一记住,十分固执。

武吉听着元吉的吹毛求疵,心里不自在。如果是在战场上,需要元吉这样的细致和严格,但他现在想的却是另外的事情,便提醒道:"元吉,战场上应该这样严谨认真,但平时对家臣还是要宽容为怀,这才是家主之道。"

元吉过于拘泥细处,平时对家臣严厉苛求,缺少家主应有的广博胸襟。在这样的家主严管下,家臣都变得死板拘谨,无法应对紧急事态,而且心中郁积的不满很可能在无法预料的时候爆发出来。

不过,元吉也有他的想法,认为父亲不理解自己的处境。能岛村上家族的家主、三岛村上头把交椅的村上武吉在家臣眼里,几乎就是神。他的崇高威信是在实际战争中树立起来的,这样的功绩牢不可破地铭刻在家臣心中。

只有父亲才具有宽博的胸襟——非神人难以继承父亲的业绩，何况当时的元吉才二十三岁，既缺少实战的经验，又不具备岁月积淀的厚重深沉。因此，元吉统辖家臣的方式，并不是人品将才这些无形的东西，只能依靠兵书上的规定和大道理。

"为了让能岛村上像父亲一样继续保持独立自主的地位，我只能这样严谨认真。"元吉的声音带着一种悲痛。

但是，不知道是否懂得儿子的心思，武吉笑着说道："我说的是过于……"

元吉不高兴了，不再说话。

"武吉，你究竟怎么打算？"吉继忽然转向武吉，怒火爆发出来。

武吉用调侃的语气说道："干吗发这么大的火啊？"

吉继对武吉这种轻蔑的态度一时无言，接着再次气冲冲地说道："你不至于打算依附织田吧？"

武吉如此激怒毛利家族的使者，把他们气走，这很可能再次引发五年前毛利家攻打过来、三岛村上又要分裂为敌我两方的事态。而武吉对这个严重的事态如此淡定，令人怀疑他已经倒向织田一边了。

"要依附的话，也是毛利。"武吉轻巧地说道，"吉继，你听好了。要是打算撤销领地内所有关卡的织田夺取天下的话，我的海关就会顷刻完蛋。所以，依附稳重治国的毛利是上策。"

信长将收为己有的领地中的部分关卡撤销，以促进人员、货物的交流，推动经济发展。这项划时代的政策也让传教士路易斯·弗洛伊斯大为惊叹，在《日本史》中详细记述。

如果信长夺取天下，在全国实施这项政策，以通行税帆别钱作为主要收入的能岛村上就会立即干涸枯竭。而毛利家族的做法就大不一样。因岛村上现在已成为毛利家族的手下，但还继续维持海关，征收帆别钱。毛利家族对海盗职业采取宽容的态度。

二者权衡，能岛村上必须支持毛利，无论如何必须抑制织田的扩张势头。武吉说的正是这个道理。

然而，武吉提出嫁女这个激怒毛利家的条件，令人感觉这无疑就是挑衅或者敌对。

"为什么？"吉继看上去就是一个实心眼的人，对武吉说的话感到困惑，"我是个傻瓜，搞不懂。武吉，你直说吧。"

武吉依然还是飘然随意的态度："就是这样子，景想嫁给海盗家，我是想让她如愿以偿。"声音显得为难，又有点奇怪。

不可能的事——元吉从心里表示怀疑。他虽然没有直接听到武吉的真实想法，但怎么想也觉得父亲还不至于为了嫁女而踏上可能与毛利为敌的危险的独木桥。他心想吉继伯父肯定不满意这个回答，便回头看着吉继。没想到吉继说了一声"是嘛"，十分认真地点了点头。

肯定不是真话——元吉感到惊愕。然而，这说明他对父亲武吉还是了解不深。

武吉深有城府，不将真实想法示人，说出话来令人摸不着头脑，但只要他说出来的，绝非虚妄之言。人们后来发现，这些看似糊涂的言论始终贯彻在武吉的行动之中。

吉继与武吉长期打交道，对他深为了解，知道此话不假："武吉，看来你对景实在宠爱。"

武吉将嫁女视为最大的目的，尽管吉继觉得这样做愚蠢透顶，但还是表示理解。至于毛利家采取什么对策，那又另当别论。

"你说要依附也只能依附毛利，可是你提出这样的条件，对方认为你其实是想表示拒绝也是很正常的。"吉继严峻的目光逼视武吉，"武吉，你不知道这样做已经与毛利家为敌了吗？如果毛利再次攻打，不仅因岛，我们来岛村上也会和你开战的。"

武吉眉毛挑起，轻声说道："是鸟坂会战吗？"

吉继不惜破坏三岛村上的团结倒向毛利一边的原因正是这个鸟坂会战。

鸟坂会战是以伊予国大洲城（爱媛县大洲市）为根据地的宇都宫家族和伊予国守护、以汤筑城（爱媛县松山市）为根据地的河野家族之间的纠纷引发的一场战争。发生于距今八年前的永禄十一年（1568年），是争夺伊予国霸主地位的大战。

河野家是来岛村上的主家。在这场战争中，吉继也站在河野一边参战，负责守卫鸟坂城（爱媛县西予市）。得到四国各路将领支持的宇都宫方面调集一万大军攻城。

吉继艰难守城，浴血苦战，河野家看不下去，急请毛利家救援。毛利家痛快答应，打先锋的就是乃美宗胜。

《武家万代记》这样记载："与乃美兵部（宗胜）配合，河内（吉继）自城中出击，大破之。"

吉继与前来救援的宗胜里应外合，冲出城外，将包围鸟坂城的宇都宫部队杀得落花流水，取得会战的胜利。

河野家对毛利家的支援心存感激，因此这次为了给大坂本愿寺运送军粮，河野家就把家臣来岛村上借给毛利家。

在鸟坂会战中，宗胜救了吉继一条命。实心眼的吉继一直不忘宗胜的救命之恩。吉继打算跟随毛利家，与其说因为主家河野与毛利家友好交往，不如说个人报恩的想法更大一些。

吉继听武吉询问是否因为鸟坂会战，便深深点头，断然说道："如果让我在你与宗胜之间二者择一的话，我选择宗胜大人。"

"这是你的耿直。"武吉戏谑般笑着，接着说出一句令人感觉可笑的话，"不过啊，那个条件也许让小早川隆景放下心来了。"

武吉对与自己同岁的隆景的内心想法洞若观火。以娶景为妻作为条件是一件实实在在的事，但隆景认为这是拒绝他的请求，因此放下心来。

武吉哟，拒绝毛利的要求吧——隆景在安芸郡山城的会议上这样祈祷。

武吉隆起的前额仿佛俯瞰安芸郡山城的整个会场，映照出隆景在会议上的状况，连隆景今后可能采取的无情的策略都变成冰冷的画，凝结出清晰的影像。

只有武吉才能描绘出这个影像。别说吉继，连儿子元吉也无法理解这个矮个子说的话的深刻含义。

元吉问道："你说隆景大人放心，指的是什么？"

武吉几乎没有回答过这种直截了当的问题："我嘛……"他抬起头，眺望着逐渐消失于远方的毛利家的船队，答非所问地说道，"我感觉仅仅为了自家的利益而投靠毛利是不足取的。"

"不足取？"元吉的表情略显正色。他以谨严耿直为信条。苦心孤诣为自家的发展难道不足取吗？他逼问道："父亲的意思是能岛村上是好是坏都可以吗？"

"不可以。"武吉对儿子的思虑肤浅深感震惊，一声叹息，闭目嘟囔道："但是，那样没意思。"

武吉考虑的是海盗所肩负的宿命。

海盗是只能在乱世才允许存续的种族。

远在平安时代末期，朝廷势力衰微，武士阶层开始崛起，海盗在日本各地横行霸道，震撼朝廷。近在南北朝时代，整个日本分裂为北朝与南朝陷入战乱的时候，海盗重整旗鼓，极尽隆盛。村上海盗的祖先村上义弘为南朝而战，以武勇著称，英名远播。

现在正是战国时代，海盗这朵乱世之花已是数度开放。与历史上的情形一样，村上海盗也绽放出硕大的花朵。利用战国乱世，不断私设关卡，私定法规，迫使周边的领主默认，盛极一时。

但是，武吉看到战国乱世已接近尾声，既然产生了毛利家族、织田家族这样的战国大名，终归由其中的哪一家统一天下。那么，按照历史经验，村上海盗就会灭亡。

为了保持村上海盗的繁荣强盛，只能极力延长乱世的时间。

武吉将目光放在毛利家，认为毛利家族掌握关键。毛利家族没有夺取天下的野心。上一代家主毛利元就担心儿子们的力量不足，留下"不应希冀天下"的遗言。支持对天下没有野心的毛利家族与织田家族对抗，搅乱天下，延长战国乱世，这无疑对村上海盗十分有利。

但是，其实武吉对这种类似延命术的做法感到厌烦。乱世不会永远持续下去，天下很快就会平定。这样为延续自家苟延残喘总感觉不愉快。

"不过嘛，即使没意思，如果景能嫁给自己喜欢的男人，我就考虑派遣军船支援毛利。"

父亲究竟怎么想的——元吉不可理喻，但他终于明白了父亲的真正目的是嫁女。

元吉身边的吉继罕见地压低声音问道："武吉，你打算把'guishou'送给别人吗？"

guishou——元吉没听说过这个词，眉毛微动，心里琢磨这是什么意思。

20

元吉的脑子里浮现出自己所知道的与"guishou"同音的词汇，但哪一个意思都对不上，疑惑不解。

"吉继！"武吉厉声怒喝，用眼睛制止这个毛球不要再说下去。不形于颜色的武吉罕见地流露出严厉锐峻的目光。

矮个子的一声斥喝让身如岩石的吉继闭上嘴巴。武吉像是哄孩子似的对他说道："你也听到就英的回答了吧，别担心。"

就英的回答——元吉回忆大厅里双方的交锋，没有什么特别之处啊。要说就英的回答，不就是谈到自己还是单身、兵书的事，还有就是严词拒绝娶妹妹为妻吗？有什么秘密呢？

元吉疑惑的目光转向父亲，正打算询问，还没开口，武吉抢先说道："元吉，有的事只要三岛村上的家主知道就行了。你还是不知为好。"

既然如此，问也白问，父亲不会回答的。元吉尽管不情愿，但还是把问题收起来。

这时，只见景亲步履沉重地走过来，站在边上的元吉斜着瞟了他一眼，景亲张望着即将消失在伯方岛后面的毛利船队，显出不自在的样子，好像有话要说，甚至还做出示意性的动作。

"是景吗？"

"嗯。"景亲缩了缩肩膀。

元吉比景亲个矮，抬头看着弟弟，黑眼珠朝上，一双三白眼在凸起的额头下闪闪发亮，凶相毕露。

"姐姐……"景亲马上坦白，"乘坐回船往难波方向去了。"

"难波……为什么？"元吉声色俱厉。

景亲不得要领地回答道："这怎么说呢……"总不能对一本正经的哥哥说景去难波是为了找男人吧，于是搬出表面的理由："门徒们乘坐的一艘回船想去大坂本愿寺，姐姐就搭乘了。"

然而，这句话说糟了，元吉立即瞪着眼睛叫起来："什么？大坂本愿寺！景亲，你为什么不阻止？追！马上追！把她抓回来！"

"我吗？"

"去！"

"是！"景亲蹦起来似的直起身子，急速跑去。

吉继也眼含怒色："景这家伙做出这种荒唐的事。"他揪着胡子，对着景亲的后背大声叮嘱道："追的时候，别把景的事情告诉士兵们。"

景亲一个趔趄停住脚步，回头看着他。

武吉平息吉继的怒气："没关系的，又不是去打仗。"

父亲怎么这么从容镇静啊——元吉不能理解，但现在没时间考虑，便对着呆立不动的景亲叫道："好了，你赶紧去啊！"

这事非同寻常——元吉看着景亲跑下城道，对父亲说道："如果织田方面发现景到了难波，一定认为我们支持门徒。"

在是否支持毛利问题上尚未做出最后决断的时候，他想避免发生这种事态。

"不会的吧。"吉继代替武吉回答，"海盗的家业就是出海。不过是一艘回船，织田方面不会认为是友船或是敌船。"吉继嘴上这么说，却神色严峻。

如果这样的话，吉继伯父还担心什么呢——元吉又一次感到疑惑。吉继对景前往难波，担心的是别的事。那他担心的是什么事呢？就在元吉琢磨的时候，突然耳边爆发出一阵大笑。这是放任悍妇的糊涂父亲发出的笑声："景总是让我开心。"笑声不止，"不管怎么说，五年前做不到的事，她这回做到了。"说罢，转身向面对东方的内城走去。

"这是怎么回事？"元吉追上父亲。吉继跟在他们后面，也想知道武吉的回答。

武吉边走边回答："让她看看战场。如果大坂本愿寺已经被包围的话，就会打起来。"

五年前，能岛村上与毛利作战的时候，为以防万一，武吉将当时十五岁的景放到对岸伊予大岛的护防城避难。所以，虽然景嚷嚷着要参战，结果连战场也没看到。

武吉说："景以为打仗很辉煌。"

吉继也知道这是景内心对战争的定位。

"让她看看真正的战争。"武吉说话的时候已经走到内城的边上。

眺望东面的大海，隔着荒神濑户邻接的鹈岛的前面是广阔的叫做燧滩的内海。有几艘回船在这辽阔的海面上航行，已经无法辨别哪一艘是景乘坐的船只。

"这个样子，景到难波，景亲也追不上。"武吉说罢，又快活地大笑起来。

从燧滩东进的回船甲板上，景心情极好。现在前往的是视自己为美女的梦幻般的土地。幸亏把景亲当作手下使唤，才没让哥哥发现，总算安全地离开能岛。大约二十个门徒也都干劲十足地摇橹。

"噢，你们好聪明！"景得意洋洋地在门徒身后赞扬他们。

门徒们并排站在船舷旁边，面对大海，整齐划一地摇橹，就像揉面的动作。

摇橹的力点称为"橹腕"，在力点上使劲，浸在海水里的称为"橹脚"的作用点就像劈水一样划出"八"字，从而产生推进力。因为橹腕和橹脚是分开的，通过称为"入子"的关节联结，所以橹脚才能完成如此复杂的动作。这种构造需要摇橹者具有一定的技能，而门徒们很快就掌握了摇橹的方法。

源爷面朝大海一前一后地摇动橹腕，高兴地回头说道："还是小姐指导得好。"这话看似奉承，其实不然。源爷这些人虽然是安芸高崎的农民，不是渔民，但因为离港口很近，所以大致懂得摇橹的方法。

当然，这个背景对景来说并不重要——"指导啊，那倒是。"她望着湛蓝的天空放声大笑。现在源爷向她投来的目光充满着对崇拜者的炽热光芒。到了泉州，就不是这种萎靡不振的老头，而是年轻英俊的海盗们向自己投来这样的目光。

"扬帆！继续摇橹！尽快抵达大坂本愿寺。"景兴冲冲地高声下令。

21

"什么？居然提出把能岛村上的景姬嫁给就英作为条件！"在重臣聚集的安芸郡山城的大厅里叫喊的是小早川隆景。这是在乃美宗胜和儿玉就英从能岛回来的两天之后。

隆景在回来复命的两个人面前装出惊愕万分的样子，其实完全表里不一。好——他悄悄握紧瘦小的拳头。

村上武吉大概还记恨五年前的那一场战争，所以直率地拒绝请求，并且提出将女儿嫁给就英的无理要求。这个姑娘还是自己给予的偏讳，后来也暗中关注她的成长，似乎长成了一个无可救药的丑女加悍妇。如果真是这样的话，嫁女就只是借口，武吉的真意肯定是拒绝支持毛利一方。

隆景的哥哥吉川元春也听说过有关景的不好名声，表情困惑，双臂交抱，向汇报交涉过程的宗胜问道："就是说，他们拒绝了我们的请求。"

"不，这……"宗胜擦着头上的汗水，"看来非常认真。"

"我已经断然拒绝。"宗胜旁边的就英鼓着腮帮叫起来。

一问才知道原来就英当场就坚决拒绝武吉的条件，然后迅速离开能岛城。

好样的，就英——隆景没有说话，心里十分赞赏这个年轻的武士。现在看来，不论武吉的真意如何，能岛村上不会支持毛利。就毛利家族的家风而言，还不至于残忍到为了获得武吉的支持，就强迫就英娶厌恶的景为妻。

这样可以赢得时间——隆景大为放心。现在的战略只有等待。如果需要的话，以后提出优越条件，应该会获得能岛村上的支持。如今最迫切想知道的是上杉谦信的确切情报。

"武吉在玩弄小聪明，我看就像五年前那样打他一下，逼他乖乖地支持我们。"元春一副苦涩的表情信口开河。

隆景表示异议："这么做的话，只会眼睁睁地看着武吉倒向织田一边。不仅如此，如果和他们海战，我们未必有胜算。"

隆景言之有理。五年前的那一场战争可以说几乎就是败战。元春"哼"了一声，眼睛看着地板，不再说话。重臣们也都默不作声。

此时正是隆景发表自己一贯主张的绝好机会："哥哥，设身处地替就英想一想，就感觉理所当然。能岛的景姬不仅长得丑，性格还彪悍。这样的女子嫁到儿玉家里，对毛利可能也不利吧。"

"噢。"元春抬起眼睛，尽管想不通，却点点头。

哥哥已经无言反驳了——隆景信心倍增，目光从元春转向重臣们："现在先看清上杉谦信的进退后再决定我们的方针，这应该可以吧？"

"如果大坂本愿寺能坚持到那时候当然没问题，就怕等到谦信表态、获得能岛村上支持的时候，大坂已经沦陷，那就回天无力了。"元春嘟囔着，却底气不足。

隆景断然说道："谦信表态之前若是大坂沦陷，就想办法维持与信长的交情。"

能岛的武吉大人特地就此事询问过隆景的态度——宗胜听着隆景的意见，心里不由得感叹。

在双方交涉的时候，武吉问"要是上杉谦信不过来，隆景也打算支持大坂本愿寺吗"。当时宗胜认为此事已在会议上作出决定，隆景也就不再坚持自己的一贯主张，现在看来并非如此。而武吉一定是认为隆景会执着地坚持己见。

武吉大人在询问隆景的态度后，似乎陷入了沉思——看来武吉是在思考隆景今后的动向。他忖度到什么了呢——就在宗胜思来想去的时候，大厅里的会议事态出现意外的变化，元春见重臣们没有提出解决问题的良策，便说道："这样子的话，别无办法。"他支起双肘，双手在膝盖上粗暴地一敲，大声叫唤，"就英……"锐利的目光逼视就英，问道，"你娶妻看重外貌吗？"

哥哥打算提那件事吗——隆景立即关注。

因为元春的正室是一个回头率极高的丑女。《名将言行录》记载这样的趣闻：元春继承吉川家族的时候，父亲毛利元就把一个重臣叫来，问他"有没有好姑娘"。重臣说"一时还没有"，元就命他"先询问一下元春的想法"。

过了几天，这个重臣前往元春处，询问他的想法。元春当即回答道："熊谷兵库助信直的女儿就行。"

重臣惊愕。因为信直的女儿奇丑无比，家臣中无人不知。重臣以为元春或许不知道，便说道："我听说信直的女儿乃世间第一丑女。"他使用最坏的词汇形容这个女子，最后忍无可忍，直言道："算了吧，你一定会后悔的。"

但是，元春毫不介意，淡然一笑："别这么说。我希望娶信直的女儿不为别的，就因为听说她长得丑。"并说出其道理："因为信直的女儿甚为丑陋，无人娶她。她的父亲为此整天唉声叹气。现在我娶了她，信直必定感谢我，打仗时也会舍生忘死地帮助我。现在中国地区没有信直这样的侍大将，如以他为先锋打头阵，则无坚不摧。"

这是将战争置于首位的元春用心良苦之处，重臣闻之，大为感动。

就英也听说过元春的这则故事，而且从小就反复听说。据《名将言行录》记述，奉毛利元就之命前去询问元春想法的重臣是儿玉就忠，就是就英的伯父。就忠对元春的行为感动至深，一有机会就对侄子就英讲述元春的这段佳话。

正因为如此，就英才会在能岛城对景说"武士娶妻不问美丑"这样的话。就英也是男人，不能不在意妻子的外貌。所谓"不问美丑"，只是出于男人的气概和体面脱口而出的话。

元春想说的就是这个吗——就英恨得咬牙切齿。他心里很清楚，一旦回答，元春接下来会说什么。但是，面对勇敢娶丑女为妻的元春，自己的回答只有一个，于是高声应道："不问美丑。"当然，心中泪涌如瀑布。

元春仿佛看透了就英的心思，逼问道："真的不问吗？"性格干脆直爽的元春竟如此啰嗦。

"不问。"就英大声重复一遍。

"嗯。"仿佛得到就英的承诺，元春使劲点了点头。接下来的话果然在就英的预料之中，"那你可以娶能岛的景姬为妻吧？"

上他的当了——隆景直冒冷汗。如此一来，就会得到能岛村上的支持，毛利家就要立即给大坂本愿寺运送军粮，与织田家处于敌对状态。在这个时刻，必须伸手拉就英一把。

"哥哥，不能这么强迫。"就在隆景叫喊的时候，忽然发现大厅里的气氛发生变化。重臣们所有的目光都集中在就英身上，眼睛无声地发出恳求——为了毛利家族，你就娶了那个丑女悍妇景姬吧！"

就英自然明白重臣们的意图，于是紧闭眼睛，抬起头来，大叫一声："我娶！"

"如果娶能岛村上的小姐能让毛利家族安泰稳定，我就娶那个丑女人。"

"说得好。"元春拍了一下膝盖对他的决心表示赞赏。重臣们都激动地发出赞叹之声。一起参加能岛谈判的宗胜展现出安心和感谢的表情看着就英。

这个秃子，一点儿也不知道人家的心情——就英的目光咒骂着这个秃顶已经没有汗水的宗胜。接着，他无奈地说道："不过……"瞪着眼睛环视重臣，"陆战我不知道，但女子应该避讳海战。因此，能岛小姐以后如有违反兵书之行为，我立即休了她。"

他还补充说，战争自不待言，连海盗行为也不允许。

"你们要接受这个规矩，同时也要把这个规矩告诉能岛村上。"就英这时才明白，村上武吉在能岛城大厅真正想要的是什么。

大厅里鸦雀无声。就英的条件使这桩婚事在将来，不，现在就会破裂，中途夭折。刚才还交口盛赞的重臣们现在仿佛才清醒过来，注视着就英。

"可以。"只有元春痛快地接受这个条件。

在元春看来，只要能得到能岛村上的支持，将来的事情，管不了那么多。在战场上做出一个决断，总会有一两个牺牲，只好视而不见。对于武人来说，就英的条件完全是不屑一顾的细枝末节。

元春转向家主毛利辉元，正襟端坐，禀报道："儿玉就英表示娶能岛村上之女景姬为妻。"

"极好。"辉元照例一语总结。

哥哥——隆景和重臣们一起向辉元低头承命,心里佩服哥哥。这个哥哥胆子大,做事粗鲁冒失,却总能抓住目标,达到目的。这是做事过于细腻的隆景无论如何也做不到的。

这样一来,能岛村上的支持已成定局——那么,用不着等待上杉谦信的态度,就要开始向大坂运送军粮。

如此,只能使出最后一招——隆景暗自下定冷酷的决心。

第二章

22

　　景乘坐的回船在夏天阳光照耀下的濑户内海轻快地继续向东航行，顺水而行，船帆鼓胀，一路顺风，甲板上的景心情愉快。

　　"可以不用摇橹了，小子们，歇一会儿吧。"景高兴地下达命令。门徒们从水里抽出橹，发出干完体力活后的爽朗笑声，朝放在甲板上的水桶冲去。

　　留吉也把橹抽上来放在甲板上，然后背靠着船头的栏杆坐下来，抱着细瘦的小腿，看着自己的小小膝盖，默不作声。

　　又这样——景看了一眼留吉，鼻子哼了一声。那样强烈渴望前往难波的留吉从离开能岛的那一天开始就经常意气消沉。只有在摇橹的时候干劲十足，精神振奋，工作一停歇下来，就垂头丧气。

　　向源爷询问，才知道事情的原委。

　　景向他打招呼，坐到他身边："在船上被绞杀的那个门徒，听说是你的好朋友。"

　　留吉抬起头，但立即收回视线，低声说道："在同一个讲里，对我和源爷很好。也是他给我讲解阿弥陀佛的道理。"

　　景本来想对留吉的消沉心态表示同情，但听到这句话，出乎意料，立即改口道："噢，是嘛。"

　　"所以，我并没有萎靡不振。"他提高声调，像是甩掉阴郁的情绪，继续说道，"死了是很可惜。可他也因为阿弥陀佛的荫庇去了净土。"

　　我不怕死——留吉面对恶棍敢如此无畏，正是因为他有这个信仰。

但是，景对此一笑了之："净土啊。"

那个时代，人们对生命的看法与现代社会无法比较，对死看得很轻很淡。因此在战场上视性命为草芥，毫不足惜。景没有门徒那样的境界，不是因为信仰净土而从容接受死亡，是她想在有生之年尽情享受这个世界的各种乐趣，才漠视死亡。

净土，有则有得，无则无失——这样的女子，听到留吉这种感悟至深的道理，总想插嘴打断。

"那么，留吉……"景扬起眉毛，装作不明白的样子，"你说你没有萎靡不振，可是你离开能岛以后就无精打采的，这究竟怎么回事？是因为那个门徒葬身大海的缘故吗？"

离开能岛的那一天，留吉亲眼看见熟人的死去，一定深受刺激。这个小孩子大概还不能确信净土的存在，还无法轻易接受死亡。景这样看待留吉，于是连珠炮般地发难，仿佛要撼动他的信仰。

"太不正常了，你既然说他去了净土，不是没必要这么无精打采吗？"

果然击中要害，留吉严峻地抬起头，极力扯着嗓子喊道："我没有无精打采！"

景欺负弟弟都已经习惯了，于是执拗地说："你就是无精打采。就是、就是！"

"就不是！"

"就是！"

"就不是！"留吉吼叫着，眼睛湿润，低下脑袋。

哎呀，把他弄哭了——欺负比自己小一岁的景亲，那还好说，一个二十岁的大姑娘欺负比自己小十来岁的小孩子，那太不像话了。

围聚在水桶旁边的门徒们停下手中的舀子，责难的目光集中到景身上。源爷也是一副惊愕的表情。

"怎么，不服吗？"景气势汹汹，要把他们的气焰压下去，同时用手肘碰了碰留吉，用申斥的语气说道："你怎么回事？一个男子汉，还哭哭啼啼的。"

其实这是景的不对。虽然相信死后能去净土，但还是不想去死，这个矛盾甚至一向宗的开山祖亲鸾也是认可的。

亲鸾的嫡传弟子唯圆回忆自己与先师对话而记录成书的《叹异抄》中就有这样的记述。附带说一下，该书是由于唯圆感"叹"在亲鸾过世约三十年后世间出现与其教诲相"异"的解释和曲解而撰写。

有一次，唯圆问亲鸾："再怎么念南无阿弥陀佛，也不会产生欢呼雀跃般的兴奋心情，也不想早日前往净土。这是怎么回事？"

亲鸾似乎是一个极其诚实正直的人，他回答说："我也感觉到这个疑问。唯圆，你也这么觉得吗？"

尽管相信死后能上净土往生世界，但对死还是感到畏惧不安，亲鸾毫不留情地断定自己不过是一个凡夫俗子。

连亲鸾都如此，何况一个小孩子留吉，不可能回答得出景提出的刁难问题。

"是我不好。行了吧，别哭了！"景心烦地慰劝，可留吉还是不停地抽抽搭搭，脸埋在膝盖之间也不抬起来。景没有办法，只好问能让他高兴起来的事情："你说，怎么才能去净土？"

留吉好不容易抬起头来，却故意可气地回答道："不告诉你。"

景真想打他一下，但还是忍住了，用身子轻轻撞他一下，逗他道："告诉我吧。"当然，回答不回答其实都无所谓。

留吉抬头望着天空，好像在思考，然后慢慢地双膝靠拢，端正坐姿:"我信。"

"嗯?"

"所以我信。"

"还有呢?"

"就这个。我相信、我坚信阿弥陀佛会把我带进净土。在念佛的过程中,就一定能进入净土。"

《叹异抄》中也有同样的记述:"念佛"这种心情不是自发的,而是阿弥陀佛赐予的,这叫"一念发起"。按照这个说法,一念发起的人都已经得到前往净土的保证。得到保证之后,于是诵念南无阿弥陀佛的名号。就是说,念佛包含着已经实现极乐往生的感谢之情。

"真的吗?"景终归无法相信。只要有信仰,就能前往净土,有这么便宜的事吗?

"就这样啊?还必须做善事什么的吧。"景贴近他的脸。

但是,留吉坚定地说:"没有,只要一心一意相信阿弥陀佛的力量就行。"

按照一向宗的教导,转生净土的方法只有一个,就是一心一意相信、依靠阿弥陀佛的救济力(拯救力量),即"他力"。因此,对生时必须积善成德才能实现前往净土的这种努力采取否定的态度。因为这种试图通过"自力"进入净土的做法反过来证明其缺少坚信他力的信念。

"弥陀的本愿是人不分老少善恶,只要有心就行。"

《叹异抄》记述,阿弥陀佛拯救世人,不问老少,甚至无关善恶,只要依靠信心即可。

"就是这样。"尽管一知半解,留吉还是磕磕巴巴地讲完这些道理,精神状态大为好转,甚至显得有点趾高气扬。

景连一半都没听懂,只是发出"啧啧"的感叹声。不分年龄，不论好坏，只要有信心，天下所有的人统统被带入净土。有这么爽快的事啊！这种豪迈之气让人喜欢。

"这么说，什么善事都不用做就可以去净土了。"

留吉重复道："只要信仰念佛。"

景依然显示赞叹的态度："只要有信心。真是难得。"

"是很难得，所以必须满怀感谢之情念佛。"留吉合掌，开始口念南无阿弥陀佛。

景从留吉的话中发现矛盾，便捅了捅正聚精会神念佛的留吉，问道："如果说只要信仰念佛，就一定能够前往净土，那用不着去大坂，也可以上净土啊。"

如果救援大坂本愿寺的"自力"根本无助于上净土，不是没有必要特地跑到大坂吗？何必多此一举呢？

然而，留吉泰然自若："的确是这样。"他深深点了点头，用大人一样的语调说，"不论去不去大坂，极乐往生都已经决定。我们去大坂，是向为我们开拓往生之路表示感谢，绝对不是为了以自力积累善行。"

"噢，这样子啊。"景随声附和着，却已经完全心不在焉。门徒的言论说起来都热血沸腾，景却受不了，只好无聊地望着天空。这时，忽然响起撕裂天空般的螺号声。

怎么回事——景紧皱眉头，看了一眼水桶周边的门徒们，他们被凄厉强烈的海螺高音吓得惊慌失措。源爷叫着"小姐！"跑过来，神色紧张，指着背靠栏杆的景的身后，说道："遇上海盗了。"

海面上出现虽然没有能岛村上那么多，但也有近二十艘小快船，正调转船头，直向这边驶过来。

"怎么办？"源爷惊叫起来。

从海盗船上传来粗野的叫声："前面的回船，停船！"双方的距离已经相当接近,能清晰听见对方的声音。

23

"烦人!"

坐在甲板上的景只是眺望着湛蓝的天空和绿色的群山,根本不看海面,问道:"这是什么地方?"

源爷忐忑不安地回答:"大概是盐饱。"

就是位于现在的冈山县与香川县之间海域的盐饱诸岛一带。

盐饱诸岛在战国时期是航行于濑户内海的船只的主要中转地。源爷知道这一带的海盗横行霸道,所以胆战心惊。盐饱海盗后来称为"盐饱水军",在江户时期仍以高超的驾驶本领著称于世,有的甚至被雇用为幕府末期横渡太平洋抵达美国的咸临丸的水手。

但是,景听到"盐饱"这个地名后,依然面不改色。这是很自然的。在濑户内的海域,没有任何东西可以让村上武吉的女儿感到害怕。

"是盐饱啊……"她很不情愿地站起来,一转身,上半身完全暴露在紧逼上来的海盗眼里。

她张开大嘴叫喊道:"是我!"

这回轮到盐饱海盗惊骇震撼——只见对方身材高大,穿着怪异,尤其是那一副容貌,过目难忘。

小快船上看似头目的一人瞠目问道:"是能岛的小姐吗?"

"正是。我是能岛村上的景。"

此言一出,约二十艘小快船上的所有士兵一齐跪拜下来,水手们也都放下手中的橹,匍匐甲板。

据《耶稣会日本年报》所收路易斯·弗洛伊斯的书函记述，五年后的天正九年（1581年），弗洛伊斯从丰后（大分县的大部分地区）乘船过濑户内海前往堺，曾中途停靠盐饱港。

在即将抵达盐饱港的时候，发生了这样的事情："抵港之前，有能岛海盗数人上船。如果本船没有士兵同乘，隐蔽在岛后面的十艘船就会出来袭击我们。他们上船的目的就是确认是否有士兵同乘。"

其实所谓的"士兵"都是化装成能岛村上士兵的盐饱海盗。村上武吉的势力范围已经扩大到盐饱诸岛。书函所说的"能岛海盗确认同乘的士兵"就是"押船"。弗洛伊斯记述道，只要有士兵押船，能岛海盗就会"客气地打个招呼后回去盐饱"。

因为盐饱是能岛村上的势力范围，景也曾几次来这里从事海盗活动，所以盐饱的海盗认识她。

"不知道是能岛的小姐亲自押船，甚为失礼，恳请原谅。我在此赔礼致歉。"盐饱海盗的头目脸色苍白，解释后再次谦卑地跪拜。

"来得正好。"景大声回答。

到此之前，曾停靠附近的岛屿，但未能获得足够的淡水和食物。当时没有冷藏技术，航行途中必须每天补充给养。

"我们需要淡水等东西，带我们进港。"

"遵命。"头目发令，小快船的士兵和水手立即站起来，摇橹开船。

回船被引导进盐饱诸岛的中心本岛（香川县丸龟市本岛町）。当时说"盐饱"，指的就是这个本岛。

进港以后，盐饱海盗的头目马不停蹄地布置任务。在景以及门徒们的注视下，淡水、食物等东西接连不断地搬上停靠在栈桥的回船甲板上。不到一刻（两个小时），所有物资都装载完毕。

太阳依然高挂天空。

"开船！"景下令。

不能让门徒们继续休息。当时不是利用星座定位的"天文航海"，而是以陆地地形定位的"地文航海"，所以在看不见陆地的夜间原则上停船停航，急着赶路的，就在太阳落山之前拼命航行。

门徒们都急着尽快赶到大坂本愿寺，所以对景的命令没有异议，齐声高喊："是！"重新解缆扬帆。

风吹帆鼓，回船静静地滑行，船头调东，重新上路。盐饱海盗大约百人一起下跪为回船送行。

"小姐一句话，盐饱海盗如同仆人一样。"源爷从船尾看着聚集在栈桥上的人群，不由得感叹战栗。

站在源爷旁边的景看着海盗人群，目光冷静澄澈。他们如此顺从，景心犹不足，冷漠地回答道："不是我，而是父亲的力量。"

留吉插嘴道："有这么了不起的父亲，姐姐在泉州说不定会找到婆家的。"他已经心情大好，说话甚至恢复那种淘气样儿。

他为什么会知道我的意图——景心里扑通一跳，但立即想明白了，他们都知道自己被就英严厉拒绝，而且被忽悠在泉州是如何的大美人，心里飘飘然，于是答应前往难波，所以留吉当然会猜测到自己的真实意图。

景觉得心事被人识破有点凄惨，看了他一眼。留吉双臂交抱，自鸣得意地点头，嘴里絮叨着"婆家能找到，能找到的"。

这小家伙——景恨得牙根痒痒的。

这时源爷赶紧阻止留吉："留吉，这种话说不得。"

这个老太爷也知道了——景觉得厌烦，但还是想保持女人的面子，便说道："我与你们这些微贱的人不一样，我们是大户人家，婚姻当然要讲究门当户对，是双方家庭结为姻缘。想娶能岛村上本小姐的人家多得是。"

景说"多得是"，其实只有五个人。打算娶这个以悍妇著称的景姬为妻的勇敢的武士家庭，在濑户内周边也还有几家。

"不过啊……"景絮絮叨叨，"父亲总问我是否愿意，都被我一口回绝。"拒绝婚事的确是事实。但是，提亲的都是陆上武家，不是景想嫁的海盗家族。

"我们提出来被对方拒绝的，还真没有。"景做出有点失望的样子。不过这句话是弥天大谎。父亲煞费苦心到处托人，好容易才找到上面所说的那五个人。不过，刚才景一不留心，说走了嘴。留吉和源爷都已经知道并不是这么回事。当然他们指的是就英。景斜眼瞟了一眼，他们冷淡的目光正注视着自己。

景若无其事般说道："儿玉就英另当别论。"她满不在乎地推翻刚才的话，转身看着大海，感觉两人的目光锋芒刺背。

反正都是信口雌黄——他们的目光显然怀疑提亲本身就是胡编乱造。

讨厌的家伙——景心想至少赞美自己长得漂亮的源爷应该相信她刚才说的话，可是看他也是用怀疑的眼光看着自己。

既然如此，那只有把话说清楚——景要让他们知道自己想嫁给海盗家族的理由。如果不是坚持这个要求，早就嫁出去了。

她显得不耐烦的样子，歪着嘴，问道："你们知道鹤姬吗？"

"鹤姬？"留吉自然不知道，源爷也歪着脑袋。

景轻叹一口气，说道："连源爷也不知道吗？三岛神社的鹤姬。"

大三岛是包含能岛在内的芸予海域内诸岛中的一个，是海域内面积最大的岛屿。毛利家的正使乃美宗胜和儿玉就英前来能岛时所经过的鼻栗濑户西面的山崖就是这个岛，离能岛只有一里

（约4公里）。

大三岛上供奉有三岛神社（现在的大山祇神社），远在战国时期之前就是著名的大海守护神。村上海盗也将其作为氏族神崇拜，每逢重要的海战都要举行祈祷胜利的仪式。

"三岛明神的祭司大祝三岛安用的女儿就是鹤姬。"景想嫁给海盗家族的原因与这个鹤姬的传说有关，"这是三十五年前的事情……"

天文十年（1541年），景出生的十五年前，当时，以山口为根据地、占据中国地方西半部和九州地方北部的大内义隆发兵夺取拥有三岛神社的大三岛。

天文十年，当时四十四岁的毛利元就臣服大内义隆。十年后的天文二十年（1551年），同样是大内家族重臣的陶晴贤杀害义隆，于是元就发动严岛会战，讨伐晴贤。

景继续说道："三岛神社拥有三岛水军。"

据说三岛水军的一个头目名叫越智安成，他与鹤姬互相恋慕。

"鹤姬与他并肩作战，几次把大内水军驱赶出去。"

但是，在后来一次海战中，安成阵亡。鹤姬拼着性命向大内水军发动最后的攻击，在击退敌军之后，她投水自尽，追随安成而去。

"当时鹤姬才十八岁。"

景十岁的时候，能岛村上的老兵给她讲述这个故事。故事的结局感觉阴森郁闷，不喜欢，但与自己相恋的男子一起参加海战的情节合乎她的口味。

我也要和未来的丈夫一起参加海战——她天真地打定主意："我也想像鹤姬那样。"

景向留吉和源爷讲述自己的心情，毕竟把自己的真实想法坦露出来还是不好意思，说话语调显得生硬。

如果景的愿望是像鹤姬那样与相爱的男子并肩参加海战，那么只有海盗才能成为她的丈夫。

"所以，陆地武家的提亲我全部拒绝。这是真的。非海盗家族，我不嫁。你们明白了吗？"

"嗯哼。"留吉歪着嘴，逗趣般说道，"这么说，姐姐想参加海战，然后追随那个男人去死吗？"

"胡说！我就想和爱恋的男人一起在军船上展开轰轰烈烈的海战。"

"哇！"留吉露出惊讶的神色。这个丑女人竟然敢说"爱恋的男人"，真不知害臊。

但是，景毫不理会留吉的反应，道出长久埋藏于心中的对鹤姬的疑问："可是，为什么兵书上说不许女人上军船呢？"

她的海盗行径受到哥哥的斥责，心里不服气，于是偷来哥哥的兵书翻看，上面果然写着女人禁忌上军船。没想到兵书很有意思，景基本全部读完，但所有的兵书都这么规定。

留吉觉得奇怪，说道："这样的话，鹤姬就不可能参加海战了啊。"

景也是同感："是啊，为什么鹤姬就能上军船呢？"

景曾问过父亲这个问题。然而，不可思议的是，对大海和海战无所不知的父亲竟然不知道鹤姬："什么鹤姬？天文十年的海战我当然知道啊，那时我已经八岁了。"父亲似乎在努力回忆，却毫无头绪。没有法子，只好等来岛村上的吉继到能岛城的时候问他。

"鹤？我怎么知道啊！"景遭到吉继的怒喝。

景心想反正也是白问，又去问因岛的吉充。

"啊，那个呀……嗯……"一边点头一边走开，吉充看似知道，却不肯吐露。

这么说，难道是吹牛吗——那个老兵出于什么意图要编造这子虚乌有的故事呢？问遍能岛的家臣，都得不到认真的回答。

虽然是几十年前的故事，但破除兵书禁忌的女子不可能无人记得。景断定是那个老兵耍弄自己，便去向他讨个说法，但是老兵的反应出乎她的意料，他瞪眼怒喝道："你胡说些什么啊！大三岛的确有鹤姬这个女子。因为能岛村上支持大三岛，我亲眼见过她。主公大人那时候还年幼，所以不知道。"

景仿佛从老兵的愤怒中看到真实，兴奋得眼睛发亮："那兵书上写的禁忌是怎么回事？如果鹤姬是女的话，她不可能乘军船出海打仗。"

对于景气势强烈的逼问，那老兵只回答一句"我一个小兵怎么知道"，便闭口不语。

太气人了——景虽然不满，却因此相信鹤姬确有其人。

这个老兵看上去比父亲年长近三十岁，父亲当时还是小孩，所以不记得鹤姬的事情，另外，鹤姬的活动也不是轰轰烈烈、广受瞩目，或许就是和普通士兵一起参加海战。如果这样的话，父亲以及能岛的士兵不知道此人也是可以理解的。

的确有过这么一个女子——此后，景动不动就把鹤姬拉出来作为例证。弟弟阻止她进行海盗活动，她就振振有词地说："三岛明神的鹤姬也这样做。"

景噘着厚厚的下嘴唇，依然想不通。源爷不紧不慢地开口说道："小姐是什么都想要。"

"嗯？"景心头一惊，收回噘出来的嘴唇。

源爷浮现出略显可悲的表情："小姐既想嫁给海盗家，又想参加兵书禁止的海战，所有的愿望都要实现。"

听源爷的口气，好像自己的愿望是过分的奢望。景不太高兴地反驳道："是的。这不好吗？"

源爷微笑着说："不是不好。我只是想说最好舍弃其中的一个。"

源爷是一个农民。

农民，战时应征入伍；平时要缴纳年贡，服劳役。源爷的儿子儿媳妇，即留吉的父母亲就是在这种残酷艰苦的生活中死去的。对他来说，存续就意味着舍弃希望。所以他信仰寄希望于来世的一向宗是可以理解的。

在源爷看来，像景这样纠结于个人烦恼的人是可悲的。

但是，景只是嗤笑一声。在父亲溺爱下任性成长的女子，对来世没有寄托任何希望。

"源爷哟。"景瞪着他那一双昏聩的老眼，像下达命令一般坚定地说道，"你要知道，我是一个什么都能要到手的女子。"

源爷不想反驳，也不想规劝，仿佛被她的威势所慑服，只是顺从地点头道："是吧。"

留吉笑眯眯地看着他们，脸上流露出的自然是对景的异议。

"怎么地？小家伙，不服吗？"景气势汹汹，但刚刚才把这个淘气包气哭，现在只是稍微吓唬他一下，"你好像不怕我。你记住，濑户内所有海边的百姓只要听到村上海盗这几个字，就会吓得哭爹喊娘。"

就在这个时候，景亲面对一群哭喊的百姓束手无策。他为了寻找姐姐可能经过的地方，就登上了一个岛屿。

《武家万代记》记述："闻海盗将至，女童皆闹泣。"可见濑户内的居民对村上海盗是如何的惧怕。

现在，围在景亲周围的不仅仅是岛上的女人、小孩，还有男人，都在哭天喊地，好像世界末日即将来临。

百姓之所以如此恐惧害怕，是因为父亲村上武吉统领之前的村上海盗在周边岛屿上横行霸道、无恶不作的缘故。景亲向他们打听姐姐是否来过，岛民们都爱答不理。

"简直太不像话了，我们的老祖先在这里干了多少坏事啊！"景亲毫无办法。

24

从能岛启航六天后，景和门徒们乘坐的回船进入播磨滩。这一片是东西两面分别由淡路岛和小豆岛钳制的海域。

所以已经过了赞歧国小豆岛（香川县小豆郡）。据《能岛来岛因岛由来记》记述，小豆岛是来岛村上家村上吉继管辖的海域，但这里是三岛村上统治的海域的东面边界。就是说，这一行人已经驶出了边界。

阳光灿烂的天空下，景躺在甲板上枕臂睡觉。在夏日骄阳的暴晒下，皮肤变黑，变得黝黑。

"真热！"景眯缝着眼睛正要眺望天空，一个阴影遮住了她的脸。

"小姐……"

景睁开眼睛一看，是源爷。大家都在摇橹，就他一个把橹提上来，来到景身边，并膝跪下。

"怎么啦？"

"即将进入难波海。"

"哟。"景一声叫唤，跃起身子，注视着船头，"那就是明石濑户吗？"

现在的名称是明石海峡，但当时叫明石濑户。

右边，淡路岛的山脊棱线跌入明石濑户；左边，本州的明石平原伸展过来，急剧挤压濑户内海，其状恰似难波海的入口。

众所周知，淡路岛南北偏长，犹如覆盖在大阪湾的西边。岛的北半部基本上是津名丘陵，岛的北部平地从北、东、西三面环绕津名丘陵，只有一点海滨。其中岛屿最北端的海滨就是景所乘坐的回船即将通过的松帆浦（海滨）。

面临明石濑户的这个海滨，自古以来就是著名的风景胜地。镰仓时代的歌人藤原定家还有吟咏该处海滨的作品。不过，景不会知道这些人，她更关心的是岛上的军事据点。

景手指前方："那就是岩屋城吗？"

岛上群山连绵，直达松帆浦，顶端部分修筑有城堡。下方津名丘陵的最北端的俎板山半山腰的城堡是岩屋城。

附带说明一下，修筑的岩屋城遗址有两处：景看到的这座城堡，还有一处位于此处东南方向二公里外，岛屿东北端面向大阪湾。后者由池田辉政于庆长十六年（1611年）修建。景那个时代尚未建造，所以岩屋城就是指岛屿北端的城堡。

景看着茫然眺望城堡的源爷，心领神会地说道："看来视野开阔。父亲说'岩屋、岩屋'，原来就是这儿啊。"

如果登城远眺，西面是濑户内海，东面是难波海，尽收眼底。对于需要宽阔视野的海盗来说，这是求之不得的好地方。

武吉听到毛利家族打前站的人带来的给大坂本愿寺运送军粮的请求后，就开始关注淡路国岩屋城。此后正使乃美宗胜和儿玉就英才来到能岛城。

如果父亲运送军粮的话，大概会考虑将这儿作为中转地。他曾经在景面前提到过一次这个淡路岛北端的岩屋城的名字。父亲极少在女儿面前谈论打仗的事，所以景牢记心中。

"好城啊！"景再次仰望岩屋城，突然发现山麓的海滨出现不寻常的情况，定睛一看，有数艘小快船向这边靠拢过来。

"又来了……"景显出不耐烦的样子。

小小的淡路岛也算是一国。天正四年（1576年）这个时期，统治淡路国的是安宅信康。当时最大的船只称为"安宅"，据说就是由这个安宅开始建造，可见此人是老牌海盗。

这些情况景也知道，岩屋城也应该属于安宅所有。

实际上，安宅家族所拥有的城堡除岩屋外，还有洲本、由良等八城，城主统称为"安宅八家众"。这些小快船如果是从岩屋城出来的话，那一定是安宅家的。

这儿既不是能岛村上的海域，也不是三岛村上的海域，景本应该客气地通报自家姓名请求获准通过，但她的口气就和在自家领海内一模一样。

她几乎用恫吓的口气对逼上来的小快船怒吼道："是安宅家吗？我是能岛村上。要是想打劫，那绝不会放过你们。"

在别人地盘上说话还这么横，只能是激怒对方。可是，不知何故，对方没有立刻反应，过了一会儿，对方的回答令人意外："我们是毛利家族。"

就是说，毛利家族的士兵已经进入了应该属于安宅家族的岩屋城。

这是毛利家族的分支吉川元春干的事。在安芸山城会议上，元春排斥主张谨慎从事的弟弟小早川隆景的意见，决定向大坂本愿寺运送军粮的时候，曾向侄子、毛利家族家主辉元献策必须控制岩屋城。这是武人元春的性格，与村上武吉一样，认为确保岩屋城对于运送军粮是不可或缺的。他命令毛利家族直属的水军，即儿玉就英的手下武将去接管岩屋城。

记述中国地方战乱情况的《阴德太平记》认为此事发生于天正四年七月之前，"丹地太郎兵卫、神野加贺守、长屋右近太夫入主淡路岩屋城"。丹地、神野、长屋都是毛利家族的家臣。

但是，岩屋城的安宅家族家主安宅信康已于四年前的元龟三年（1572年）归降于织田信长门下。

毛利家族接管岩屋城的过程现在不得而知，但似乎并非通过武力手段击败信康攻陷城堡的。后来进入岩屋城的毛利家族的武将发现淡路的武士有谋反动静，大为惊骇，弃城逃归，但在信康这个时期，对毛利家族还是合作的。应该说，安宅信康在织田和毛利两大势力之间采取脚踏两只船的策略。

总之，景即将通过明石濑户的天正四年五月初这个时候，岩屋城的实际家主是毛利家族。否则就与后来的史实不符。

"失礼了，请随意通过。"毛利家的士兵应该不认识景，但还是知道能岛村上家族，于是匆匆忙忙调转小快船，回到海滨。

"嘿！"景站在船尾看着逐渐变小的岩屋城和远去的几艘小快船，嘟囔道："真是太可笑了。"

看来毛利家族还是认真的。不过，他们即使控制了岩屋城，如果没有能岛村上的支持，也无法运送军粮。景不知道儿玉就英饮泣吞声地同意了这门亲事，在她看来，毛利家族接管岩屋城只是一场徒劳而已。

"小姐。"源爷担心地看着景。

这个老头想起在能岛城的小屋子里说的话。由于谈到五年前的那一场战争，景说能岛村上不可能援助毛利家族。现在景之所以上船与自己这些门徒同路而行，完全是为了自己的事情，与能岛村上家族的意愿毫无关系。

"能岛村上大人不会支持毛利家族的吧？"

"父亲吗？父亲不会参与毛利家运送军粮的事情。"景还是淡然的语调，甚至说，"说起来嘛，这次织田和大坂本愿寺这两家的事，还是本愿寺不对。"

宗胜和就英这两个正使没来之前，打前站的人来到能岛的时候，景有事询问父亲，顺便硬是从他嘴里打听出运送军粮的经纬。她思来想去，总觉得错在本愿寺。

"天下的要害少之又少，老老实实地把大坂让给信长不就得了。至于念经嘛，哪儿不能念经啊。"

景一心就想着打仗，所以觉得信长的要求有道理。仅仅为了念经就占据如此险要之地，实在可笑之极，简直岂有此理！

源爷断定对大坂的感情只有门徒才能理解，不再说话，面带忧郁地笑了笑，深深低下头。景见他这副提不起兴趣的样子，心想自己可能说话过头了，便没有继续说下去，闹别扭似的闭嘴不语。

这时，突然响起门徒们激动的欢呼声。所有的人都放下手中的橹，注视着前方。风平浪静，无人摇橹，回船停止在海面上。

"怎么回事？"景回头看去，只见船头前面一下子视野开阔。回船已经通过明石濑户，进入难波海（现在的大阪湾）。阳光璀璨，映照着海面闪烁明亮，一道地平线横亘在远方。这就是传说中的难波。

当然，门徒们注视的是别的东西。

"大坂哟。"源爷如在梦幻中嘟囔着，屈膝合掌，"大坂本愿寺哟！"大叫一声，开始诵念南无阿弥陀佛。其他门徒也都一起跪下，开始念佛。

真烦人——景在他们的念佛大合唱中，苦涩着脸凝视着门徒前方的景象。

在说不好是陆地还是沼泽的芦苇地的前头陆地上，隆起巨船般的台地，长长地横亘着。台地的最左边，即北面方位，就是那座巨大的建筑物。

就是那座城堡吗——景所看到的地方是今天大阪市周边。与现在不同，当时几乎没有建筑物，所以地形暴露无遗，从回船上也可以很容易看见建筑物。

　　现在的大川，当时叫渡边川构成台地的北边，台地边上修建有土垒，地势格外高。隐约可见土垒上有白墙泛光，从白墙上方露出来的黑黑的东西一定是本堂或者别的房子的瓦屋顶。

　　那就是大坂本愿寺吗——景虽然刮目相看，但没有门徒那样的欣喜。她还有更重要的事情要做。

　　"泉州的堺在哪个方位？"景捅了一下正专心念佛的源爷。

　　源爷惊诧地看着景，大概没听见她的问话，说道："小姐，谢谢你。这样可以支持大坂了。"说罢，向景合掌致谢。

　　真难办——景略显难为情地皱着脸，不过，还是有一点欣慰。

　　源爷不管不顾地继续流泪，再看看其他门徒，也都哭丧着脸抹泪，连自命不凡的留吉小家伙也这样。

　　都是老实听话的家伙——按照他们的说法，虽然都已经获得前往净土的保证，但还是要去大坂本愿寺谢恩。带去一点军粮，打算和那个叫做显如的一向宗门主一起艰辛地守城。

　　在景看来，有没有净土还是个疑问。门徒们不追求现世的任何私利，只为着感谢极乐往生就支持本愿寺，如果真是这样的话，那绝对是无私的行为。

　　好可爱的行为——景深切品味信徒们这种耿直的情愫，不过这也只是片刻之间，她来到这里完全是为了自己在现世的利益。她再一次询问自己所关心的事情："堺在哪里？"

　　"嗯？"源爷似乎还没有领会这个问题的含义。

　　"我说堺在哪里？"

　　"这个……"

　　这个老头，还要让我说几遍——如果与纯正的信徒相比，自己的不纯正说出来就觉得羞耻，可是他应该清清楚楚地知道自己的目的，难道是故意要我多说几遍吗？

当然，源爷没有景所猜想的这个意图。

"堺，泉州的堺……"景显得不高兴的样子。

这回源爷终于明白了，"啊"——提高嗓门，依然无忧无虑地说道："堺在那边。"

顺着他手指的方向，面对大坂本愿寺的右边海滨就是堺港，目测离本愿寺三里左右（约12公里）。

附带说一下，本愿寺与堺之间就是小说开头部分出现的难波砂堆，即景所看到的芦苇地上的木津城寨，在巨船般的上町台地上有天王寺城寨，从难波海也可以看见，但景都没有看到这两个城寨。

堺街道的景象给人强烈鲜明的印象。海滨没有任何像样的建筑物，突然出现这一座拥挤着一万多间房屋的港口城市，格外显眼。看似商船的船只仿佛被吸引过去似的络绎不绝地朝这个港口驶去。

景自己就看得明白，没有必要询问别人，心想这么点路程，今天就能进入堺。她比较本愿寺和堺港两处的情况，心里基本有数。回船一到大坂，必须尽快将这些信徒交给本愿寺，然后自己从陆路进入堺。

我要与泉州的海盗会面——景抿嘴一笑，凝视着港口，然后转向门徒们，大声下达命令："小子们，摇橹！"

源爷、留吉等众门徒跃身而起，分成左右两列，抓起橹。他们兴高采烈，干劲十足，把船摇到肉眼就能看见本愿寺的地方。

当回船通过明石濑户大约半刻（一个小时）以后，景所寻找的目标映入眼帘。这时候的回船依然还在难波海上航行。

景从右舷眺望堺港，略微探出身子，看见通过堺海面向北行驶的船头前方有两艘船。

　　来了——景兴奋得两眼发光。

　　从南面的堺出来，沿海岸北上的这两艘船应该是朝着回船驶过来。从航向来看，肯定是为了阻挡这边前进。

　　此时回船通过明石濑户已约三里，离大坂本愿寺附近的海滨还有近七里，离堺也差不多同样的距离。即使如此，景对远处的这两艘船的意图依然洞若观火，因为对方的船只实在太大。

　　是安宅吗——景会心地笑起来。

　　这里的"安宅"不是姓氏，而是军船的名称，叫做"安宅"或"安宅船"，是当时最大的军船。长约五十米，左右舷各有五十把橹，共计一百把，长度和橹的数量都是普通关船的一倍。

　　织田信长的家臣太田牛一编纂的《信长公记》记载，三年前的元龟四年（1573年）五月，在琵琶湖建造巨大军船，"舟长三十间（约54米），宽七间（约13米），橹百挺。"当时的船只无出其右，安宅大致就是这么大。

　　景看到的就是这个规模的军船。

　　拥有安宅如此巨船的，除织田外，只有海盗，就连能岛村上家族也不过数艘而已。

　　这么说，这安宅的船主肯定是海盗——这两艘安宅不会是淡路岛安宅家的船只，从它们在泉州沿岸航行这一点也可以判断。如果它们是航行到堺附近，那很可能是周边泉州或者纪州（现在的和歌山县）的海盗。

　　一定是泉州——将在濑户内轻蔑为丑女的容貌尊崇为美女的那个异国泉州的海盗。从景微微张开的嘴中露出闪亮的白牙。

　　现在该怎么办——景收回目光，斜看着信徒们。虽然只有七里，看过去安宅也只是米粒大小。不习惯航船的信徒们根本不会意识到自己已经被两艘安宅盯上了，只管拼命地摇橹。

要不要停船呢——这样做会让对方看穿自己是在焦急地等待泉州海盗的意图，总觉得不乐意。那就继续航行吧，反正安宅总要挡道，信徒们很快就会知道的，到时他们自己就会停船。景装作若无其事的样子，重新望着安宅。

"姐姐。"过了一会儿，留吉叫景。他手中的橹已经失控，颤抖的手指着海面，一脸孩子般惊慌的神色。

没想到这小家伙还有这么可爱的地方——一直在右舷观察安宅的景回头看着留吉，嗤笑一声，再回头看安宅时，不由得大吃一惊，瞪大眼睛。安宅的身影正迅速变大。

受到安宅掀起的波浪的冲击，回船激烈摇晃，水手需要相当的膂力才能保持船只的稳定。安宅虽然船身庞大，速度却疾如飞矢。

"别害怕，有我在。"景露出镇静自若的笑容，但是，安宅已经逼近，从船头和右舷分别挡住回船的去路。景见状，也不由自主地后退一步。

安宅巨大的船体遮挡了视线，仿佛一座山崖突然从海底升上来堵在前面。能岛村上也没有如此巨大的安宅，威势压顶，令人窒息。

门徒们已经惊恐畏缩，留吉也扔下橹，躲在景对面的左舷边上。

回船已经停船，被安宅俘获。从回船上能看到的只是安宅船身上被太阳晒黑的木纹。

后退一步的景紧接着高兴得笑起来，这是泉州的海盗。虽然还不知道安宅的船主是否是泉州人，但景心里已经这样认定。既然拥有如此巨大的安宅，在这一带一定是响当当的海盗。对于一心想着嫁给海盗的女子来说，这是无与伦比的攀登目标。

但愿是个英俊武勇的男子汉——原本毫无宗教信仰之人，这时候只好衷心祈祷。她几乎是仰着身子抬头看着安宅，满怀着求拜的心情。这时，一个男子从船上探出头来。

25

"这艘可疑的回船，谁是船老大？"这个男子从竖板探出身子，在高高的头顶上对着回船叫喊。从身上肩衣（只遮盖肩部和背部的无袖上衣）的高档程度来看，此人大概颇有身份。可是，景看了一眼，就大为失望。

这是什么模样啊——虽然仰望上去不是很清楚，那一张圆脸就像浮肿起来的皮球，还显露出傲慢残忍的表情。

难道泉州的海盗就是这个德行吗——景垂头丧气，没好气地回答道："什么船老大？要是押船的话，就是我。"

没想到对方粗鲁地问道："什么叫押船？"

连押船都不知道？要是海盗的话，无人不知："你不是海盗。那你是什么人？"

对方的回答让门徒们胆战心惊。他显示报出我的姓名让你吓得半死的轻蔑态度："我是织田家的家臣太田兵马。"

信长的家臣……就在大坂本愿寺的眼皮子底下遇到最不希望碰见的对手。源爷、留吉这些门徒们一个个都一动不动，看着对方，大气都不敢出。

景毫不畏惧，只说了一句："原来是这样啊。"

其实这也在情理之中。在难波海上航行的船只都驶往堺港，唯独这艘回船与众不同，直奔本愿寺。如果有人阻挡的话，自然只能是织田手下的军船。

景的脑子模糊地过了一遍这个想法，淡然一笑："是织田家啊。"接着对这个炫耀自家主人的家伙报出在辽阔沧海之上令人闻风丧胆的名字:"我是伊予国海盗能岛村上的女儿景。"

紧接着安宅传来狂乱的叫声:"真的吗?!"叫喊的不是太田。一个士兵猛然探出半个身子,赤裸的上身只穿着圆筒甲,肯定是海盗无疑。正因为是海盗,听到天下第一的海盗能岛村上的大名自然惊呼起来。

终于出现了——景断定这个士兵就是海盗,抬起脸,计上心头。当然她不是考虑如何将门徒救出困境,确保自己的婚事才是真正目的。

如果太田不是海盗,而是织田家族的家臣,那么巨船安宅应当另有船主。因为这个船主归顺织田,所以太田就上了这条船。

弄得好的话,说不定能见到安宅船主——尽管对太田不感兴趣,但对织田家族并无恩怨,甚至比起本愿寺更有好感。

在哪里呢——景抬头在安宅上寻找的时候,刚才那个士兵迫不及待地叫起来。他一张四方脸,如棱角鲜明的岩石,被太阳晒得黑黢黢的。看不出年龄,大概和自己差不多。大嘴一张,就像岩石裂成两半。岩石粗野地叫道:"真的是能岛村上的小姐吗?"

从未听过的地方口音,景一下子没反应过来,但明白他的意思。这时,安宅船舷上露出一排海盗士兵的脑袋,注视着景。景瞪着他们,傲慢地放言道:"货真价实的能岛村上。不凑巧没带旗帜和免符,不信的话,过来劫船试试,让你们十个人见阎王爷。"

"那是真家伙耶!"岩石惊叹地叫起来,他的语尾词有点奇怪。其他士兵跟着哄笑起来。笑声充满善意,而饱满的精神更令人喜欢,这才像真正的海盗。

太田对这种不合时宜的友好气氛很不满意,也不顾自己那一副尊容,揶揄道:"我是第一次看见濑户内的海盗,这西国是女人代替男人干这一行吗？还是男人尽是窝囊废呢？"

要是平时，景早就跳上去和他理论了，但现在目的不同，她只是嗤笑一下，依然对士兵们说道："喂，要是你们知道能岛村上的名字，那就是这里的海盗，不是这个名叫太田的愚蠢家臣。"

太田怒喝"放肆"，但海盗们根本不理睬他，岩石挺起胸膛，叫喊道："是啊。我们是泉州淡轮的海盗真锅家族的家臣。"

果然是泉州的海盗——景立即兴奋起来。进入难波海，就遇见这个丑女的梦中之国泉州的海盗，她真是心潮澎湃。我真走运——景不由得暗自高兴。

天正四年（1576年）这个时期，控制泉州淡轮（大阪府泉南郡岬町淡轮以及阪南市淡轮的周边）的海盗是真锅家族。

淡轮位于现在大阪府的最南面，往南约五公里就是与和歌山的县界，与对岸的淡路岛距离极近。

从地图上看，大阪湾大致形成一个椭圆形，北部面对兵库县，东部面对大阪府，西部和南部的边缘是淡路岛。

这个椭圆形有两个小小的裂口，其中一个就是景通过的西北面的入口明石海峡，另一个是南面的友岛水道。进入大阪湾，如果走濑户内海，就必须通过明石海峡；如果走太平洋，就必须通过友岛水道。

大阪府以及对岸的淡路岛随着大阪湾南下急剧靠近，形成不到三里的水门、友岛水道，其中发挥本州东门户作用的就是泉州淡轮。真锅家族控制的正是友岛水道。

《南纪德川史》记述："因泉州有真锅关，自九州四国来往于上方之舟须缴纳帆别。"

与村上海盗一样，真锅海盗也征收帆别钱。真锅关也与村上海盗一样，使用关船在海面巡回，所以在友岛水道飞扬跋扈的关船本身就是这个海域的海关。

附带说一下，现在的大阪府泉南郡岬町是原先的淡轮的一部分，这里有"真锅山古坟"。真锅家族大概是在古坟上修建城寨，作为监视友岛水道的据点。后来不知何时冠名为"真锅"，于是称为"真锅山古坟"。其实，建造古坟的时候，这个地方还没有"真锅"这个名称。

真锅家族的发祥地是濑户内海上的小岛备中国真锅岛（现在的冈山县笠冈市真锅岛）。因为这个岛名才产生"真锅"这个姓。

备中的真锅家族的家谱比村上海盗可靠，而且历史悠久。平安末期就出现这个名字，《源平盛衰记》《平家物语》中就有"真锅"或者"真名边"出场。

也许是真锅家族的分支吧——听到对方是泉州海盗而心潮澎湃的景首先想到的也是备中的真锅家族。她对真锅岛的情况了如指掌。真锅岛位于景前往难波海途中停靠的盐饱诸岛的本岛以西约五里的海中，所以属于村上海盗管辖的海域。景也多次来过这个岛屿，也见过真锅家族的成员。

可是，那个威武气势不像是真锅家族的分支——景所了解的真锅家族已经被我村上海盗所压服，萎靡不振，可是泉州的真锅家似乎很有势力。

大约一百五十年前，一直以真锅岛为根据地的真锅家族的一部分转移到淡轮。当时势力并不强大，战国时期，逐渐把淡轮家族、深日家族这些周边的豪族压制下去，最终控制了淡轮一带，如今发展成泉州地区数一数二的大家族。

真锅家族归顺信长是在八年前信长控制泉州堺的时候，并奉信长之命在距离本愿寺更近的大津修建护防城（现在的大阪府泉大津市神明町，南溟寺一带），但势力并无变化。其证据就是现在威压景的两艘巨大安宅军船。

这样的势力足以成为我的婆家——景的眼睛洋溢着兴奋。

真锅家族的家主哟,你快出来吧——景把心中所想化作向岩石般士兵发出的命令:"你们的家主在船上吗?在的话,把他叫出来!我跟织田家的蠢货没有什么可说的。"

"你说什么!"被景轻侮的太田又怒吼起来。

景对太田连正眼也不瞧一眼。岩石一声"是",便从竖板后消失了。

景趾高气扬地看着士兵离开,可是他又从竖板后探出头来,说道:"我叫岩太。"

怎么还没去啊——不过,这张脸见一次、这名字听一遍就忘不了:"记住了。快去把家主叫来!"

"噢。"岩太飞也似的跑去。

太田苦涩着脸,作为织田的家臣,他必须了解这艘回船的意图,于是满含威严地俯视景,用审讯犯人似的口气问道:"你们有什么事过难波?你们要去哪里?"

这个织田家的武士怎么对姐姐这个态度——斜看着景的留吉为事态的发展捏一把汗。从他所看到的这个海盗小姐的脾气来看,对这种蛮横狂妄的态度绝不会置之不理、听之任之,不仅不会搪塞过去,而且还会堂堂正正地把我们信徒的真相说出来,故意激怒对方。留吉心里祈祷着姐姐说话稳重点,然而,果然事与愿违。

"哼!"景对太田怒目而视,叫起来,"本来没有必要回答你,给你留点面子,告诉你吧:我们要去大坂本愿寺。因为要把这些门徒送过去,所以过了难波海。"

到底还是说出来了——留吉沮丧地垂下脑袋。源爷几乎是翻着白眼要昏厥过去。不论真锅家族的手下表示什么样的善意,他们总归是无足轻重的小喽啰。实权或是掌握在真锅家族的家主、或是掌握在这个织田家族的武士手里。如果真锅臣服织田的话,士兵所服从的也许正是这个武士的命令。

这种程度的上下统治关系门徒们还是明白的。他们都觉得命数已尽，目瞪口呆。

这个愚蠢透顶的海盗——留吉心里咒骂景，战战兢兢地抬起头看着安宅，那个名叫太田的织田家的武士果然大发雷霆："你这家伙无耻之极！"他对景的话简直不可理喻，火冒三丈，大声下令，"小子们，向回船射箭！"

"姐姐，快逃！"留吉大叫一声，朝着景跑过去。其他人慌乱一团，为躲避就要飞来的无数箭矢，一窝蜂拥向船舱。

然而，景屹立不动。

"小姐，快跑！"与留吉一起跑过来的源爷几乎是哭求，但景一动不动，双臂交抱胸前，面不改色，下巴扬起，直对着安宅："这算得了什么！"

26

其实，根本就没有一支箭飞过来。留吉和源爷抬头一看，真锅的士兵站在原地不动。

"你们为什么不放箭？"太田满面通红地质问士兵，像一条狼狈不堪的狗到处吠叫，终于抛出最后一张王牌，"你们敢不执行织田家族的命令吗？"

但还是没人响应。一个士兵不耐烦地回应道："我们不知道什么织田家族的命令，海盗有海盗的规矩，对方不是战船，只是一艘押运的回船，又没有过错，凭什么对它射箭？不行。"

太田咬牙切齿，咆哮道："什么规矩？别说三道四，给我射！"

然而，海盗的规矩就是这样。虽然信长和一向宗已经处于交战状态，但现在能岛村上的小姐所押运的不是军船，而是回船，所以必须保证它的通航。

真锅家族的家臣也曾经受从难波海启航的商船的请求，担任押运的任务，通过濑户内海。这种情况必须获得村上海盗的通行许可。因此，真锅家族也不能阻止能岛村上押运的船只通行难波海，否则真锅家族也就无法在濑户内海上航行。

本书前面说过："自东而来之船，若乘东盗一人，即西盗不害；自西而来之船，若乘西盗一人，即东盗不害。"这就是海盗的规矩。

所有的海盗都是在大海上打交道，惺惺相惜，互相帮衬。真锅家族的士兵对景显示善意，固然也有能岛村上的武威以及景的性格的缘故，但更多的是出于海盗共同遵守的规矩。

景也知道这一点。船上有打算给大坂本愿寺运送军粮的门徒，也可以视为军船，但要说这些人是士兵，不过二十来个身材消瘦的农民，所以景认定这适合海盗押船的规矩。

果然行得通——景幸灾乐祸地看着张皇失措的太田，嗤笑一声——简直就是一个蠢货。

太田慢慢地俯视下面，大概在海盗的规矩面前感到气馁，语气立即缓和下来，甚至变得温柔："能岛村上大人，这样子不便说话，能否请您到安宅上来呢？"他命令士兵放下绳梯。

正合心意——实在是求之不得的好机会，这样可以近距离地接触感觉真锅家族的家主。

"走！"景急不可耐地就要跨上船头的栏杆。

源爷一旁劝阻道："小姐，不能去。"

太田的用心令人怀疑，在他眼里，真锅家族的士兵也不可信。但是，不知道景是出于对海盗规矩的充分信任，还是凭着自己的过人胆量，乃至一时糊涂，嘿嘿一笑，说道："没事没事。"

安宅和回船的橹都伸出来，所以两船没有靠在一起。景对源爷一笑，猛然跃起，飞身抓住对方的绳梯。

"小姐！"源爷大声叫喊，但猛女并不回头，顺着绳梯迅速爬上去，身子越来越小。

源爷还是放心不下，和留吉对视一眼。这时，头顶上突然落下雷鸣般的叫唤声。

"怎么回事？"两人大吃一惊。

即将爬到绳梯顶头的景也被轰鸣般的叫喊声吓了一跳，环视这些真锅家的士兵，他们的面貌已经清晰可见，渴望已久的瞬间即将来临。

"大家快看啊，不愧是小姐。长得多俊啊！"一个士兵激动地叫起来。其他士兵一齐发出"哟！"的赞美声。

士兵们对越来越清晰的景的美貌赞叹不已。这种感觉真好——景抓着绳梯，深情地闭上眼睛，全身心感受着对自己美貌赞美的声浪。

源爷说的没错——景睁开眼睛，看着下面回船上的源爷。现在不能对他们面露喜色，看着欢声雷动的泉州海盗士兵们，她故意装出无奈不悦的表情——拿你们这帮家伙真没办法。

这拙劣的花招也让源爷暂时忘记了景迫近眉睫的危机，心里既苦笑又惊讶。为了恳求这个海盗小姐押船，他多少夸大其词地编说泉州男人对女人外貌的偏好，其实他也不知道泉州是否有海盗。但是，看看现在泉州海盗的狂热情景，完全出乎自己的想象。不过，源爷心中的惊异并不形诸颜色，只是做出一副温顺的表情，点点头，表示一切正如自己所说的那样。

在这狂呼乱叫中，唯有不是本地人的太田兵马保持着清醒的头脑。泉州的蠢货们对这个丑八怪居然这么大惊小怪——他俯视着景那张凹凸不平的脸，觉得恶心。这个女人已经出现在自己面前。

"能岛大人。"

"嗯？"女海盗噘突着嘴唇，似乎随时都会咧嘴绽放笑容。

"回船上的海盗就你一个吗？"太田想知道的就是这个，如果还藏有其他海盗，事情就不好办。

丑女人漫不经心地回答道："是啊。那又怎么样？"

"是吗……"太田残酷地笑了笑，手悄悄放在竖板遮挡的腰刀上。只要除去这个自称押船的家伙，真锅的士兵也就会服从自己的命令。他要劈砍这个丑女的脑袋，还要把那些门徒统统杀掉。

"那好，吃刀吧！"太田腰刀出鞘，朝着景的头上抡起来。

真锅的士兵们惊叫起来，但都来不及做出反应。回船上的人们也是这样，只是目瞪口呆地看着安宅上的突发事件。

"姐姐！"留吉大叫起来。

就在这个瞬间，太田怒吼着"海盗，死去吧"一刀劈下去。

"想得美。"景盯着逼在眉间的利刃，淡然一笑，放开绳梯，扬起右手。

随着太田一声呻吟，藏在景的手背套里的小刀已经飞出来扎进他的左眼，紧接着一把抓住他的刀柄和手腕。

"放开！"太田痛苦地力图挣脱景的手腕，但这个女海盗的臂力实在太大，任凭太田怎么用劲，也纹丝不动。

"孬种！"景冷笑一声，左手也放开绳梯，抓着太田挣扎的手腕。太田被大力士的女海盗双手擒住，已经无法逃脱。景的反击才刚刚开始，她的双脚也离开绳梯，踩踏在安宅的船体上，一步步登上来。

现在，谁都明白她的意图。景抓着太田的手腕，他的身子就像绳梯从安宅上垂下来，太田的身体弯折在竖板上，而景紧贴着他。

"暴徒的下场。"景嘟囔一声，两眼放出令太田魂飞魄散的无情凶光："敢杀我，不能便宜了你。"

她踩在船体上的双脚一使劲，上身也极度后仰。太田哭着哀求"别这样"，景听也不听，几乎把他的手腕掰断，一声"晚了"，双脚和后背绷得笔直，紧接着把他的身体拽到船外，两人纠缠在一起从船上急速落下来。

"让你和难波的海潮作伴吧。"景盯着越来越近的海面吼叫起来。在离海面几寸的地方，收起下巴，头顶入水。海面激起高高的水柱，安宅的士兵和回船的门徒都惊叫起来。大家探身看着海面，水柱变成波纹，逐渐散开，很快恢复平静。可是，不见他们的影子，景也没有浮上来。

所有的人都屏息盯着水面，却依然不见动静。莫非同归于尽了——士兵们面面相觑，默不作声。但是，没有一个门徒这么认为。绝对会上来的，源爷面含微笑，小姐上来的时候肯定会带着那个东西。

源爷盯着海面上的一点，忽然景分开水面跃然腾出，左手提着首级上的发髻。她甩动一头乱发，水珠四溅，对着安宅上的士兵大声叫喊："太田兵马蔑视海盗规矩，严加惩罚。"

真锅士兵欢声四起，景继续叫道："现在我上安宅，先收下这颗首级！"手臂一挥，把太田的首级扔上去。

27

岩太去叫主人，却困在这间盖在甲板上的叫做"屋形"的小房间里束手无策。他已经把织田家的太田阻挡能岛村上的小姐押船的事情向主人汇报，但主人躺卧不起，表现得漠不关心。

"老爷，差不多该起来了。"岩太摇晃他的身子，但主人显出不耐烦的样子，全然不动。

岩太跑到这间屋形里的时候，景并没有说回船的船主是谁。如果知道船主是门徒，自己的主人大概会蹦起来，不知道的话就只是这样躺着。

主人不起来还有别的原因，就是对织田家族的家臣太田采取彻底蔑视的态度。真锅的士兵之所以无视太田的命令，可以说就是仿效主人的这个态度。

"反正太田那个浑人只能干混事。"岩太这么一说，主人就摆手，仿佛要把岩太赶出去。

"老爷……"岩太只好站起来，一脸无奈地看着枕臂而卧的主人，看着看着忍不住笑起来。我家老爷日本第一——他满心喜悦。

主人身着军装，但不知何故没有穿覆罩全身的甲胄，而是像平时那样与士兵差不多的装束，只是圆筒铠甲、皮护具和护腿。

但是，主人的身材是一般士兵无法比拟的。躯干高大，从护腿甲里伸出来的长脚像桅杆一样粗，大腿肌肉隆起，如大蛇蟠缠。从护腿露出来的小腿肌肉鼓胀如球，脚脖子骤然变细。这是一双力量与敏捷兼具的铁脚。无袖铠甲裸露出来的肩膀肌肉隆起如树疖，双臂粗壮得令人难以置信。岩太在战场上跟随主人，知道他既有刚毅的力量，又有鞭子般的柔韧。与敌对手，时而如疾风刀锋霹雳，时而如磐石坚不可摧。冲锋陷阵，如战魔恶鬼，是最理想的勇者斗士。

此人就是泉州海盗真锅家族的家主真锅七五三兵卫。按照真锅家的族谱，当时三十二岁。

这个真锅海盗的首领对着显得心惊胆战的岩太依然用懒洋洋的声音说道："太田那个蠢蛋，他愿意干什么就让他干什么，他想阻挡船就让他阻挡。"

这时，一个士兵飞奔进来："老爷，出大事了！"

"什么事？"七五三兵卫这才霍地抬起头。

那个士兵嘴里说"出大事"，声音却显得很愉快，他喜欢开朗快活。再一看，那士兵兴奋得几乎笑出来，肯定是大快人心的好事。

七五三兵卫两眼发光催问道："怎么回事？"

士兵激动地翕动着鼻孔，紧急禀报道："太田那个蠢蛋被砍脑袋了。"

"啊！"七五三兵卫惊愕的声音简直要掀翻小小屋形的屋顶。尽管对太田极其蔑视，但也不至于这样眼睁睁地看着织田信长的家臣死去。真锅家族已经归顺织田家族，身为家主，不能像似懂非懂的士兵那样漫不经心。

"糟糕！"七五三兵卫抓过放在一旁的大长刀，慌慌张张地从屋形奔出去。

然而，意想不到的是，岩太等两个家臣并没有像主人那样惊慌，而且跟在主人后面奔跑的士兵竟然咯咯笑起来。

这个主人每次遇到突发事件就大叫大嚷，惊慌失措，那种滑稽可笑的模样与战场上凶神恶煞般的武姿大相径庭。岩太开始感觉吃惊，接着也笑呵呵地跟着主人跑出去。

景也听到了主人"糟糕"的叫喊声。她盘腿坐在安宅的甲板上，面前放着太田首级。

来啊，真锅家族的家主——景高高地扬起下颚。我惩罚了居然敢藐视押船的暴徒，毫不愧疚。

当然，景知道自己惩罚织田的家臣意味着什么，可能会演变成一场刀光剑影的血斗。虽然现在士兵们对自己欢呼雀跃,但取决于主人的态度,说不定所有人都会成为自己的对手。

其实现在景心里想的并不是打斗,之所以猛然表示强势,是为了试探真锅家主的态度。

快点出来啊——就在她充满强烈期望的炯炯目光逼视屋形的时候,突然一个男子如一头狂暴的巨兽从门口横冲直撞出来。

就是他吗——景不由得瞪大眼睛注视着。

这个男子发出一种说不清是悲鸣还是呐喊的怒吼声,挥舞钢刀奔袭过来,身躯比弟弟景亲还要高大,足有六尺(约180厘米)多。景一看这巨武的身躯以及纽结隆起的肌肉,就知道是武勇之士。

再看他的长相,那一双巨眼不亚于景,剑眉粗厚,鼻梁笔直硕大,头发蓬乱,无法梳成发髻,貌似阎罗。这副身躯与这副尊容的搭配可以说是打破常规。

他就是真锅家主吗——景对于这个逼近的男子没有激动的感觉。就这么个臭小子啊!确切地说,她大失所望。

尽管长相怪异,但在海盗中并不罕见。能岛就有这种长相的海盗,只是身体比他小一圈。他身上的如小兵般的简易军装,也让人想起能岛的士兵,不过,和自己一样的黑黝黝的皮肤令人讨厌。

不行——丑女人往往对男人的容貌极度挑剔。毛利家族的儿玉就英那样细皮嫩肉,白皙如女子,眼睛清秀,举止优雅,自己喜欢这样的男人,相信泉州海盗中也有这样的男人。

景对他断念,心想赶紧和他说完话,然后前往堺。

"啊……"这个大汉膝盖撞地滑到自己面前,抱起太田的首级。

真是个闹腾的家伙——景皱起眉头。只见他翻来覆去地看着首级，粗嗓门叫唤道："太田你这蠢货，竟然只剩下一颗脑袋了！"

景觉得他说话实在狂躁，而笑呵呵地跟着跑过来的士兵的话让生在伊予国的景大吃一惊。

"你咋这么说呢？"

不可想象士兵对主人居然这么说话。能岛海盗也不太讲究礼仪，但绝不会这么粗野。说不定他不是真锅家主——景甚至对他的身份表示怀疑。不过，真锅士兵说的泉州话就是这个特点。泉州话极少有敬语。本来方言的敬语就很少，泉州话尤其如此。在很多场合，不是通过语言，而是语音的细微差别来表示敬意，这种偷懒的表达很难与外地人沟通。

尽管景不理解，但那个被士兵责怪"你咋这么说呢"的主人一点儿也没有责备士兵，继续吼叫道："你们给我干点什么啊。身体哪儿去了？身体……"

他跪立着，摆弄着首级寻找身体，手忙脚乱的样子。景心想这人也太粗鲁了，她不喜欢这种对她视而不见的粗野男人，失望之极，深叹一口气，但还是把事实告诉对方，若无其事般说道："我把他的身子放在海里了。"

大汉猛然回头看着她，怒吼道："是你干的吗？"

说完以后，他依然张着嘴，傻乎乎地看着景，像是刚刚发现这个女子，太田身子的事仿佛一下子飞到九霄云外。他一边目不转睛地凝视景，一边把太田首级夹在腋下，说道："太俊了。你是能岛村上的小姐吧？"

尽管对这个男人已经绝望，但这样的赞美听起来不会不高兴："我名叫景。你是真锅家主吗？"景苦笑着自报姓名，为慎重起见，确认一下对方的身份。

对方仿佛这才醒悟过来，收敛表情，使劲点点头："是啊，俺就是真锅七五三兵卫。"

果然就是这家伙——景再一次深深失望。

但是，对方瞪大巨眼，脸靠上来，不肯罢休，问道："要是能岛村上的小姐，那就是武吉公的女儿了。"

听他这口气，不像是见过父亲的样子，还叫父亲是"武吉公"，就像称呼自家邻居的老头一样，让景略感不快，不过这也说明海盗王村上武吉的大名远播泉州。

"嗯，我是村上武吉的女儿。"景点点头，然后扬起下巴对着太田的首级说道："这家伙破坏海盗的规矩，所以对他正法。不懂得海盗的规矩，就不是你们的家臣吧。"

七五三兵卫的脸色骤然阴沉下来。此人的表情变化无常，他把夹在腋下的首级使劲放在甲板上，愤愤说道："谁要这笨蛋做家臣？他是信长大叔的家臣。"

景心中荡起微微波动。也许由于方言的缘故，从他的话中听不出对信长的畏惧之心，知道此人并非阳奉阴违的阴险之辈，倒感觉是倔强爽快的海盗性格。也正是这些性格塑造出景的父亲村上武吉的特性。景心想他当个海盗还是不错的，不觉表情缓和下来。

这时，空中飞来一声震天动地般的喊话："喂，七五三，你在干吗呢？"声音是从遮挡回船前方的另一艘安宅上发出来的。

怎么回事——景坐着仰身一看，又是一个身材魁梧的家伙从竖板后面探出身子。由于头顶剃发，说不好确切的年龄，但从长相来看，应该年过半百。只是那身躯壮实如山，比七五三兵卫毫不逊色。再仔细一看，那巨眼和大鼻子与七五三兵卫一模一样，唯一不同的是他的额头、脸颊上有一道很深的刀痕，远看也一目了然。

景忍俊不禁，原来是父子。正是景所判断的那样，这个光头大僧道正是七五三兵卫的父亲真锅道梦斋。

天正四年（1476年）这个时期，道梦斋已经声名远播，后人撰写的《南纪德川史》这样记述："此道梦斋，彪形大汉，力大无穷，远近闻名，下泉上泉曾无敌此人者。"

泉州曾一分为二，故称为下泉上泉，总之是整个泉州之意。前面说过，将淡轮周边的豪族淡轮氏、深日氏等置于自己统治之下，在泉州无人敢与他敌对的正是这个道梦斋。该书还记载，后来织田信长高度评价他的武功和才干，予以深厚信任，让他出入主君的邻室，要事多与其商量。

七五三兵卫举起太田的首级让父亲看："老爹，太田这蠢货成这个样子了。"

"哒……"道梦斋发出一声怪叫。他的反应和儿子一模一样，张皇失措，来回走动，"太田这个蠢货，只剩下首级。他的身子去哪里了？身子……"

有其父必有其子——景觉得十分无聊。七五三兵卫似乎已经习惯父亲的这种表现，反而态度平静下来，说道："说是身子放在海里了。是能岛村上的小姐干的。"

不言而喻，道梦斋知道村上武吉的名字："武吉公的女儿……在哪儿呢？"

"就在这儿。"

景虽然觉得不耐烦，但还是抬了抬腰。对面的道梦斋立即安静下来："太俊了。"

又来了——景感到为难，过分的赞美，反而让人产生被耍弄的感觉，可又不能因此发火，只好难受地苦笑。

这时，道梦斋意外地提到一个名字："要说能岛村上，和小早川家也是亲戚啊。知道乃美宗胜吗？"

为什么你会认识那个秃头——景感到惊诧："宗胜？知

道啊。"

"真的啊！我喜欢那家伙。"道梦斋吠叫起来，还开始宣扬宗胜的战功。原来宗胜在严岛会战即将开始的时候，假装支持陶庆贤，在一天拂晓，大胆地将自己的船队靠近封锁岛屿的陶晴贤一方，从而为毛利家族打开一条活路，获得奇袭的成功。

这个事迹在同代人中似乎很有名，《武家万代记》《名将言行录》中都有记录，连年长宗胜五岁的道梦斋也听说过。

"嗯，有胆量。"道梦斋自顾自地说完，显示出感佩至深的样子。

那个秃头……景感觉对宗胜要重新认识，但这毕竟是自己出生之前的战功，与自己没有关系。现在要想法迅速离开此地，把门徒们交给大坂本愿寺，然后去堺。她走到船头，对老前辈似的道梦斋大声说道："我已经告诉七五三兵卫了，因为太田那家伙破坏海盗规矩，我就把他正法了。我是能岛村上的押船，你们立即把安宅撤走，为我们敞开通往本愿寺的航路。"

"你们是门徒？"狂叫起来的是七五三兵卫。

你不知道吗——景突然回头瞪着他。在景杀死太田以后，急急忙忙跑进屋形禀报的那个士兵看来没有把门徒的事情告诉七五三兵卫。织田的家臣被杀，会引起极大的轰动，家主与普通士兵不同，很可能不会就此放过，会使用另外的手段袭击过来。

他们会怎么出手呢——只见身材比高个子的景还要高大得多的七五三兵卫圆睁巨眼，一动不动地盯着景，不知道他心里打的是什么主意，但光是外表就给人造成如此巨大威压的男人，景还从未遇到过。

道梦斋从身后的安宅上叫喊："喂，七五三，打算怎么办？你是家主，你拿主意。"

景听到这一句从容不迫的话，随时准备拔刀而握住刀柄的手松开了。七五三兵卫吼叫一声"我知道",便向景所在的船头慢慢走过来。

来就来吧——景坚信自己的正当性,以无所畏惧的目光迎接这具越来越近的巨大身躯。

回船上的门徒们已经没有了景正法织田家臣时那样的激动心情。不论能岛村上的势力多么强大,都无法和织田家族相比。那么,真锅家族海盗是跟随织田还是跟随村上,连小孩子都明白。源爷心想,我们的回船就要被这两艘大船压得粉身碎骨。

但是,不知道七五三兵卫是怎么想的,他从仰望他的景身旁走过,从船头的竖板探出半个身子,瞥了门徒一眼,接着朝道梦斋说出一句与源爷预想完全相反的话:"没有法子,回船上只是门徒,又是能岛村上押船。太田那个蠢货破坏押船的规矩,也没什么可说的。只好让他们通过吧。"

他们果然是海盗——景心头掠过一阵欣喜。海盗的规矩与陆地上的武士不同,这套规矩远在织田家族崛起之前就已经形成。面对海盗的规矩,即使意欲攫取天下的信长也无能为力。

景的观察,这个七五三兵卫的性格脾气几乎也是努力遵照海上的规矩。这从他不假思索地迅速判断问题以及轻快的说话语调就能感觉出来。

从另一艘安宅上传来道梦斋的声音:"没错。"和七五三兵卫一样,也是理所当然的口气。

出色的海盗——就在景眯缝眼睛表示赞赏的时候,听见道梦斋继续说道:"不过啊,还是闹大了。太田被杀这件事怎么向织田家交待啊?"

七五三兵卫回应一声"嗬"的叹息,不知道什么意思,接着双手抱着脑袋,对景抱怨道:"虽然太田是个蠢货,可也没必要砍他的头啊,难道砍一只胳膊不行吗?"

虽然嘴里说对景和门徒们不予追究，可事到如今，又想起太田这件事怎么向信长交待。

景苦涩着脸，心里憋着一股气，说道："一只胳膊就行啊？能行吗？"不过，她一转念，心想也许他说得对。生擒活捉那种程度的男人应该没有问题。自己是否有点做得太过了呢？不过，景并不觉得有什么可后悔的。

七五三兵卫大概觉得景怎么回答并不重要，弯下他的熊腰虎背依然抱怨："这可是了不得的事，怎么办呢？"

无论是刚刚看见景的长相的时候，还是现在，把心中所想所思如此暴露无遗的男人还真少见，这个人相当直爽——在这样坦率的武士风度的男子面前，景至少也会让他大面子上过得去。

这时，岩太从围拢过来的士兵中钻出来，信口开河地提议道："老爷，太田首级这玩意儿，扔了算了。扔了……"

不过脑子的话。要是把太田首级扔掉，怎么向织田家族解释太田突然失踪之事。

"岩太，你这个蠢货！"七五三兵卫吼叫起来，接着又双手抱着脑袋。

景见他这个样子，也感觉于心不安，看着他的脸问道："这么说，这事很难办吗？"

然而，本来满脸苦相一筹莫展的七五三兵卫却一边摆手一边说道："行了行了，都是太田不好。不要紧的。"他说话的语气干脆爽快，大概心里的确认为"不要紧"。

听他这么一说，景更觉得过意不去，为了平复他的情绪，便询问事情的开端："为什么织田家的人会上你们的船呢？"

七五三兵卫抬起头，说道："因为我们归顺织田家族，太田是来传达信长命令的，要我们进入天王寺城寨。"

天王寺城寨就是杂贺党首领铃木孙市在本愿寺看到的那座匆

忙建造起来的城寨。看来信长已经调派真锅七五三兵卫参加对大坂本愿寺的围攻。

28

《南纪德川史》记述："七五三兵卫于天正四年五月被信长公召见。"

真锅家族于八年前归顺信长，当时的家主是道梦斋，这是七五三兵卫担任家主以后第一次接到信长下达的调动军命。

来到真锅家族的根据地泉州淡轮传达信长命令的正是这个名叫太田兵马的织田家族的家臣。于是，七五三兵卫和道梦斋分乘两艘安宅，太田也上船，一起前往天王寺城寨。

"这就在路途上遇见你能岛的小姐了。"

"原来他是使者啊。"景对七五三兵卫流露出同情。

使者一般都是由身份较高的家臣担任，作为正使派到能岛城的毛利家族的儿玉就英和小早川家族的乃美宗胜也都是重臣。从太田的穿戴来看，他在织田家族里应该具有相当高的身份，其实比景想象的还要高。

景眼珠上翻看着七五三兵卫，说道："要是信长知道这件事，会发怒吧。"

七五三兵卫还是一筹莫展的样子，嘟囔道："不知道，不过那大叔好像蛮不讲理，说不定会攻打我们。真锅家族比大叔要小得多，三下五除二就把我们给灭了。"

他没有丝毫逞强充硬的做派。不过，景从他的说话中第一次发现这个大汉的性格，他对自己的武艺和军力具有强烈的自负。这是一条硬汉子。否则，他不会把自己的弱点暴露无遗。假如信长攻打过来，他一定沉着应战，以其武勇抗击到底。景看到七五三兵卫心灵深处蕴藏的那种天不怕地不怕雷打不动的狂暴气势。这个人作为自己的丈夫显然不行，但喜欢他作为武士的自尊矜持。那么，要帮这条大汉，只有一个方法："我们决斗吧，这样就不会怪罪你们了。"

这种漠视性命，动辄决斗的行为让当时来日本的欧洲人大为惊叹。景也是这样的一个日本人，所以说出这样的话也是满不在乎。

但是，果然不出景的预料，七五三兵卫的反应显示出他无所畏惧的个性："决斗？为那个蠢货能这么做吗？"他表现出不足一提的样子，歪着嘴说道："小姐你走吧，剩下的事我来办。"接着，也不等景说话，就对道梦斋喊道："老爹，可以让他们走了。"

道梦斋的回答也很干脆，命令士兵："噢，安宅现在撤离。"不一会儿，道梦斋乘坐的那艘安宅开始动起来。

门徒们高声叫喊起来，阻挡回船去路的巨船让开航道，本愿寺的威严雄姿重现眼前。

"姐姐，船动了，动了。"留吉欢快地叫起来。

这时，景对七五三兵卫提出进一步的要求："那我也去天王寺城寨。"

"什么？"七五三兵卫不明白景的意思，伸出脑袋。

"我去天王寺城寨，把事情的经过告诉信长。"景如同临阵前的豪言壮语。

杀死太田的当事人如果去说明情况，应该会减少对真锅家族的责难。可是，七五三兵卫对此没有任何反应，他以为景只是随口说说而已，没当回事。他虽然在看到太田的首级时又是叫喊又是抱怨，却一直清醒地观察景。从与她的接触来看，感觉这个能岛小姐性格直率，似乎还为真锅家族的未来心怀担忧，不过缺少深谋远虑。傻乎乎的，一时冲动，脱口而出。尽管自己也是相当急躁，却这样推想景。为了让景醒悟过来，七五三兵卫表情严肃地说道："小姐，你要是去的话，可能会被杀的。"

"我不在乎。"景毫不动摇，面无惧色，正视七五三兵卫，明确回答道："我是惩罚暴徒，罪在他不在我。如果织田家要杀我，那只能说明他们才是真正的坏人。"

七五三兵卫耸肩缩背，心想你算了吧，难道为了证明对方是真正的坏人而心甘情愿被杀吗？总觉得这女人说话咋咋呼呼不靠谱。

"我不懂你的什么道理，不过还是别去为好。"

"我说了不在乎。"景坚持己见，用力拍打腰刀的刀柄，叫道，"我也不会轻易被他们杀死的。"

真锅的士兵们为她的凛然气势轰动起来，七五三兵卫却愕然无语，随你的便吧，反正到最紧要的时候，无非就是幡然悔悟，祈求饶命。他不再劝说这个不可理喻、莫名其妙的小姐，只是敷衍道："那这样吧，指挥攻打大坂的主将原田直政在天王寺城寨，你向他解释吧。"

景一下子感到失望："原田？不是信长吗？那家伙不在难波吗？那在哪儿？"

七五三兵卫不耐烦地回答："这个我不知道。"

天正四年（1576年）五月初旬这个时候，信长在京都。大约两个月前，他移居正在修缮的安土城，大概监督施工感到厌烦，于是在四月最后一天进入京都。信长大兴土木的欲望在京都依然旺盛，恰好关白二条晴良的宅地闲置，他便命令家臣在这一片空地上新建宅邸。

景得知见不到信长，虽然有点失望，却还是点头说"好的",并提出一个条件:"先把门徒们送到大坂,然后再去天王寺城寨。"

七五三兵卫原先认为景到大坂后就会销声匿迹,现在看来并非如此,便回答道:"没关系,没关系。你去好了。"

景对他这种有口无心的回答感到焦躁,心想这小子对自己不信任,脸色随之阴沉下来。

"姐姐!"传来一声急切的叫喊。

景回头一看,一艘关船和两艘小快船正追赶过来。关船的船头站着一个身材高大的男子。

"是景亲吗?"景也叫起来。

没想到在这里遇见景,感到惊讶的是景亲所带领的能岛士兵。他们不知道景亲这次出海的目的。

"我们原来是来寻找小姐的啊!"士兵们看到景小姐被安宅俘虏,一起拔刀。与此同时,真锅的士兵也接连拔刀。

不过,景还是像往常那样训斥能岛士兵:"你们别来帮倒忙,不然饶不了你们。"景一声大喝,能岛士兵立即收刀老实下来,接着对七五三兵卫说:"你们也立即收刀。"

七五三兵卫也命令真锅的士兵收刀,下巴对景亲扬了扬,问道:"什么呀,那是你的弟弟啊?"

"是的。"景冒出一个坏主意,意味深长地抿嘴一笑,说道,"让他当人质,证明我肯定会去。"

七五三兵卫从景的表情就立即明白这个能岛小姐平时是怎么对待弟弟的。看来这个女人的话的确出于真心。

"是他吗?"七五三兵卫同样意味深长地含笑看着景亲。

"对。"景点点头。

"收下了。"七五三兵卫也点点头。

最后两人互相点头。

片刻之后，景亲在安宅的船尾被真锅的士兵五花大绑起来，哭喊着："姐姐！姐姐！"接着，安宅开船离去。

景回到回船上，眯起眼睛注视着安宅上弟弟越来越小的身影，鼻子哼了一声。源爷、留吉等门徒与景站在一起，目送景亲。景亲率领而来的小快船和关船停靠在回船旁边，士兵们眼睁睁地看着景亲离去。被带走的只有景亲一人。

"姐姐……"远处传来的弟弟的声音更显得凄惨悲哀。不过，在景眼里，弟弟现在这个模样只是一场游戏而已，她咯咯地笑起来。

七五三兵卫推开景亲，朝这边叫起来："小姐，我在天王寺城寨等你。"

"噢。"景回答后，翻身回到船舱。必须抓紧时间。太阳开始西斜，待办的事情却增加不少。

她的计划是先把门徒们送到大坂本愿寺，接着去天王寺城寨说明情况，然后前往堺。这一切都必须当天完成。

"姐姐，干吗要去天王寺城寨啊？"

虽然还能听见景亲微弱的声音，但景已经听不进去，她在向门徒和士兵下达命令："会划船的，以最快速度赶往大坂！"

在她想来，只要向织田家族解释情况，可能威胁到自己性命的危险就会烟消云散。

29

押解人质景亲的七五三兵卫一行在天王寺附近的海边下船。这一带是现在的大阪市西成区鹤见桥附近，当时与大阪湾交界，称为敷津浦。

没有码头，没有栈桥，只是一片沙滩，安宅无法直接靠岸。没有可以驶上海滨的小快船，景亲觉得不可思议，却见泉州士兵习以为常似的从停在海面的安宅上一个个跳入水中，全身泡在海水里，踩着水底，走上芦苇茂密的难波砂堆上的敷津浦。

太糟糕了——景亲也是浑身湿漉漉地走上海滨。他夹在七五三兵卫和道梦斋之间，周围还有百名士兵看守。他满含眼泪，看着在前面摇晃的七五三兵卫的熊腰虎背，心想自己怎么会落到这个地步。景亲虽然身材高大，可眼前这个大汉的身躯格外魁梧，自己根本不是他的对手，而且身后还是道梦斋这个光头大僧道。在追寻姐姐的过程中，景亲都让岛民感到恐惧害怕，而这些人不才是真正的恶魔吗？

姐姐真的会来吗——姐姐这个人变化无常。把弟弟随随便便地扔在这里，说不定自己跑到什么地方玩去了。景亲正为自己的结局忧心忡忡，冷不防听见七五三兵卫粗大的嗓门吼起来："顺着这栅栏走不就得了。"

看来他不是在询问别人，只是天生说话嗓门大。他也不等别人回答，便沿着左边的栅栏大步往前走去。

景亲也顺着栅栏，边走边看，坚固的栅栏一直向前延伸，望不到头，沿线间隔站着大概是织田家族的士兵在守卫。

七五三兵卫看着前方，又大声说道："那就是木津城寨吗？"

别这么一惊一乍的——景亲皱起眉头，也朝那个方向望去。

木栅栏那头大约四分之一里（约1公里）的地方，露出一座被芦苇淹没的土垒工事。这就是本愿寺的护防城木津城寨。

在七五三兵卫一行前进的左边一直延伸的东西走向的木栅栏位于大坂本愿寺及其城寨的包围圈的南面。木津城寨离这道栅栏最近。

七五三兵卫继续叫唤："门徒们应该从海上进来。"

木津城寨不仅靠近这道栅栏,也紧靠难波海。如此一来,门徒们只能依靠这一条唯一的海上通道。

"木津城寨可是要害啊。"七五三兵卫吼叫着分析城寨的战略地位,似乎也不是在征求别人的同意。景亲觉得,此人性情直率,什么话在心里都憋不住,想到什么都要说出来。

"不过,觉得木津城寨好像很老实的样子。"这大概又是他脑子里冒出来的感觉。景亲没有说话,他却怒吼起来:"我在问你呢!"这回是要征求别人的同意。

真烦人。景亲不情愿地注视木津城寨。果然显得死气沉沉,没有旗帜,也没有人的动静,悄无声息。

"是的,是很老实。"

"因为军粮不足。"

附近突然出现一座天王寺城寨,又被木栅栏包围起来,木津城寨本来就储备不多,所以很快就出现粮荒。虽然有门徒从海上运送军粮进来,但数量有限,还要分给位于内陆地区的本愿寺以及其他城寨,所以这里一蹶不振可想而知。

这就是门徒向毛利家族求救,向我能岛村上求援的原因——景亲看着如同风中残烛的木津城寨,终于意识到严酷的现实就在眼前。

天王寺城寨修建在木津城寨的东面、木栅栏延伸于前方的台地上,离木津城寨只有半里,如从山崖上睥睨威压。

那就是织田方面的城寨吧——景亲如此判断。七五三兵卫的下巴朝台地上一扬,说道:"我们进的就是那座天王寺城寨。"

从海滨延伸过来的木栅栏与这座城寨连接在一起,城寨本身又具有阻挡门徒们南下的功能。

"瞧这威武的气势。"七五三兵卫圆睁巨眼,发出赞叹的声音。

经过加固、扩大，现在的城寨远比四月中旬杂贺党首领铃木孙市所看到的更加坚固结实。高高的土垒上修建有板墙，上面插着无数的旌旗，各色彩旗迎风飘扬，显示出仿佛就要攻打木津城寨的凌人盛气。

这可不行——景亲不由得浑身战栗。这般气势汹汹的士兵，要是认为自己不是人质，很可能被他们撕得粉碎。想到这些，景亲的步子一下子变得沉重起来。道梦斋使劲推了一下他的后背。他回过头，道梦斋比划手势说道："干吗这么一副死相，胆小鬼。景亲，想开点，要是你姐姐不来，不就是咔嚓一下掉脑袋吗？咔嚓一下……"

景亲垂头丧气地垂下脑袋，拖着沉重的步子继续往前走。

一行人一边劈开芦苇地一边前行，沿着木栅栏来到难波砂堆的沼泽地。这时已经把木津城寨甩在身后好远的地方，当抵达上町台地的时候，天王寺城寨的土垒就在头顶，巍峨矗立在山崖上，具有顶天立地的宏伟气势。

这更不行了——近看天王寺城寨，更是触目惊心，黑黢黢的土垒千钧压顶，如一片巨大的乌云突兀垂落，几触地面。景亲紧张得双唇发抖，来到这里，根本无路可逃，只好跟着七五三兵卫登上台地的坡道。

登上坡顶，木栅栏的尽头便是土垒。沿着左面隔着干壕沟的土垒继续前行，走到差不多一半的时候，有一座桥，桥的那边是正门。

这扇门让景亲更加心惊肉跳。城门的坚固程度大大超过一般的城寨，双层瓮门，上面的箭楼排列着彪形士兵，目光凶狠，盯视下方。

"什么人？"上面传来严厉的盘问。

家主吼叫回答："泉州淡轮人真锅七五三兵卫。快快开门！"

城寨由归顺织田家族的五畿内（和泉国、山城国、摄津国、河内国、大和国这五国，即现在的大阪府、京都府、兵库县、奈良县）士兵为主把守。其中真锅家族这个特殊的海盗军团的名声也远播其他地方。

"原来是真锅家族的家主啊。"盘问的士兵立即立正，从箭楼消失，只听见连滚带爬般跑下楼梯的脚步声，接着大门开始启开。

当沉重的大门徐徐打开，真锅家族一行过桥穿门进去后，这回轮到泉州士兵们惊愕不已。

简直像一座城市——景亲也大吃一惊。瓮门里面是可以容纳一千名骑兵的练马场，再前面是宽阔的街区，街区用栅垣分割成一些城郭，分配给主要的武将们。每个城郭都建有朴素但足以容纳相应士兵的宽敞房屋。其中大概也有真锅家族的城郭。

街区里人马来来往往，络绎不绝，栅垣前小贩设摊买卖，聚集在摊贩前面的都是身穿军装的"足轻"（步卒、杂兵）。城寨里面人来人往的熙熙融融与外面简直是两个不同的世界。

"好气派啊，织田家族。"七五三兵卫的士兵们惊叹叫唤，同时注视着街区尽头的景物。

一条中央大道贯通整个城寨，伸展向远方，还隐约看见其他练马场，尽头是土垒。土垒上修建有和刚才七五三兵卫一行穿过的同样形状的瓮门。

"那是后门。"

天王寺城寨承担对大坂本愿寺等各据点包围圈的南面任务，有南北两道门。七五三兵卫一行人通过的是面向包围圈外侧的南面正门，那么北面的后门就是面向包围圈里侧，是攻击本愿寺的突击点。

一群人跑过来，大约五十人，一律只有圆筒铠甲和兜裆布，光脚。不言而喻，他们都是真锅家族的士兵，是七五三兵卫的先遣部队。

"老爷，你来得这么晚。城郭已经准备好了。"一个等候已久的士兵用泉州方言诘问，透出无所畏惧的语调。

"你们不知道，发生了各种事情。"七五三兵卫不耐烦地嘀咕着。

另一个士兵大声叫道："老爷，原田主将在主持军事会议，那边乱作一团。他说家主要是来了的话，让你赶紧过去。"说罢，拽着七五三兵卫往大道里面走去。

七五三兵卫说"那你带我去"，任由他拽着走。

家主的威严荡然无存。景亲心想这都是些什么人，他和景一样，对泉州人的言行感到惊讶，无法理解。然而，他立即被拉回到现实世界，只听见道梦斋对七五三兵卫说："这样的话，那我把这家伙放在城郭里。"然后一把抓住景亲的肩膀。

"疼！"景亲回头一看，道梦斋对他嘿嘿一笑。脸上的伤痕更加扭曲丑陋，目不忍睹。

道梦斋不参加军事会议，命令士兵带他去真锅家族的城郭。景亲也被推着跟在他后面，与一路同行而来的士兵一起走着。道梦斋突然停下脚步，对已经走到中央大道的七五三兵卫大声叮嘱道："你大概心里也明白，在军事会议上不能被其他泉州武士欺侮。"

七五三兵卫是第一次参加这样的各国武将汇聚一堂的大规模军事会议，以前都是道梦斋出席这种泉州武士也参加的会议，所以七五三兵卫几乎不认识泉州武士的家主。

道梦斋说不要被那些泉州武士"欺侮"，好像是小孩子吵架的样子，然而，道梦斋正是通过这种吵架的诀窍在泉州不断扩大势力。

这是对儿子的言传身教，在旁人看来，道梦斋就是打算这样做，但七五三兵卫鼻子哼了一声，一句"真烦人"，做个怪相，径自离去。

30

"你怎么搞的？"景在回船上满脸不高兴地看着源爷。回船驶入细窄的水道，左右两边都是茂密的芦苇遮挡，刮在脸上生疼，令人心烦。

"要是去木津城寨，你早说啊。"七五三兵卫的安宅离开以后，景的船队也重新上路，驶往本愿寺。但不知何故，源爷想避开本愿寺，对景说改变航线往右走。

景问道："为什么？"

船队从明石濑户进来，在难波海北部海面上东进。从海上看，好像有一条河流通往正面的本愿寺。他觉得走这条河可以抵达。

景所看到的地方是现在的大阪市西区九条一带，西区靠近大海这一边是港区，当时还是一片海水。

面临难波海的九条这个地方，在战国时代并非与陆地相连，还只是叫做"九条岛"的岛屿。其北面是"福岛庄"（大阪市福岛区一带），当时就与陆地相连。附带说一下，福岛区的西面是此花区，面临大阪湾，当时是称为"四贯岛"的岛屿。

景所看到的河流是九条岛和福岛庄相夹的水路，其中一部分还是现在的安治川的水道，但这是距当时大约百年之后治理修整的，当时这条河尚无名字。河流弯弯曲曲，不同的河口，水流也完全不同。

从这个河口进去，溯流而上，经过现在的堂岛川，至大川（本书前面已涉及，当时名叫渡边川），应该可以停靠在大坂本愿寺旁边。

源爷说："如果这么走的话，我们的确可以进入大坂，但现在进不去。"

福岛庄的岸上修建有织田方面的野田城寨，形成严密监视。这个地方是现在的福岛区玉川附近。

难波海滨一带，除九条岛、四贯岛外，还分布有其他小岛，这些岛屿形成互相穿插错综复杂的水路，有的细窄处根本称不上河川。不论走哪一条水路，只要溯流而上前往本愿寺，都必须经过野田城寨。正因为这座城寨，向本愿寺直接船运军粮就变得不可能。

源爷手指前方："因此，我们进入那座木津城寨。"木津城寨位于本愿寺的右边，是茂密芦苇遮掩的海滨。

"这样的话，那我们不是只需跟随七五三兵卫吗？"景望着城寨，表情有点怪。源爷所指的方向正是七五三兵卫走过的路线。

木津城寨基本上在天王寺城寨的正西面，从景这个方位来看，位于天王寺城寨的前面。这样的话，双方的行进方向自然相同。

"是的。"源爷深深低头。

"嗨。"回船向右、即东南方向改变航线。结果景不得不像是追赶变成米粒般大小的安宅那样驶往木津城寨。

途中，由于逐渐靠近海滨，有时候安宅与景的船队也形成不同的行驶方向。真锅家族的两艘安宅停泊在面对木津城寨的右边海面上，开始准备登陆。源爷斜看着它们，手指左边方向，说出一个后来在水军史上不可磨灭的名字："木津川。"

景回头一看，前面是张开大嘴的河口。

战国时期也有"木津川"这个名字，《信长公记》等史料就有记载。但是，长度比现在的要短得多，河口位于西成区北津守附近。"木津庄"一带在其东岸，"难波岛"（大阪市大正区三轩家东面）在其西岸。下游的难波岛、勘助岛（大阪市大正区三轩家西面）、寺岛（大阪市西区千代崎）这些岛屿构成西岸。夹在陆地与岛屿之间若隐若现的水路就是当时的木津川。

当然，景对这条河流的名字不感兴趣："木津城寨，还有木津川，尽是木津。"

回船驶入木津川。当时的河口比现在的更加宽阔，宽度达到四百米。关船和两艘小快船随后，船队从向南敞开的河口进入北上。

源爷说，木津城寨沿木津川修建。但是，溯流北上不大一会儿，站在右舷的景奇怪地问道："城门在哪里？"

她透过芦苇的间隙能看见木津城寨的土垒，但是，既看不见城门，也不见土垒上有人。

"这么一直往前走，很快就会抵达本愿寺吧。"源爷还是不死心。木津川的确通往本愿寺，但织田方面的野田城寨在半路挡住去路。

"行了，我想知道的是城门在哪里？"景心里着急。她的计划是天黑之前去堺，所以十分急躁，但源爷根据安芸高崎的村子里的传闻，虽然了解到木津城寨的所在地，却似乎不知道城门的具体位置。

"喂，土垒也没了。"一直沿着木津川岸边修建的土垒也到了尽头，回船即将驶过城寨。如果驶过这个木津城寨，等待他们的下一座就是织田方面的野田城寨。

"怎么办，源爷？"

就在景说这句话的时候，忽然发现土垒的尽头是一条河流，与南北走向的木津川形成直角汇合，无疑恰好绕着土垒的外缘流淌。

景迅疾下令："右舵！进入右面的河流！"

其实，木津川原先有支流，后来被填埋，现在已经不复存在。木津城寨通过西面的木津川和北面的这条支流得以保护守卫。

但是，这条支流水面极窄，船队只好单船列队通过，更讨厌的是难波砂堆著名的芦苇从左右两边遮天盖地横扫过来，芦苇茎坚硬强劲，毫不留情地打在景以及门徒们的脸上。

"要是去木津城寨，你早说啊。"正是因为这种艰苦，景才勃然大怒。

留吉忿忿不平地插嘴道："说了也不管用吧。"

"你说什么！"景瞪圆眼睛怒视留吉，不过这事还真不能怪罪源爷他们。离开能岛城的时候，即使把城寨的名字告诉景，她也搞不清楚，等进入难波海以后再告诉她也不迟。

"所以没有告诉你。"留吉说话在理。

景无言以对，只是泄愤道："讨厌！混蛋。"

就在这时，景突然发现情况不对，只见芦苇深处探出无数的箭头。细窄的支流河面两岸露出密密麻麻的箭头。

"大家趴下！"景大声叫喊，自己却依然站立，拔出刀来。

听到景的这一声叫喊，关船以及两艘小快船上的能岛士兵都情绪兴奋，一齐拔刀，抓起身边的弓箭拉弓待射。

"等一等！"源爷抬起趴下的身子，制止景，并向芦苇叫喊，"我们是安芸的门徒！"

只听哗啦哗啦喧哗的声音，不一会儿，一个人从芦苇中钻出来。景一看此人，便放下手中的刀。

这个人和源爷一样，也是一个身穿破工作服的瘦削的农民，像是守城的门徒，不过似乎没有打过仗，一副战战兢兢的样子。能岛的士兵也都失望地放下刀和弓箭。

来人动作笨拙地松缓弓弦，问道："安芸哪儿的门徒？"

源爷回答道："安芸高崎的讲。"

那人看着回船上的景以及能岛士兵，满含疑虑的目光。他大概担心士兵要是敌人，那可怎么办。

源爷看出对方的疑虑，说道："这些武士都是保护我们来到木津城寨的能岛村上的海盗，你不必担心。"

没料到本想让对方放心的这句话反而让他惊慌失色："海盗！"

这一声叫喊引起潜伏在芦苇里面的门徒恐惧害怕的骚动。

这帮家伙，真够烦人的——景焦急起来。在这个前哨阵地警戒，一般都有暗号口令，只要对得上就可以了。她问源爷："没有口令吗？"源爷摇头说"没有"。就这个样子还想跟织田家族打仗？！景偷看过哥哥的兵书，战场上使用口令是作战基本方法之一。然而现在，把守城门的农民与准备运送军粮进来的农民却隔着河流傻乎乎地互相对峙，这有多么的愚蠢。

这里难道就没有武士吗——前来盘问的这个木津城寨的家伙究竟是什么人？他看见景的外貌居然表现出愁眉苦脸的样子，跟欢呼喝彩、开朗爽快的泉州人根本不一样。景心想还是织田家族的人好。

这时，留吉说的话使问题得以解决，他恳求道："各位教友，我们是来投奔御门迹并运送军粮的。请打开城门。"

"军粮……"隐藏在芦苇里的大约二百名门徒都嚷嚷着探出头来。他们充满饥渴的目光全都注视着回船。一句"军粮"让他们对源爷的来历以及海盗的怀疑全都飞到九霄云外。

源爷接下来说道:"大概有二十俵。你们开门吧。"

二十俵不到十石,不及本愿寺所需的万分之一,但对方还是心动了,回身拨开芦苇朝着土垒走去。芦苇前面不远处就是木津城寨的城门。

"开门!"那人一叫,城门启开。

"大家卸货!"随着源爷的呼唤,回船上的门徒们放下板桥,架到岸上,还有的跑进船舱,准备卸货。

景也进入船舱,双手各拎一袋大米。当时一袋大米(米俵)重约六十公斤,双手提起历来是女子大力士表演的绝技。景双手各提一袋米俵,走下板桥,站在芦苇地上。芦苇已经被门徒压倒,劈出一条通道。

眼前的城寨看上去显得单薄破旧,虽然土垒堆砌到一定的高度,但上面没有墙壁,只是插着木栅栏。沿石阶走上去,城门也相当小。

走在旁边的留吉拉拽着米袋,他停下脚步,抬头看着简陋的城寨,眼里满含着希望。

景哼了一声,说道:"这是你们盼望已久的木津城寨,快进去吧。"说着自己也登上石阶,走进城寨。

31

七五三兵卫在走廊上悠然行走。

这是修建在天王寺城寨里的攻打大坂的主将原田直政的宅邸。真锅家族的家臣们集中在广场上待命,织田家族的年轻家臣引导七五三兵卫进入会场。

家臣着急地说道:"合作方的各家都已经会聚在大厅里了。"

言外之意，就是七五三兵卫来得最晚，催促他快一点。

"是吗。"七五三兵卫没有加快步速。父亲那一句"别受人欺侮"的话化为血液在他全身循环，他不能像猥琐小人那样曲背弯腰从走廊上疾步跑进大厅里，依然从容不迫地慢慢行走。

家臣实在忍耐不住，抢先小跑到大厅外面，单膝跪下，打开板门，向大厅里的人们禀报："泉州淡轮人真锅七五三兵卫大人驾到！"

今天参加会议的人们中，五畿内的武士居多，他们都知道真锅家族的家主已经由道梦斋移交给儿子。大厅里挤得满满的大约百人的武将都一起注视着应该即将出现在门口的真锅家族的新家主。

然而，七五三兵卫迟迟不现身，等他巨大的身躯好不容易出现在门口的时候，会场立即出现一阵小小的骚动。所有与会的武士都一身戎装，军容严肃，唯有这个泉州海盗的头子圆筒铠甲形同裸体。

上一代的道梦斋不是这样，参加军事会议的人们，几乎以为他是个小兵。

但是，人们的目光立即呈现出感叹的神色，裸露的古铜色的躯体比任何武士的甲胄更显示勇武刚毅的气势。

这就是海盗吗——没听说过真锅家族大名的人面对这条巨汉都噤若寒蝉。

一路引导的家臣被大厅里的反应弄得手足无措，指着一个方向说道："泉州各位都在那个地方。"

"噢。"七五三兵卫的声音威风凛凛，朝着那个方向不紧不慢地踩过去。不过，泉州这帮家伙在哪里呢？他还真不知道该走到什么地方。武士们似乎按照国别或者相近的领地分片而坐，刚才织田家族的家臣指出泉州武士集中的方向，七五三兵卫只是习惯性地自我感觉很有气派地"噢"了一声作为回答,却无法判断哪一片是泉州的武士。

但是,他很快就明白过来,有一群人充满敌意地盯着他看。就是这帮家伙啊——七五三兵卫的巨眼闪闪发光。

记述战国时期泉州武士状况的《泉邦四县石高寺社旧迹并地侍传》说,这个时期泉州有三十六个势力强大的家族。这三十六人在频繁交替的守护领导下,妥善处理泉州事务。真锅七五三兵卫是其中之一。

该书在记述泉州三十六个武士的履历后这样写道:"上述武士,自古以来为三十六人,乱国之时,暴动之际,尤有功绩,声名皆闻邻国。"这个时代的泉州武士都是名声远播邻国的武将。

武勇之外,加上直言不讳的泉州方言,造就了泉州男人异常刚烈的血性。在这会场上,除七五三兵卫之外,其他三十五人都是气势凶猛。

七五三兵卫也是这样的一条泉州男子汉,可以说他是集泉州男人之精髓于一身的暴徒。看着眼放凶光的泉州武士们,心想你们还凶巴巴的,嘴角不免得意地露出一丝笑容。

泉州武士们对七五三兵卫怒目而视并不仅仅是因为血性刚毅,其根源还是真锅家族在泉州境内的飞跃发展。

泉州有"半国触头",就是把泉州南北一分为二,分别由两家代表,称为"触头"。武士们基本上都服从触头领导,以此统一意志。

然而,迅猛崛起的是没有半国触头地位的真锅家族。在以触头为核心团结一致的泉州武士们看来,真锅家族就是破坏团结和平衡的暴发户。因此,在这次军事会议的会场上,泉州武士们怀着高度警惕和无比愤怒的心情与这个真锅家族的新家主打交道,这也是道梦斋叮嘱七五三兵卫"不要受欺侮"的原因所在。

七五三兵卫也深知这些人表情的含义。他迅速扫了一眼，"半国触头"有两个人，分别是"沼间家族"和"松浦家族"的家主。首先不能被这两个人欺侮，如果他们尊重七五三兵卫，其他家族也不敢造次。

沼间和松浦是哪两个蠢蛋呢——七五三兵卫环视一遍，果然发现有一个人比其他人更加凶狠地盯着自己。武士们一般都互相肩膀挨靠着挤在一起，唯有对这个人显示客气地在他周围留有一些空隙。

他应该是触头之一。个子虽小，黑眼珠却放射出具有穿透力的刚强目光。狂什么——七五三兵卫径直朝他走过去，盯着他的眼睛，忽然发现这小子是个龅牙。不过，那个时代龅牙很多。细长的眉毛笔直上翘，还真是个五官端正的男人，虽然身体比较细瘦，却显得敏捷灵活。看上去年龄在三十上下。

听说沼间家族的家主名叫沼间任世，与父亲道梦斋是同一代人，年过五十；而松浦家族的家主松浦安太夫还不到三十岁。

这样的话，这小子就应该是松浦蠢蛋了——七五三兵卫如此推测，目光直视着他，扑通一声在他身边重重坐下来。对方随着七五三兵卫坐下来，目光也从上方移到下面。两个大人，肩膀几乎碰在一起，互相扭着脑袋，双方眼睛一眨不眨地瞪视着。这一幕实在是荒唐滑稽的景象，但这是泉州武士在判断对方是否男子汉时所必需的仪式。

七五三兵卫先开火："怎么回事啊？攻打大坂的主将原田大人还没来吗？"

按照惯例都是全体成员到齐后主将才出来，自己最后一个入场，却故意装糊涂，愚弄别人。

"胡说！大家都在等你一个人。其实，要我说啊，没有你也无所谓。"那人依然怒视着反驳，但他的话没有泉州口音。

七五三兵卫现在完全知道此人就是触头。触头作为泉州的代表与他国打交道，如果使用泉州话，不仅不能充分表达意思，甚至由于语调的粗鲁还可能引起纠纷。所以，触头使用通用语武家话。在泉州说武家话是触头的标志。

七五三兵卫把脸逼上去，问道："你是什么人？"

"你是什么人？"对方也毫不示弱地逼上来，两人的鼻尖几乎碰在一起。

"刚才织田家的小家伙已经说了。"

"我没听见。"

"你耳朵发脓了吧？"

"听了你的名字，耳朵才发脓。"

唇枪舌剑，嗓门越来越高，最后整个大厅都能听得见。这对喜欢吵架的泉州武士来说是绝对的刺激，大家都伸长脖子看着他们，大厅里的人们也都兴致勃勃地围观过来，两人之间的气氛紧张得令人窒息。

这时，泉州武士中出来一个人，挤进他们两人当中，说道："会议马上就要开始了，还是不要争吵了吧。"看上去是一个正经的泉州人，说话没有泉州武士那种盛气凌人的态度，而是谦虚温和地劝说。

"你是什么人？"七五三兵卫瞪眼瞧着他。

"啊，我是松浦安太夫。"

什么——和我吵架的难道不是松浦安太夫吗？

"哦，原来你是松浦坏兄弟中的一个啊。"

"是的。"他依然谦卑地低下头，似乎对在这种争吵场面的见面表示歉意。

《和泉国三拾六士及在役士传》记载，松浦安太夫是三十六人泉州武士之一。半国触头，当时是岸和田国（大阪府和田市岸城町）的城主。

这个安太夫看不出七五三兵卫所说的那个"坏"样儿，年龄不到三十，面如圆圆的南瓜，笑起来一副天真模样。身体也是浑圆，像一个大婴儿。

既然被人称为"坏兄弟"，说明是两个人。七五三兵卫对在安太夫身后眯缝着眼睛笑眯眯的丝瓜脸说道："那你就是哥哥寺田又右卫门了。"

又右卫门也态度谦恭，低下那一张长脸，对七五三兵卫傲慢的问题不慌不忙地回答："是的。"

在血性刚烈的泉州武士中，这两个人十分罕见。之所以分辨出他们是一对兄弟，也因为在众多泉州武士的凶狠目光中，只有他们俩浮现出阿谀奉承般的笑容。

但是，这两个人有着与"坏兄弟"这个称呼相称的经历。七五三兵卫大声揭露他们的恶行："弑主者竟自称泉州半国触头，厚颜无耻。"

《和泉国三拾六士及在役士传》记载："安太夫任松浦肥前守之太夫。某时，肥前守岸和田出游海滨，安太夫自远处箭矢射杀之，自任岸和田城主。"

松浦安太夫原先是寺田安太夫，曾是触头松浦肥前守的家臣，他从远处射箭杀死主人，从而夺取松浦家族的半国触头的地位以及整座岸和田城。

附带说一下，松浦肥前守与织田信长亦有来往，留有数封信长来信，但大约半年前的天正三年（1575年）十二月，书信断绝。肥前守大概在这个时期遇害。

直接下手的应该是哥哥又右卫门——七五三兵卫如此推测："寺田又右卫门是强弓的名人。"

该书记述又右卫门的武艺，长脸呆相，却以强弩著称。大概是弟弟安太夫引诱松浦肥前守到海边，哥哥又右卫门以远箭射杀。

此事本无确凿证据，虽然泉州的武士也认为是寺田兄弟所为，但谁也无法公开谴责。另外，寺田家族的长子又右卫门又是三十六人武士中屈指可数的豪族。由于松浦家族无子嗣继承，极不情愿地收养寺田家族的次子安太夫为养子。

因为这样不光彩的经历，安太夫就不具备成为触头的声望。《泉邦四县石高寺社旧迹并地侍传》直截了当地记述："国人不随由。""国人"指的就是泉州的三十六人武士。

这样的话，说的还是泉州话——七五三兵卫也知道，现在泉州人说到触头，似乎就是指沼间任世一个人，而真锅家族的气势咄咄逼人。不过，松浦安太夫这种低姿态，也是不难想象的。

安太夫不说武家话，大概也是因为他无法统率泉州武士，也不和他国人打交道的缘故。之所以一味谦恭温和，应该只是讨好别人的雕虫小技而已，但能做到这个地步，倒是令人痛快。

即使当面受到"弑主"的辱骂，这兄弟俩依然面带微笑，只是哥哥又右卫门挠挠头辩解道："这都是流言，我们也很无奈。"

真是恬不知耻——七五三兵卫感到惊讶。

其实，又右卫门是皮笑肉不笑，别看这兄弟俩长得像南瓜、丝瓜般呆头呆脑的模样，却是心狠手辣的家伙，以谦卑温和的外表掩盖其本性又是何等的狡黠，对他们绝不可掉以轻心。

然而，七五三兵卫对这种异质分子带着一种愉快的"风趣"感觉。其实泉州男人多多少少都有这种风趣。没有这种情趣，作为泉州男人就会被人瞧不起，认为"缺少情调，微不足道"。泉州男人虽然彪悍，但甚至还会有重视风趣胜于武士本行建功立业的想法。

七五三兵卫的风趣情趣有点过头。他瞧着这两个残忍的杀人凶手，心里轻蔑地嘲笑：两个蠢货！

　　南瓜和丝瓜兄弟尽管心中有愧，表面上却装作若无其事的样子，继续谦卑地演戏。然而，他们的表演毫无效果，遭到泉州武士的白眼。即使如此，他们还继续演戏，他们的心态定然与别人完全不同。真有意思——七五三兵卫不由得扑哧笑出来。

　　七五三兵卫明白这一个半国触头不算威胁，另一个沼间任世是大约五十岁的老头，环视四周，没有发现类似的人。那么，刚才那个说武家话的黑眼珠龅牙是谁呢？

　　七五三兵卫看出来了，这小子应该就是任世的儿子沼间义清。他又一次迎着对方的犀利目光回眸怒视。

　　义清是枪术高手，持枪舞动，迅疾生风，令人目不暇接，驰骋沙场，犹如猛虎。赤手搏斗，不着铠甲，虎虎生威，为织田信长之爱将。《泉邦四县石高寺社旧迹并地侍传》特书道："嫡子越后守（义清）为信长公召见，殊深厚待。"

32

　　松浦安太夫低声说道："主将来了。"

　　沼间义清的目光瞬间移开，转视上席。一直注视泉州武士的大厅里的人们也都一齐转向上席，正襟危坐。

　　七五三兵卫也只好收起剑目，面对上席。泉州武士都坐在大厅偏远处的下席，伸直身子看上去，只见一个年过四十中等身材的人走上上席，接着一个五十多岁的小个子在上席旁边的下席落座。

　　首先是这个中等身材的人自报姓名："攻打大坂本愿寺主将

原田直政。"

　　七五三兵卫听说过直政其名，却是第一次见到此人。景要申述理由的就是这个人，但七五三兵卫一瞧直政，就脸色阴沉下来。

　　织田家族的主将直政嗓门尖细，脸色苍白，不知何故眉头总是焦躁不安地微微抖动，看来是一个不明事理的家伙。这样的话，恐怕要完蛋——完蛋的或许是能岛小姐的性命，或许是竟然抗命杀死能岛小姐的自己的性命，总之，凶多吉少。

　　原田直政是织田家族中屈指可数的重臣之一，与信长同为尾张国（现在的爱知县西部）人，文武兼备，出类拔萃。

　　他的文官才华在信长想得到东大寺正仓院珍藏的香木"兰奢待"的时候发挥得淋漓尽致。因为这是只有室町幕府第八代将军足利义政蒙赐的贵重香木，哪怕削下一点都要得到朝廷的许可。《信长公记》记载，直政担任奉行主管，在削切香木那一天，与其他重臣一起前往东大寺。附带说一下，后来削切兰奢待的只有德川家康和明治天皇。

　　作为武将，直政受到信长的赏识，打算将其任命为攻打九州的大将之一。当然由于信长在本能寺之变中自杀，攻打九州未能实行。直政原姓"塙"，信长于一年前命其改为"原田"。原田是九州的名门望族。信长让自己的重臣姓九州名门望族的姓，就是试图让他得到攻打九州的名分。出于同样的目的，重臣明智光秀改名为"惟任"，丹羽长秀改名为"惟住"。原田直政在文武两道都是响当当的人物。

　　然而，在七五三兵卫眼里，这个原田直政不过是一个白面书生般的官吏。这也难怪，因为受到信长的重用，伺候身边，直接受命，严厉问责，随时都处在极度紧张的状态，身心疲惫不堪。

信长对泉州的豪族鞭长莫及，所以真锅家族的家主很是逍遥自在。算了，管他呢——七五三兵卫看着直政，横下一条心。

直政并没有像其他如此身份的高官那样由别人高声传达他的指示，而是采取与富有才华的文官相适应的形式，摒弃形式，亲自掌握会议进程。他在简短自报姓名之后，对坐在上席旁边的下席上的小个子做个手势，说道："有关对五畿内武士的建议，有劳泉州半国的触头沼间任世大人讲述。"

怎么回事啊——七五三兵卫翻眼看着这个小个子。不能受他欺侮的另一个人竟然是仅次于主将的高官。任世这小子，原来在那里啊！

沼间任世的名字在《和泉国三拾六士及在役士传》中第一个出现。居住在绫井城，义清也住在里面。据说在现在的大阪府高石市绫园专称寺附近。

任世露出长者般的微笑，那一双黑眼珠与儿子义清一模一样，白眉伸长在小眼睛边上，鬓发皆白，看似德高望重，却显得古板拘泥规矩，不解风趣。

这号人在泉州吃不开，泉州人以不懂潇洒为耻，把这种人揶揄为"呆鸟"。七五三兵卫眼中的任世就是这种人。

"什么啊，你是老爹的跟屁虫呀……"七五三兵卫又开始挑衅。

比起任世，他心里更在意这个儿子。父亲道梦斋曾经与任世争斗家族势力，那么，现在他首先必须制伏的就是这个下一代的家主义清。刚才被松浦安太夫横插一竿子，搅黄了，现在真想和他大吵一场，直接用拳头打得他趴下求饶。七五三兵卫故意夸张地挑起眉毛，说道："小崽子。"

对于七五三兵卫的挑衅，义清只是冷若冰霜地回了一句"蠢货"，没有应战。织田家族主将的讲话早已结束，即将开始军事会议。这不是吵架的地方。

　　变成七五三兵卫唱独角戏，他恼羞成怒，愤愤骂道："什么玩意儿，跟你老爹一样，都是叫人心烦的家伙。"

　　七五三兵卫是个大嗓门，引得任世呵斥道："那边的人，安静！"

　　老崽子——他瞪眼看着上席，直政也瞧着这边。七五三兵卫咧嘴笑起来。他这个人不接受教训，心想现在正是激怒任世的好机会，顺便也把该说的话告诉直政，于是大声叫道："直政公……"

　　这样称呼主将实在没有礼貌，而且语气过于随意轻浮。直政不由一惊，脸色立即阴沉下来。任世见状，也急起来："你这是……"

　　他在直政面前不便发作，看出声音与道梦斋一模一样的这个大汉就是真锅七五三兵卫，知道泉州武士说话就是这般粗鲁无礼，也就不想过分计较。

　　这其中自有缘由。如果战国时代以大约一百一十年前发生于京都的应仁之乱为起点，那么泉州由于其地理位置，一直受到战乱的严重影响。由于受到战乱的牵连，原本治理一国或半国的守护有的逃跑，有的自杀，因此守护如走马灯般频频更换。泉州的武士为了保持家族的存续，对新主人都要进行严密的观察，判断其是否具有真正的实力。

　　在这种情况下，根本不可能产生忠义之心。要说忠义，只存在于泉州武士三十六人之间。因此，即使面对向统领泉州武士的主人表示忠义的战争，也采取非常现实的态度。如果参战，虽然也会抛弃"风趣"，成为勇猛的战士，拼搏沙场，表现出众，但最终目的就是为了自己家族的存续。对于泉州武士来说，打仗不过是谋生的手段而已。对于靠不住的主人，会立即抛弃，这种风气延续一百多年至今，泉州武士只依附强有力的靠山。

只有泉州武士在认真观察织田家族。

对于泉州武士来说，织田信长也不过是从他国出现的主人之一，大家对他都是这样的感觉。七五三兵卫对织田家族所表现出的某种傲慢无礼的态度其实正是出于这种心态。任世对七五三兵卫说话的粗鲁无礼不想过分计较也出于这个原因。

直政听七五三兵卫叫他"直政公"，略停片刻之后，表情苦涩地问道："什么事？"

"会议结束以后，有一个人有话想对你说。我在过来的路上，发生了一些事。"

七五三兵卫在这个场合只想说这些，不想多说，可是直政一下子神色紧张起来，问道："怎么回事？"

七五三兵卫感觉有点不安。也许直政太害怕信长，只要一听见什么问题的苗头就胆战心惊。自己的第一眼印象看来没有错，此人是一个不明事理的家伙。

这时，直政催促道："要是你也知道的话，现在就说吧。我听着。"

难道他已经知道了吗——于是，七五三兵卫道出难波海上发生之事的全部过程。直政听完以后，神色更加严峻，考虑片刻，嘟囔道："向主公汇报。"

主公就是信长。直政中断会议，派人紧急赶往信长所在的京都妙觉寺。

33

"这就结束了吧。"景把双手提着的两袋米气呼呼地扔进木津城寨的军粮仓库里。

虽然回船只装载运来二十袋大米，城寨的门徒却拒绝能岛士兵进城，大肆刁难，只允许女子景一个人入内，没想到门徒们这么手头没劲，弄得景只好多次往返于回船与粮库之间，好不容易把粮食全部搬进仓库，掸了掸衣服上的灰尘，对崇拜似的跟在身后的留吉说了一句"那就这样吧"，便转身离去。

"这就走了吗？"小大人留吉用一种大人般的语气恋恋不舍地说，但他知道这座城寨对她已经没有用处。

"当然。"景头也不回，疾步朝门口走去。

这座城寨里只有一些简陋的小屋子和几处仓库，剩下的就是泥土裸露的宽阔地面。

门徒们在空地上列队练习枪术，一个个都腰身不动，只是用手比划着训练刺杀动作。

景哼了一声，转眼看着门徒练习射箭。箭矢都偏离稻草做的靶子，到处乱飞。景实在看不下去，嘴里轻蔑地"哎呀呀"嘟囔着，忽然停下脚步。

"姐姐，怎么啦？"

景奇怪地看着跑过来的留吉，问道："武士呢？"

一眼望去，广场上都是身穿农服的农民，他们都是战场上的步卒，只有几个武士在指挥他们训练。训练喊口号的也是农民。

"武士都去哪里了？莫不是躲在小屋子里吗？"

留吉心里憋屈，默不作声。这时，跟在留吉后面过来的源爷无奈地笑着说："武士就这么几个，所谓的门徒，其实就是我们这样的农民或者渔民。几乎所有的人都在这里了。"

这就是大坂本愿寺军力的真实状况。

大正时代出版的《大阪府全志》一书中收有本愿寺颁发给一个名叫"助"的农民的奖状，表彰他在大约两年前、天正二年

（1574年）九月与信长会战时的英勇奋战的表现。奖状这样写道："助于十八日之八个所表（大阪府守口市内）战斗以及下辻（大阪市鹤见区附近）阵亡，深有忠节。"

武士的战功一般由其主人颁发奖状予以表彰，如果武士换主，其奖状则可代替履历书。农民上战场通常就是步卒，一般不会给他们颁发奖状。大概本愿寺为了激发农民的斗志，才颁发这样的奖状。这可以说是本愿寺将农民作为主力寄予厚望的证明。由此可见，本愿寺的主力军就是这些连枪都使不好的杂牌军，根本不是历经各种战争磨炼的织田军队的对手。

再仔细一看，在景周围手持武器的这些农民一个个都骨瘦如柴，听见"军粮"两个字就迫不及待地从芦苇丛中爬出来的那些门徒，看他们面黄肌瘦的样子，就知道粮荒相当严重。

但是，景没有思考将从濑户内带来的这些门徒放在这里是否合适，不仅不担心他们的前途，还感叹"你们这样真好，真是走运"。

努力训练备战的农民们都和源爷一样，为能够报答获得极乐往生之恩而欢欣雀跃。他们自觉自愿奔赴战场的信念，这一点与景毫无二致。

源爷对景的话深有同感，为本愿寺而战，为本愿寺捐躯，这是自己的夙愿，等待自己的是极乐净土。

"的确，我们非常走运。"源爷微笑着低头。

"那太好了。"景又嘟囔一句，然后朝门口走去。

能岛士兵在门外的芦苇地上列队等候。

"准备出发！"景一声令下，士兵们精神饱满地回答"噢"，然后跑向芦苇岸边，上船开始准备。

景大踏步向芦苇岸边走去，心急火燎，思绪早已飞到天王寺城寨以及更远的堺。

等着吧，泉州海盗们——橹已经从关船和两艘小快船的两侧船舷伸出来。景看着这一切，紧闭的嘴唇松弛下来。

"小姐。"身后传来源爷的声音。

景回头一看，只见从濑户内带来的门徒们在门口并排跪下。留吉也和他们一样老老实实地跪着。

"大恩大德终生不忘。"源爷说罢，额头磕地。众人也都一齐磕头。

景并没有需要他们谢恩的理由，她是为自己的事情跑到这儿来的："好了好了，你们快回城寨里去吧。"然后转过身，抓着关船上垂下来的绳梯爬到甲板上。

景看着前方，大声命令："划船小子们，退船到河口！"

所谓"退船"，就是反向摇橹，船尾前行。由于木津川的支流河面狭窄，关船无法掉头，所以船倒行退回到与主流汇合的河口。

小快船先行，景的关船随后，开始徐徐后退。景从关船上瞟了一眼门徒们，见他们还跪在那儿。

"要跪到什么时候啊……"景为难地笑起来。

这时，一个人从门里出来，凶狠地看着跪在地上的门徒们："喂，要是军粮搬完了，你们还不赶紧回城寨里去！"

景对这个家伙的态度不由得粗眉倒竖。他头发剃光，身穿袈裟，再仔细一看，那张脸相当傲慢霸道。景自然不知道此人姓甚名谁，其实他是本愿寺的坊官下间赖龙。信长方面修建天王寺城寨后大约三星期，他进入木津城寨，总领指挥。

难道是和尚指挥打仗——景看着慌慌张张回到城寨里去的门徒们，更是怒目而视。和尚把门徒们赶进城寨里以后，打量着景这边，那目光与门徒们的截然相反，不仅没有丝毫的感谢，甚至包含着蔑视的神色。

这家伙——景也用犀利如刀的目光杀向对方，双方针尖对麦芒地对峙着。片刻，和尚轻蔑地扬起下巴，消失在城寨里。

恶心的家伙——景厌恶地喷了一声，正要收回目光，却见留吉从门里飞奔出来，嘴里叫着"姐姐"，不顾源爷的阻止，挥舞着农服向她跑过来。

"这小毛孩。"景站立在甲板上。

"姐姐！"留吉狂奔过来，仿佛要抓住后退的关船。和尚在他背后怒声斥责，留吉没有停下脚步。

"这是给姐姐押船的谢礼。"他一边跑一边看着关船，举起右手，手里拿着一件东西——钱。

"够了。这个你自己拿着！"景愉快地开怀大笑。

她惊讶农民的孩子身上居然还有钱，大概只是一枚铁钱吧。据宋希璟的纪行文《老松堂日本行录》记载，押船的报酬是钱七贯，即钱七千枚。铁钱一枚当然微不足道。

"你就收下吧！"留吉停下脚步叫喊，然后一甩手把钱扔过去。铁钱在空中摇晃着飞过来，但毕竟孩子的力气不够，铁钱紧贴着船边开始坠落。

"傻瓜！"景向船头跑去，从竖板上探出身子，伸手一把在空中抓住。她张开手掌，果然是一枚表面磨损得无法辨认文字的劣币。

景苦笑着，向身影逐渐变小的小家伙高声叫唤："那我就收下了。留吉，战场上好好干。"

留吉气喘吁吁地回应道："姐姐你找个好婆家哦。"

"讨厌……"景笑着回答。然后转身，背对木津城寨，意气风发地向士兵再次下令："水手们给我玩命地摇橹，直奔天王寺城寨。"

34

姐姐究竟什么时候能来啊——天王寺城寨真锅城郭里，景亲焦急万分。进入城寨时将近傍晚，因为是夏天，太阳还比较高。然而，太阳逐渐西斜，还是不见姐姐的身影。也许她真的不打算来了——小时候姐姐带着景亲去附近的岛屿游玩，就经常把弟弟扔下不管，她自己回能岛。往往是景亲大声哭泣，被家臣发现，带回家里的时候，姐姐正在吃晚饭。她看见景亲，只是说一声"啊，忘记了"，嘴里含着筷子，表情略显惊讶，接着继续吃饭。当然，景亲不敢埋怨，不然后果是可想而知的。

要不设法逃跑吧——景亲竖起耳朵偷听板门外面的动静。泉州海盗做事比较马虎粗糙，既没有严加看守，也没有热情款待，把景亲一个人扔在屋子里不闻不问。这样的话，打开板门，穿过走廊，不就可以溜出城郭吗？

但是，景亲还没来得及仔细考虑，就不得不放弃这个想法。因为走廊上忽然传来嘈杂急促的脚步声。

听到这粗重的脚步声，景亲心惊肉跳，大气都不敢出，僵立在门前。是不是姐姐来了？景亲没有这么乐观。相反，他觉得自己的死期已到，于是闭上眼睛。

有人开门，景亲战战兢兢地睁开眼睛，站在自己面前的还是那个表情冷酷的道梦斋。

"噢，景亲。"他咣当一声扔下双刀，走上前来。

景亲并不认为这个大僧道会对自己发善心，道梦斋扔下的双刀其实是景亲的佩刀，但这个可怜的人质没有注意到。难道他要我用这把刀剖腹——他呆若木鸡地看着地上的双刀。

大僧道说道:"你的脑袋保住了。"

景亲一下子惊醒过来,抬头看着对方。这时,姐姐从道梦斋背后探出头来:"噢,景亲……"

"姐姐……"景亲嘴唇颤抖,身子哆哆嗦嗦地靠近前去。

"你怎么啦?这个胆小鬼。"景看景亲还是老样子,不禁大笑起来。

道梦斋催促道:"好了,小姐,走吧。"

"噢。"景点点头,也不理弟弟,准备出门。景亲急忙追上去:"姐姐,你去哪儿啊?"

"这还用问吗?解释情况去啊。"景回头看着他,流露出不屑告诉他的神情,理所当然地说道,"你就在这屋子里待着吧。"

解释情况?我留在这里——景亲没想明白。怪不得七五三兵卫一直嚷嚷什么天王寺城寨。姐姐好像是有什么事要到天王寺城寨解释。

"我也去。"

景扬起眉毛,取笑道:"哟,景亲,今天你终于说了一句勇敢的话。"景亲还在琢磨该如何反驳,景说道:"来吧。"

景高兴地跟着道梦斋走出去。景亲一边追上来一边问道:"家臣都去哪里了?"

"让他们回去了,虽然落下一大堆埋怨。"

景说这是自己来晚的原因。正因为这一次去的是织田方面的城寨和泉州的堺,情况不明,所以家臣也要跟随前往,但好像景没有答应,无论怎么威逼,他们就是不同意回去。

景说:"我说又不是去打仗,不要紧的。这样他们才老实下来,都回去了。"

"都回去了?"景亲感到吃惊。

"哦,是呀。"

"那我们怎么回去啊？"如果家臣和水手乘坐的关船和小快船都已经回能岛的话，那自己和景怎么回去呢？

"啊，那倒是。"这个姐姐做事总是心里没谱，还不当回事。可是，没有准谱的还不仅仅是船只。只听景说出一句令人魂飞魄散的话："景亲，一会儿要是决斗，你就逃命吧。"

"决斗？"景亲大吃一惊。

景这才想起来，笑着说："哦，对了，你还不知道怎么回事。"

景不管三七二十一就把弟弟当作人质，却什么也没有告诉他。这一路上，真锅家族的人也没有说，景亲一直胆战心惊，不敢询问，所以他还不知道自己怎么会成为人质的。

景一边厌烦地挠着头发一边把事情经过告诉弟弟："这么回事……先是真锅的安宅挡住我的船，他们的船上有一个织田家族的家臣……"

景亲听着听着，脸色发白。原来姐姐杀死了织田家族的家臣，现在要向他们解释事件的情况。

"就这个样子，一会儿很有可能决斗。这种场面你根本不行，所以我刚才叫你待在屋子里。"景说得那么轻巧，像是说不会游泳就在岸上待着一样。

姐姐为什么到现在才说——要是早知道的话，我要带上留在那个房间里的双刀。姐姐说我"有点像男子汉样子"而感到高兴，那是因为她打算主动奔赴血腥战场而产生的误判。

让士兵都回去，姐姐怎么能这么做呢——如果决斗，连一个加油助威的能岛家臣都没有。景亲现在简直就想哭。

"到那个时候，我让你一个人逃走，别担心。"

姐姐说得轻松，其实根本不可能，自己也会当场完蛋。我还想泡两三个女孩子呢——景亲脑子里想着这些乱七八糟的事，懊悔不已。

走在前面的道梦斋以为景在关心弟弟，大声赞扬道："真是好姐姐啊。"

说什么呢——景亲赌气地瞪着姐姐，她的表情却更令人失望，在即将面临生死存亡的关键时候，也不知道乐什么，还面带微笑。

道梦斋停下来，指着一扇门，说道："就在这个大厅里解释情况吧。"

景略微歪着脑袋，觉得奇怪，自己是向主将原田直政说明情况的，心想应该带到主将的宅邸，怎么是真锅的城郭呢？

景问道："怎么在这儿？"

道梦斋一边挠着伤疤一边说道："这事奇了怪了。"

"怎么回事？"景感觉事情不妙，悄悄地把手按在刀柄上。她听见从大厅内传出嘈杂喧闹声，不仅人的声音，还有东西撞击的很大的响声。景不知道到底怎么回事，用疑惑的目光看着道梦斋。

"是这么回事。"道梦斋把手放在板门上，忽然猛力推开。

一下子进入景和景亲眼帘的是一群像过节一样疯闹的人们。可以铺上一百叠榻榻米的宽敞大厅里，大约五十个人乱哄哄地使劲喝酒，几乎所有的人都没穿甲胄，赤裸着上半身，灌得一塌糊涂。

鼓笛齐鸣，推杯换盏，空杯斟满，觥筹交错，有的围坐一圈高声哄笑，有的互相吼叫。在震耳欲聋的伴奏声中，人们不是起舞，而是泉州式的吵架。盛放着食物的木盘满天飞，甚至连人都飞上了天。

这是怎么啦——景亲被泉州武士的这种狂欢闹腾吓得浑身战栗，从来到走廊的时候就觉得吵闹，想象不出里面疯成什么样子。这种狂乱暴戾的情绪演变成一场决斗一点也不奇怪。他瞟一眼姐姐，发现她也惊诧不已。

不要紧吧，姐姐——景亲惴惴不安，重新看着大厅里。这时疯闹的人们发现门外的景，顿时安静下来，鸦雀无声，所有的人都目不转睛地盯着景。

不好！

然而，令人意想不到的事发生了。大厅里响起地动山摇般的欢呼声。一个人从大厅中央站起来，此人正是七五三兵卫。他不仅赤裸着上半身，下面也只穿着兜裆布，环视一遍在座的人，然后大声叫喊道："怎么样，大美人吧？大家看，这就是村上海盗的景小姐。"

欢呼声的声浪更加高涨。

这帮家伙醉得可以——景亲皱起眉头。

道梦斋从旁边探出脑袋，解释道："不知道怎么回事，七五三不是光叫直政公一个人，还把所有的泉州人都叫来了，搞这么个酒宴。"

景惊讶地说道："把所有的泉州人都叫来了！"

景亲忽然想起来源爷曾说泉州武士大概觉得姐姐长得很漂亮，当时觉得是为了让姐姐押船而随口胡编的谎言，但现在看来还真是这样。景亲再看姐姐，她兴奋得两眼发光，几乎要抓住道梦斋似的再次确认："他们都是泉州武士吗？"

"除了直政公之外，其他都是。主要武士都在这里。"

"真的啊！"景几乎是大声叫喊。

解释情况一事顿时烟消云散。这个海盗大汉如此诚恳亲切地为自己把泉州人而且是武士全部召集在一起，如此看来，也就没有必要去堺了。

没想到把门徒送到这里来还有这样的好处——就在景胡思乱想的时候，大厅里的欢声继续高涨。半国触头松浦安太夫揉着眼睛大声叫道："比七五三兵卫说得更漂亮。"他的哥哥寺田又右卫门更是垂涎三尺："真的，简直就是仙女下凡啊。"其他人看着近在眼前的美女，早已把对真锅家族的反感抛在一边，不停地点头。赞叹的声浪一阵高过一阵，向景涌去。

景毫无谦虚的表示，心满意足地点点头，最后张开大嘴放声大笑。

那个人在哪里——景眯缝着喜悦的眼睛，从门口锐利地扫视所有的武士。那个家族势力旺盛、本人飒爽威武的男子汉在哪里？

景立即找到了他，目光越过兜裆布的七五三兵卫，往上席看去，就那个地方显得安静。上席边上，一个身穿铠甲的男子端然而坐，身材顾顾，面容细长，五官端正。既然能坐在上席，其身份在泉州定然数一数二。他没有参与大伙儿的疯闹喧哗，只是彬彬有礼地独自饮酒。没有只围着一块兜裆布那种男人的粗野，这一点也让景心里满意，他要是海盗那该有多好——景正用挑剔的眼光欣赏这个人，冷不防传来一个声音："是能岛村上的景姬吗？"

"嗯？"景循声看去，发问的人坐在上席正中间的最上座。他说道："我是织田家族家臣原田备中守直政。"

自己正是要向他解释情况，但刚才专注观察那个美男子，有点心不在焉，冷淡应付道："噢，是嘛。"

然而，直政做出一个意外的动作，只见他正襟端坐，深深低头，道歉道："此番之事，恳请原谅。"

什么事——景不知所以然。

"傻瓜，不是你杀了太田那家伙吗？"七五三兵卫插话道，"军事会议上我把这件事告诉直政公，他说做得好。所以我们高兴先喝一杯。"

"噢？"问题好像已经解决。景亲一听，浑身瘫软，一屁股坐下来。道梦斋大概也没听儿子说过这件事，嘟嘟囔囔说道："七五三这小子，要是这样，早说啊。"景终于想起这件事，感觉有点失望。

原田直政不愧是信长任命的攻打大坂的主将，当他听到七五三兵卫说的这件事后，虽有暂时的惊慌，但立即做出"应该放过能岛村上的小姐"的判断，并紧急派使者向忌讳家臣独断专行的主人信长汇报请示。

信长的判断也是当机立断，会见使者时，只是简短命令道："放过她。"

据《能岛家根本觉书》记载，六年后的天正十年（1582年），信长策划通过家臣羽柴秀吉试图把景的父亲村上武吉拉拢过来，其条件格外优厚："所望领地宜满足"。

"所望领地宜满足"是信长和秀吉拉拢实力强大的大名的惯用手段。信长深知天下第一的海盗家族的威势。

对于后来以格外优厚的条件试图对武吉采取怀柔政策的信长来说，不会干出因为一个家臣的性命而得罪武吉的蠢事。他的迅速判断是正确的。

使者带着信长的指示返回天王寺城寨。直政得知主人的回复是在军事会议结束的日落时分。

直政对景说道："我家主人现在京都，我已经得到他表示认可的回复。他同时指示对真锅七五三兵卫允许门徒海上通行的做法不予问罪。"直政还说，自己来到真锅宅邸是为了向景道歉，而且七五三兵卫大肆宣传能岛小姐貌美如花，结果泉州武士全都慕名而来。

"不明事理的尾张人之所为，本家不胜遗憾之至。"远近闻名的文官的道歉，即使对小姑娘也显示出真诚的态度，他再次低头。

景本来感觉失望，现在一想，对方有过错，这样的结果也是理所当然，于是轻松随意地应付道："是嘛，那就这样吧。"

紧接着，七五三兵卫似乎迫不及待地叫起来："大伙儿喝起来啊！"

"哦……"泉州武士们大声呼应着，争先恐后地朝景奔过来，一起向站在下席的景伸出手，拽着短小的窄袖便服的衣襟，把她拉进会场。

"你们干吗啊？"景看他们每个人手里都拿着酒杯，也打算拿起酒杯。

景也曾和嫁给毛利家族四男的琴姬一起出席过几次酒宴，但受追捧出风头的总是琴姬。景从未受到过如此盛情款待，在场的人都赤裸上身，从外表上分辨不出来，但应该都是身份很高的武士。景想习惯泉州武士这样的款待形式，立即得意洋洋，忘乎所以。

"真拿你们这些人没办法。"景神气十足，被他们拉着坐下来。但她坐下来的时候并没有忘记瞥一眼坐在上席的那个男子。他对拥挤在景身边的泉州武士漠然视之，低下眼睛，手持酒杯，纹丝不动。

景觉得扫兴，只见道梦斋大步向上席走去："喂，任世，你总是耷拉着脸。"一边说，一边走到义清和任世之间，如同七五三兵卫瞪着义清那样瞪着任世，然后一屁股坐下去。

老爹和儿子一个样——义清冷笑着。酒宴的规矩，一般是主人在下席，客人坐上席，这个大僧道却不顾礼仪礼貌，随便闯进上席。

父亲，应该用拳头告诉这蠢货什么叫礼貌——义清在心里责怪父亲，但是任世瞧也不瞧道梦斋一眼，而是提醒直政说："原田大人，可以告辞了。"然后打算站起来。在任世看来，要争吵就上战场，这种小吵架根本不必理睬。主将说要来这里，他只好勉强陪同而来，现在已经向能岛村上的小姐道歉完毕，就没有必要留在真锅家族操办的酒宴上作陪。

这样子人家会说你是孬种——义清也听说泉州武士背地里这样说父亲任世的坏话。他在军事会议会场上之所以应战七五三兵卫的挑衅，就是想向大家显示自己与父亲的不同。

义清满脸不高兴地说："我还要在这里待一会儿。"

直政也劝道："任世大人，时间还可以吧。"

任世不得已"噢"了一声，重新坐好。任世也知道儿子焦急的心情，也明白这种带孩子气的坐立不安的原因，不过也许还有别的因素让他继续待下去，于是问道："你不会是因为看上那个丑女而要留下来的吧？"

"开什么玩笑呢！"义清极其不快。在衡量美丑的标准这一点上，儿子与缺少情趣的父亲倒是分毫不差。

35

景就这样在不知不觉间被沼间义清抛弃，但是她依然兴高采烈，得意忘形。七五三兵卫说"重新开始"，拨开人群挤到景面前，端着大酒杯伸出去，报上姓名："真锅七五三兵卫。"

"嗯。"景点点头，单手接下。女人单手接酒杯、男人双手接酒杯是宴席上的规矩。

真锅家族的家臣连忙斟酒。景随手一扬，一气喝干，吼叫般说道："好酒！"

七五三兵卫微笑着说道："这是堺的酒，有劲儿，好喝吧。"

"嗯。"景也微微一笑，滴酒不剩，自报姓名，"能岛村上家的景。"然后返还酒杯。这个粗野的男人似乎也遵守酒席的规矩，双手接过，家臣又立即斟满。

"啊，多照应。"七五三兵卫一仰脖子，好像打算连杯子也一起吞下去。

接着是瓜兄弟中的哥哥，他在这个时候本性暴露无遗，一把推开七五三兵卫，钻到前面："我是寺田又右卫门。"

"嗯。"景接过酒杯，一饮而尽。

"我是弟弟松浦安太夫。"

"噢。"景又是一干二净。

泉州武士列队，一个个敬酒，景都来者不拒，开怀畅饮。

《日本教会史》这样写道："这些异教徒的目的似乎主要是饮酒饱食，酩酊大醉，以此满足肚子。"作者霍安·罗德里格斯对当时日本人毫无节制、一塌糊涂的狂饮感到震惊，他还写道："敬酒劝酒，这些异教徒接受挑战的样子简直如同奔赴战场或进行决斗。"

景正是该书所描述的那种日本人。

"下一个，来啊！"她大声叫喊，那声音就像怒吼，一扬杯子，烈酒灌进胃里。

罗德里格斯还这样写道："为了劝人喝大酒，魔鬼把各种各样的方法窍门教给日本人。看到这些，深感吃惊。"他在这里指的是下酒菜和小曲。

要说下酒菜，真锅家族可谓别出心裁。大厅中间放置一个有一叠榻榻米那么大的带脚的大案板，上面放着硕大的鱼块。

在案板前操刀的是七五三兵卫。他与景互相敬酒以后，就走到案板前，一边频频喝酒，一边灵巧利索地把鱼块切成生鱼片，并亲手分给大家。

武将亲自操刀下厨并不稀罕，前面提到的耶稣会传教士路易斯·弗洛伊斯在《日欧文化比较》中写道："欧洲一般是女性做饭，日本则由男性做饭，而且认为显贵下厨乃是了不起的事情。"

当时，不仅显贵，甚至一国之主也会下厨操刀。关原会战中大显身手的肥后国熊本藩开祖细川忠兴等就喜欢烹调。作为武家的爱好，菜刀是必备之物。

所以，当景问真锅家族的家臣"那是什么"的时候，不是指的七五三兵卫在切生鱼片，而是指案板上的大鱼头。

"你是海盗，还不知道吗？"家臣夸张地表现出惊讶的表情，"旗鱼啊。"

一问才知道，这是七五三兵卫在离开自己领海的泉州淡轮那一天，亲自驾船到纪州海面捕捉到的。景好奇地观看，剑一样尖长的吻已经被切下来，案板上的鱼头朝着天花板。

旗鱼主要在外海洄游，生长在濑户内海岛屿上的景只是听说过这种鱼的名字，却未见过实物。

"我家主人可厉害了，用鱼叉捕捉的。"家臣像是自己捉到似的洋洋自得。

现在宫城县和大分县还少数保留着"木棒鱼叉"的捕鱼方法，不过当时还没有这个名称。用鱼叉捕捉鲸鱼、海豚的捕鱼法远在战国时期以前就已经存在，景也是知道的。

"主人一叉击中。"

"一叉？"景有点吃惊。一叉就能捕捉旗鱼这样的大鱼，这需要多大威力的鱼叉啊。当然，那样的身躯体格应该不在话下。

"吃吃看。"七五三兵卫亲自端来方盘，这也是酒席的规矩之一。男性客人到主人那边去要酒菜，但对女性客人，主人要亲自端送。

方盘上摆放着盛有旗鱼生鱼片的漆盘和几个调料小蝶，小巧的生鱼片切得细薄，那种精巧雅致真不敢相信出自一个粗野的大汉之手。

那个时代，虽然已经有酱油，但尚未普及。一般是蘸醋或者煎酒吃生鱼片。所谓煎酒，就是把鲣鱼片和梅干放在陈酒里熬成浓汤汁那样的东西。

景把生鱼片蘸着煎酒放进嘴里，才吃一口就不由得赞叹其味道之美。

七五三兵卫喜不自胜，又端来一个方盘，递给景："吃这个吧。"小盘上盛放着与旗鱼无法相比的小鱼。"这是牛尾鱼。"说完，又回到案板前面。牛尾鱼在关东叫做"大眼鲔"。

景注意到这小鱼的烹调法不知是煮还是烤，便问身旁的真锅家臣："这是什么？"

"不是说了嘛，这叫牛尾鱼。"

"不是问这个，我是说这吃起来嘎吱嘎吱的东西。"

景找不到合适的表达语言，有点着急，家臣好像明白过来，笑着说道："小姐，原来你什么也不知道啊。这叫'南蛮烧'。"

食材不裹面衣，直接在芝麻油里炸，这在当时叫做"南蛮烧"。油炸食品虽然早已存在，但鱼类肉类不油炸，主要是素食，而且并不普遍。泉州拥有国际港口城市堺，南洋人把这种烹调法传进来，加以普及，很快就用于水产类食品。

"蘸盐吃。"七五三兵卫从案板那边对景说。景吃了一口，他又说："怎么样？好吃吧。"既然他一口咬定好吃，景也只好顺着说："好吃。"景这时候最需要的是酒。

景向排队等待敬酒的泉州武士伸出一只手，立即有人递给她一只酒杯，并斟上酒。景一气饮尽，把酒杯高高举起，吼叫道："太爽了！"

她已经深深陷入罗德里格斯所说的"魔鬼的窍门"里。然而，七五三兵卫做的菜还没完，下一道菜肴不是食品，而是男人。

"义清，也敬一杯啊。"七五三兵卫朝着上席呼喊。

景这才知道自己的猎物的名字。这个名叫义清的男人手中的酒杯陡然静住。但是，他的回答出乎景的意料："不要。"

义清泄愤似的怒叫，并没有影响景的心情，从进入难波以后，她被捧上了天，晕头转向，忘乎所以，心想他一定是不好意思。

泉州武士也都这么以为，拒绝给貌美如花的小姐敬酒未必是他的真心话。七五三兵卫取笑道："这家伙难为情呢。小的们，激他一下。"于是，大家对这个不经世故的触头的儿子哄笑起来。

"不要，我说了不要……"义清说得一本正经，但没有人信以为真。哄笑声越来越大。

景在大家的哄堂大笑中，对义清大大方方地点了点头："好了好了，等他愿意的时候再过来和我干杯吧。"

就义清而言，气愤也有一定的尺度，没有比丑女站在这样的高度对自己发言更屈辱的事情了。话不投机，景的目光回到泉州武士的队列，发现站在前面的那张四方脸有点眼熟，对方低着脑袋说道："我是真锅家族的岩太。"

岩太是一个小兵，在酒宴上应该只是干跑腿打杂的事情，他好像是放下手头的工作，也跑来排队。

景觉得他可爱，说道："你是安宅上的那个人吧?"

岩太对着大厅里的人们大声叫喊起来："你们都听到了吧?能岛的小姐记得我!小姐知道岩太就是我!"

仅仅记得他就如此激动，这下子大厅沸腾起来，连刚才对岩太放下手头工作不高兴的那些小兵们也都发出感叹的声音。

在今天这个场合，景无疑是贵人。她作为村上武吉的女儿，在能岛一直受到贵人的待遇，终究是沾父亲的光。在这儿，她完全是作为一个高贵的美女受到欢迎，而且还有美酒佳肴，自己跨越几十里大海特地来到这里是值得的。

"泉州真好啊！"景仰天大笑。

36

这些家伙想什么呢——景亲在冗长的酒席期间，独自坐在大厅角落里，没有喝酒。眼前的景象令人无法想象。姐姐成为男人的中心，推杯换盏结束以后，泉州武士仍然不肯离去，围着姐姐，伸长脖子地看。而姐姐如同大将军，盘腿端坐，露出黑黝黝的大腿，一边喝酒，一边叽里呱啦地讲述能岛的生活，有声有色，天花乱坠。

这些破事，有什么好谈的——然而，泉州武士好像并不这么认为，一个个听得津津有味，大为感叹。为了让姐姐关注自己，还有的会在她说话稍微停顿的时候，提一些无关紧要的无聊问题，真是傻得可以。

"真的啊……你就是乘坐关船干海盗活动啊？"提这个问题的长脸男子应该是寺田又右卫门。他好色的眼睛在姐姐的脸蛋和大腿上扫来扫去，眼珠子好像要掉下来。

啊，真想早点回去——景亲急切盼望着。

"对，对。"姐姐抓住话题点头称是，"可是啊，我那哥哥心可细了，经常横眉竖眼地发火，我尽挨他的训斥。"她做出一个怪样，全场又沸腾起来。

紧接着，弟弟松浦安太夫问道："真是这样的话，你是非海盗家不嫁啰？"

姐姐连这事儿也告诉大家了——景亲刚才心不在焉，没有完全听到姐姐和这些泉州武士谈话的内容，但好像姐姐迫不及待地把自己想嫁给海盗家族的想法都抖搂出来了。

"所以啊，我的老公只能是海盗。"景此言一出，周围一片失望的叹息声，都把羡慕的目光转向站在案板前面的那个大汉。说起泉州的海盗，无人出其右。

在大家的众目睽睽之下，真锅七五三兵卫低声笑起来："这么说，看来只有我啰。"他放下菜刀，站起来，挺着一块兜裆布放言，"怎么样，小姐。我们家是泉州头号海盗，能娶你吗？"

果然是这家伙跳出来——景垂头丧气。她在难波海看见安宅的时候，就感觉这是个相当大的家族，而且作为海盗也是一流的。

泉州武士们大概认定自己没有希望，就极力推荐七五三兵卫。

一打听才知道，泉州也有淡轮家族等海盗，但势力都比真锅家族小。这是泉州三十六士之一、真锅家族的手下淡轮六郎兵卫亲口说的，大概不会错。

"那家伙怎么样？"景装作若无其事的样子瞟向沼间义清。

有人回答道："哼，他又不是海盗，还有老婆。"

这么说，这家伙也可以考虑吧——景看着只穿兜裆布的七五三兵卫，马上说服自己。泉州是自己的憧憬之地，如果是这个地方的头号海盗，也可以考虑。

总算是个海盗——可是，景还在乎七五三兵卫的年龄。

"你没有老婆吗？多大了？"

七五三兵卫挺起赤裸裸的胸膛："三十二了。"

"真够大的了。"

毛利家族的儿玉就英也是差不多年龄的单身汉，但那只是自己的一厢情愿，如果是这个粗野的男人，应该不会拖拖拉拉。这个时代，三十二岁的男人还不得有两三个孩子啊。

"为什么这么大岁数还不娶老婆啊？"

景表示疑问的时候，忽然看见坐在上席的七五三兵卫的父亲道梦斋的膝盖上坐着两个孩子，便问道："那两个小鬼是谁？"

"我的娃。"七五三兵卫一副理所当然的样子。

"你有孩子？"

"有啊，两个。大的是女儿，小的叫次郎。可是老婆死了，现在想娶一房正妻。"他也不知害臊，直言不讳。

景极不痛快，说道："不行，你这样绝对不行。"

"可我是海盗啊。"七五三兵卫不理解地歪着脑袋。当时男人结婚早，一般都有孩子，所以怪不得他不理解。

但是，景的想法不一样。她绝对无法接受自己所向往的鹤姬是一个继母。她原本就不喜欢小孩，对门徒的留吉也是如此，不喜欢小孩子的口无遮拦。

"有孩子的海盗不行。"景冷淡地一口拒绝。当时的女人没有通过疼爱孩子向男人显示自己母爱的小聪明。景用下巴对七五三兵卫的儿子次郎扬了扬，很不客气地说道："谁喜欢他这个一点也不可爱的小家伙啊。"

泉州的孩子毫不示弱，甚至具有反应过激的攻击性，他狠狠瞪着景，怒气冲冲地回嘴道："谁不可爱了？"

在景看来，小孩子差不多都是这个样子："瞧，你现在就不可爱。"她还对泉州武士们缩缩肩，惹得大家爆笑起来。

这里没有可以做我老公的男人——景对泉州武士们似笑非笑，她不再勉强自己，已经完全死心。然而，泉州男人们依然向她倾注无比热情的语言。

"伊予的武士们都怎么回事啊。"又右卫门对景家乡的男人们的窝囊大为叹息。

弟弟安太夫接过话题随声附和道："啊，这么有品的大美女，不能嫁到我们那里去吗？"

瞧你们这德行，才不去呢——坐在大厅角落里生闷气的景亲心里万般不情愿，而景的表态也直言不讳，摇头道："不，绝对不会。"她话刚出口，忽然想起一个人来，接下来说的话让自己再次沉浸在陶醉之中："不过，通康的女儿很了不起啊。"

对这个老海盗的名字做出反应的是老一代的强悍海盗道梦斋，面对上席问道："通康？是来岛通康吗？"

景并不想谈论通康，很不耐烦地回答道："噢，是啊。来岛通康的女儿。"说罢，又转过来面对泉州武士们："她名叫琴，提亲的人多了去了。不像我这么粗野，是一个很乖顺的女子。"

但是，大家的反应十分冷淡，只是随口"哦"了一声，一副毫无兴趣的样子。七五三兵卫等还露骨地流露出厌恶的表情："好像是没有什么品的女人。"

"是啊。"泉州武士们随声附和。

景立即挺直由于醉酒而倾斜的身子。这个地方果然与伊予截然不同，她故意坏坏地一笑，说道："可是她那身子啊，不像我这么瘦，可丰满了，脸蛋也不像我这样坑坑洼洼，是光溜溜的，那眼睛就像是笔画出来一样的细长。"

她表面上装作赞美琴的样子，其实是想把他们的话勾引出来，几乎用挑拨的语调说道："怎么样？好女人吧？"

她听到的都是令自己心情愉快的回答。七五三兵卫说得很干脆："什么啊，难看死了。"

"可不是嘛。"瓜兄弟也表示赞同。其他泉州武士也都意见一致。

这帮家伙真够可以的——景心醉神迷，忘乎所以，但还想听他们的奉承，便继续挑逗道："不会吧。琴在伊予国，那可是远近闻名的美女哦。"

七五三兵卫噘起嘴:"她哪里长得好看?"其他泉州武士也都异口同声说道:"傻货啊。"

景这下子心满意足。

突然从上席传来不同的声音:"我认为来岛的这个名叫琴姬的女子好。"

谁啊——景一看,原来是沼间义清。他直视景说:"这是我喜欢的女子形象。不会有意见吧?"

这小子——景眼睛吊起,怒目而视,但其实感觉心虚。对方冰冷的微笑似乎发自内心的真实,听说他有老婆,所以对他的反应并不放在心里,没想到泉州也有用正常眼光审视女人的男人。然而,景竟然表现出要和他"互相敬酒"的自以为是的神态。

沼间义清说得好——对义清的话使劲点头赞许的是景亲。他在姐姐看不到的角落里,一声不吭,心里却盼望义清好好教训一下姐姐。

然而,只听见兜裆布吼叫起来:"义清,你这么说,就是因为你老婆长得难看。"

七五三兵卫在军事会议会场上与义清剑拔弩张,但没有吵起来,现在为了泄愤,打算制伏他。七五三兵卫故意大笑起来,试图压制冷笑的义清的傲慢。当泉州武士们听到"沼间家的老婆"这句话时,都一起哄笑起来,七嘴八舌说道:"你别生气哦。"

义清的妻子体形如米袋,那张脸像一道白墙,几乎分不出哪儿是眼睛哪儿是鼻子。在泉州人看来,义清的老婆就是典型的丑八怪。

当然,义清是触头的儿子,谁也不会当面取笑他,但这更令人觉得可笑。七五三兵卫的一句话,所有的泉州武士都像被人胳肢了一样,憋不住捧腹大笑起来。

无法制止酒后的放纵，七五三兵卫更是火上浇油："你们说，是不是这么回事啊？"大厅里所有的人都如同服从触头命令似的笑得前仰后合。

"你……"义清脸红脖子粗地怒斥，但终究单枪匹马，寡不敌众，无可奈何。

义清你这家伙，这下子看到了吧——景恢复自信，冷笑起来，自以为得到大家的声援，大获全胜。

然而，这时候，直政开口说道："当着村上小姐的面实在不好启口，其实在我的故乡尾张也是把琴姬这样的女子视为美女。"攻打大坂的主将觉得义清这样受到众人的围攻很可怜，便站出来庇护触头的儿子。

这个混蛋——景盯着上席正中间的直政咬牙切齿。但因为主将袒护义清，泉州武士在表面上也不能不服从，于是忍住笑声。

只有七五三兵卫根本不把直政放在眼里，他身上集结着泉州男人的全部个性，绝不肯唯唯诺诺，俯首帖耳："噢，是啊……直政公的家乡那是偏僻的乡下。"

这句话连泉州武士听起来都觉得心惊肉跳。如果把主将叫做乡巴佬，这也是对同样出身尾张的织田信长的嘲笑。

大家都战战兢兢地看着直政。直政已经酒意甚浓，趁着醉劲儿大发雷霆，谁也受不了，所以一个个都提心吊胆地紧张注视着。

"我是乡巴佬啊……"主将爽朗地大笑起来，痛快地向七五三兵卫表示认输。

"是啊。"安太夫见此机会，立即凑趣，不失时机地为海盗大汉帮腔，"我不知道乡巴佬是怎么回事。"

这时，又右卫门歪曲着长脸起哄道："傻瓜，这都不懂。就乡巴佬喜欢那种歪瓜裂枣一样的小姐。"

泉州武士也七嘴八舌地呼应着。

景亲听着这帮人的议论，也能理解他们对姐姐赞不绝口的原因。泉州武士如此极力夸奖姐姐不只是因为她的容貌，甚至姐姐的性格也是他们喜欢的那种类型。这些粗野的武士对女人的追求也是异常激烈。

这个地方是乱世时代的先进之地，堺的富豪经营的商船可以远航东南亚，与他们深有接触的泉州武士从而形成独特的爱好。女人是主动型的外向性格，刁难得男人焦头烂额是她们的乐趣。

那种沉默寡言、有话藏在心里，身穿金鱼般的艳丽服装搔首弄姿的女人，泉州武士根本就瞧不上眼，只有"乡巴佬"才喜欢这样的女人。他们都是不解潇洒，微不足道的人，也就是泉州人最忌讳的"没有品位的人"。

直政自我解嘲般说道："呀，真是乡巴佬多管闲事。"

虽然是指挥攻打大坂的主将，酒后也是一个和蔼温顺的老人。记录当时各国风土人情的著作《新人国记》在尾张国这一条目写道："男人言语爽快，乃好国。"从中可以看出尾张人的本来性格。

"能岛的小姐，请原谅。"说罢，痛快地低头。

七五三兵卫看到主将的这个表现，嘟囔道："这家伙厉害。"

弑主的弟弟安太夫听到这句话，领会其中的含义，圆嘟嘟的身躯挨近七五三兵卫，平静地说道："让这家伙早点见阎王去吧。"

七五三兵卫微微低头："噢。"

景对泉州武士的密谋以及内心想法一无所知，依然沉浸在幸福的激动之中。够了——她终于打算抛弃这次来到难波的真正目的。已经满足了。泉州武士们以排山倒海之势把蔑视自己为丑女的男人打得落花流水，并且把作为女人不可战胜的琴姬判定为丑八怪。自己生来二十年一直被人叫做丑女的郁闷忧愁在一个晚上就被这帮男人荡涤得干干净净。知道在异国他乡还有这样一群男人，这就心满意足了。她心里感谢泉州人，对站在身旁的四方脸命令道："岩太，拿酒来！"

斟得满满一杯，仰脖一饮而尽，酒劲猛然涌上来。

《日欧文化比较》中说："日本喝酒以烂醉如泥为荣。如问：'阁下如何？'对方则答：'醉了。'"

景的脑袋开始晕乎迷糊，七五三兵卫问道："小姐，你怎么啦？"

"醉了！"话没说完，扑通一声，仰面翻倒地上。

任世的白头发脑袋歪向直政，说道："主将，时间差不多了。"

醉醺醺的直政"嗯"了一声，脖子像要折断似的咕嘟点一下头。

"各位，我们就此告辞。"任世对着大厅说罢，立即站起来。

触头的一句话就是告诉沼间家族全部回去，瓜兄弟等泉州武士都一起站起来，目光注视着仰躺地上的景，恋恋不舍的样子，但还是被沼间父子和直政半拖着慢慢离开大厅。

任世从大厅一走到走廊上，便小声斥责义清："下面的人开酒宴，应酬一下就可以离去。"

位高者出席酒宴，往往是迟到早退，以此表示自己身份的显贵，这是必要的知识。

任世说："不能麻痹大意，否则触头就会被真锅家族抢走。"

义清当然也明白这个道理，但他更担心的是因为父亲这样的做法，使得泉州武士远离自己而去。自己继续留在酒宴席上也是对父亲这种做法的抵制。聪明如其父的义清知道父亲也已经看出自己的用意。父亲这样的男人，对儿子的心事想法都了如指掌，他的斥责自有其道理。

想到这里,义清不去和父亲争辩,微微低头,表示诚心接受他的斥责:"实在对不起。"

大厅里只剩下七五三兵卫等真锅家族的人以及村上姐弟俩。与义清的担心完全相反,暴发户真锅家族所有的人都深深感受到触头所显示的威风气势。连不到十岁的次郎好像也感觉出来,坐在祖父的膝盖上,小大人一样满怀忧虑地向七五三兵卫抱怨道:"爹,咱们家比起沼间他们还差得远呢。"

"你捣什么乱!"父亲七五三兵卫怒声喝叫起来,那张脸像凶神恶煞一样。然而,他突然对次郎笑起来,然后看着仰面躺着的景。

景张着大嘴傻呵呵地睡得正香。

有品位的女人——七五三兵卫看着天真纯朴、无忧无虑的景的睡姿,心头涌上这句对泉州人来说至高无上的赞美。

37

半夜过后,真锅城郭的宅邸鸦雀无声。这时,有两个男人从暗处悄悄爬出来,躲在院子的巨大岩石后面。

他们是寺田又右卫门和松浦安太夫。男人看到自己喜欢的女人都会干出这样的事情——夜偷。在那个时代,存在着对女人不容分说的强暴行为。

安太夫打开一点面对院子的板门,窥看月光照射下的室内。又右卫门在他身后警惕地观察四周。

打开几道板门后,安太夫回头对哥哥小声说道:"在,在里面。"

"真不容易。"又右卫门也把手按在廊子上，与弟弟并排一起把板门打开窥视里面。

室内只有能岛村上的小姐一个人在睡觉。那睡相实在难看，因为是夏天，身上盖的被子全被踢开，双腿大张，几乎看得见大腿根，两只手放在耳朵边上，就像一只压扁的青蛙，而且鼾声大作。

其他地方的人只要看一眼这种惨不忍睹的睡相，都会吓得瘫软蔫巴，然而泉州武士对女人睡相的喜好也与众不同。

又右卫门舔着嘴唇，赞叹道："这睡姿真好看。"

他身边的长着一张小孩子般圆脸的安太夫问道："要是她不愿意，那怎么办？"

又右卫门平静地说道："这不明摆的嘛，只好做了她。"这是表面上显得迟钝的两兄弟赤裸暴露的残忍本性。

"按兄弟的辈分，我先来。"哥哥此言一出，弟弟安太夫退回到那块巨大的岩石后面。又右卫门看到弟弟退回去，说了一句"我来了"，慢慢地把板门全部打开。

然而，就在此时，一把尖刀嗖地伸到他面前，刀刃一翻，紧贴着他的下巴。

"你说要杀谁？"七五三兵卫单膝立起坐在板门后面。

"呜……"又右卫门说不出话来。

"这么个岁数，还干夜偷啊？"七五三兵卫的刀尖依然顶在对方的下巴上，站起来走到廊子上，反手关上板门。

又右卫门膝盖一点点后退，勉强说道："难道你不是吗？"接着从廊子掉下去，四脚朝天，七五三兵卫的刀尖紧逼他的咽喉，说道："别把我和你们扯到一起。我料定你们这两个蠢货会来，在这里守候。"

安太夫看到这个情景，便从岩石后面爬出来。他认为私下交易是收场的好主意，便说道："这是你的城郭，你也可以上啊。你先来，我们在你后面。"

"无耻！"简直太不像话，七五三兵卫紧皱眉头。

这时，板门哗啦一声打开，"太吵了，怎么回事？"景揉着眼睛抱怨，但当她睁开眼睛，看着眼前这三个男人的样子，忽然明白过来："是夜偷吗？"说着，从房间猛然爬到廊子上，锐利的目光扫着他们，叮问道："是夜偷吗？"

《日欧文化比较》中有这样的记述："日本的女性毫不珍视处女的纯洁。不是处女，既无损名誉，也照样结婚。"

这种风俗大概令作者、耶稣会传教士路易斯·弗洛伊斯目不忍睹，大惊失色。当时日本的单身女性对性的态度十分宽容开放，这让基督教国家的欧洲人难以理解。霍安·罗德里格斯也在《日本教会史》中这样写道："与日本的女性相比，这两个国家（中国和朝鲜）的女性与男性的交往极为消极。"日本女性与男性交际的积极态度令作者十分惊愕。

战国时代的女性从来不提"贞操"这类俗不可耐的话题，随意与男人同衾共枕。

"就是夜偷啊。"景的声音含带凶狠的威胁。

这三个男人被景的气势吓得魂飞魄散。七五三兵卫不由自主地收刀，一屁股瘫坐在廊子上。而瓜兄弟的哥哥在这种时候倒显示出他的勇敢："是啊，小姐。"他再次把手按在廊子上，翻起眼皮看着景，搓揉双手，恳求道："怎么样？能和我们来一次吗？"

对方这样贸然出手，景想如同自己家乡的美女那样得心应手地对付这种从未经历过的与夜偷讨价还价的交易，于是态度骤变，煞有介事地说道："这怎么办呢？"她用犹豫不决的表情看着安太夫，问道："还有你吗？"

"是的。"安太夫也像哥哥那样搓揉双手。

景盘腿端坐，双臂交抱，一副沉思的模样："这可怎么办呢……"

"不行！"七五三兵卫突然大声怒吼起来："不行，不行。在这个真锅城郭绝对不允许夜偷。你们要是敢做，就不会活着从这里出去。"

七五三兵卫凶相毕露地对着瓜兄弟吼叫，那种气势如同雄性野兽赶走其他的雄性野兽。但是，瓜兄弟在情色这件事上绝不让步，又右卫门也忘记谦恭的态度，那张长脸逼近七五三兵卫，反击道："那你试试看。"

"好了好了。"然而，劝架的不是弟弟安太夫，而正是被俩兄弟猎取的对象景。

这家伙怎么回事——七五三兵卫不由得心头冒火，对着景叫起来："你什么意思？"

"嘿嘿……"景毫不理会，兴奋冲昏了头脑，一个劲傻笑。这三个男人为自己打得不可开交，还有比这更令人痛快的事吗？景再一次沉浸在酒宴时那种无比愉悦的状态中。

然而，她的兴奋很快冷却下来。原来大家发现道梦斋摸黑向这边走过来。他弯下巨大的身子，走路小心翼翼，左顾右盼，显然也是为夜偷而来。大家都吃惊地叫起来："啊！"

道梦斋"哦"了一声，猛然停下脚步，身子僵直，紧接着举起手——"哎哟"，立即转身顺着原路返回。

瓜兄弟看着他的可怜相，仿佛就是自己卑鄙下流的写照。又右卫门耷拉着枯萎的丝瓜脸，对景说道："我们也告辞了。"

"怎么就回去了？"景说的倒是真心话。

安太夫苦笑着说："那就这样吧。"兄弟俩轻轻挥手，像虾一样后退，消失在黑暗之中。

"一群蠢货！"七五三兵卫对着黑暗狠狠骂了一声，看一眼旁边的景，她大概觉得瓜兄弟的样子十分可笑，正嘻嘻偷笑。

"你也是蠢货。"七五三兵卫对她怒吼。

景一下子清醒过来，对着还在廊子里的七五三兵卫嘟囔道："你不走吗？"

"我不能走。"七五三兵卫歇一口气后，一本正经地挨过头来，说道，"我是来偷心的。"

"嗯？"景不明白这句话是什么意思，表情怪怪地盯着他。

七五三兵卫又重复一遍："我是来偷心的。"既不是趁景熟睡时闯进来，也不是死乞白赖央求，而是来夺走女人的心。这话说得拐弯抹角，与粗野男人的性格很不相称。

但是，对于如此向自己表达恋慕之心的男人，景只是看着他，没有一句话，呆然若失，面无表情。两个人就这样对视着。

七五三兵卫大概被这种沉默无言和装腔作势的话语弄得很不自在，自嘲地笑起来："如果偷不走你的心，即使得到你也没意思。我是来求爱的。"说完以后，急速与她的脸拉开距离。景仿佛如梦初醒般赶紧重新盘腿端坐，说道："你还没有死心啊。我在酒宴上不是说过了吗？不喜欢。"

七五三兵卫抬头望月，口出豪言："男人没有一个轻易死心的。"

景慢悠悠地说道："是这样的吗？"

"是的。"他歪着嘴，"如果男人的愿望出于真心，绝对不会善罢甘休。"

"不过，有的愿望绝对无法实现。那又怎么办？"这时，女人参战这个无法实现的愿望从脑海里模模糊糊地浮现出来。

七五三兵卫对景的问题付诸一笑："别人那就到死也不能如愿，可是只有我坚持到底，绝不气馁。"说罢，脖子扭向景，使劲点点头："就是这样。"

景对他充满自信的表情不再嘲笑，而是坦率地说："说得好。"

七五三兵卫可能为了掩饰难为情，打岔说道："我是别有用心，所以也说得好听。"接着，做了个怪相笑起来。

景也笑起来。七五三兵卫冷笑一声，抬起半边脸，两人都笑容满面。

"睡吧。"七五三兵卫冷不丁结束谈话，面带笑容地从廊子上站起来："我也得去睡了。"

景呆呆地看着他。七五三兵卫的下巴对院子一扬，说道："这帮家伙大概不会再来夜偷了。懂规矩的人都不会在打仗之前找女人的。好吧，我也去睡了。"

这句话刺激得景顿时睡意全消，敏感地作出反应，探身问道："你说打仗？"

"你刚才没听吗？"打算离开的七五三兵卫回头说道。

今天召开的军事会议就是研究打仗的事情。

今晚的事情都不过是打仗的前兆。他一副无所畏惧的神态，充满自信地说："明天你就留在这里。因为喜欢你，让你看看我怎么打仗的吧。"

但是，景没有顺着他的话说下去，而是紧紧逼问："是攻打大坂本愿寺吗？"她并不是担心门徒们的性命安全，只是确认是否突袭敌方根据地。

"木津城寨。"七五三兵卫并不介意景的回答出乎意料，摇摇头，盯着她，"明天一早出征，一举拿下木津城寨。"

第三章

38

"天正四年（1576年）五月三日，清晨，先是三好笑岩以及根来·和泉之众，之后是原田备中（直政）以及大和·山城之众逼近木津。"

根据织田信长的家臣太田牛一记录的信长一代记《信长公记》记载，天王寺城寨诸将开始攻袭木津城寨是景进入城寨的翌日、五月三日清晨。除木津城寨外，距其北面约四分之一里（约1公里）的本愿寺方面的三津寺城寨也受到攻击。

打头阵的除七五三兵卫的泉州武士外，还有三好笑岩（康长，曾统治近畿地区的三好长庆的叔叔）及其部下、根来的兵众（现在和歌山县岩出市的根来寺的僧兵集团），主将原田直政及其家臣集团、大和国（奈良县）和山城国（京都府的一部分）的武士打后阵。

记录攻打本愿寺始末的《石山军记》这样记述信长向原田直政面授饿困本愿寺的策略："控制敌之木津、楼峰两处城寨，阻断难波口之航道，欲断其粮道，自然必须攻陷城池。"

信长已经开始包围本愿寺，为确保万无一失，他甚至关注门徒陆陆续续运送军粮的难波海上的航线。

这里的"楼峰"是本愿寺方面"楼岸城寨"的笔误。这座城寨位于大坂本愿寺西面的内陆，与海上通道没有直接的联系。木津城寨才是主攻的目标。

《石山军记》还记载，这天清晨，从天王寺城寨出击的织田军队达三千八百人。信长打算以如此重兵摧毁海滨的木津城寨，切断本愿寺的最后补给线。只要攻陷这座城寨，可以说本愿寺的命运就走到了尽头。铃木孙市于大约三周前看到临时修建的天王寺城寨时所担心的、七五三兵卫看到木津城寨时所预料的事情即将发生。

"上阵！"直政在从生驹山地照射过来的强烈的夏日朝阳下发布命令。

天王寺城寨的南面马场。这座城寨的马场有南北两处，但如果三千八百名士兵全部集中在一起，两处马场恐怕都容纳不下。这位主将在兵多将广的中军中发布命令。

直政的命令通过身边高嗓门的传令兵传达下去，声音直达中央大道最前面的北面马场："主将命令：诸将上阵！"

打头阵的泉州武士、三好士兵、根来士兵都在北面马场。头阵中的第一线正是以武勇著称的泉州武士，而其中担任最光荣任务的先锋部队就是触头沼间家族。

义清勇敢地站在沼间家族军队的最前头，骑在马上，一身绯色皮条铠甲，威风凛凛，随时准备跃马冲出门扉，气势飞扬。当他听到上阵的命令后，立即对着城堡后门的瓮门怒号发令："开门！"

守候在门扉两旁的士兵一听到号令，几个人飞奔起来合力拉开面北的瓮门。

在等待开门的时候，触头父亲任世激励儿子义清："奋勇作战，不要玷污触头的家风！"

这个白发苍苍的男人也是全身盔甲，但没有骑马。在即将冲锋陷阵的时刻，他抬头看着骑在马上的儿子。

任世今天没有上阵。昨天晚上真锅家里的酒宴结束、返回沼间城郭的路上，他命令义清："明天的作战，你担任指挥。"这是他在酒宴上看到真锅七五三兵卫的状况后下的决心。

真锅家族这个新的家主日方中天，其胆略气魄不逊其父，更可怕的是，他的性格是泉州人的典型，这与认为应该以庄重严肃的态度对待部下的任世的想法格格不入，可是在酒宴上看到泉州武士对七五三兵卫跟随顺从的样子，觉得切不可掉以轻心。

所以，一决雌雄不是小孩子的扭打吵架，只能是战争。战场才是显示下一代触头威风力量的唯一之地。

义清对父亲的这个命令先是瞬间的畏怯，但立即回答道："遵命。"他十分清楚父亲把指挥权授予自己的深刻含义。

自己要指挥打一个漂亮仗，让泉州武士大惊失色、刮目相看——义清注视着正在打开的门扉，这个想法激发他激烈的对抗意识和强烈的征战狂热。

骑在马上的义清手持长枪，用长枪上包裹的金属箍猛击地面，门扉轰然敞开。从豁然敞开的瓮门口望过去，威严的大坂本愿寺历历在目。

"跟我上！小的们……"义清大吼一声，双腿一夹，策马飞奔穿过门洞，沼间家的骑马武士跟随其后，再后面是步兵拼命追赶。骑马武士和步兵一律身穿红色军装，军容之华丽显示泉州触头之气派。

沼间家族的军队冲锋在前，紧接着就轮到另一个触头松浦安太夫。哥哥又右卫门担任家主的寺田家族的军队也包含其中。

这两个人的表现，只能感觉他们把打仗当作一种职业。这正是泉州武士的本性。

安太夫圆圆的身子骑在马上，就像每天习以为常上班那样懒洋洋地下达命令："好，出发吧。"

哥哥又右卫门也同样无精打采地命令士兵："你们也一起去。"

两人身穿的铠甲上连缀的细绳也是各色各样，各种颜色混杂在一起，不如义清那样鲜艳夺目。家臣的盔甲也是各不相同，缺少军队的统一性，士气也显得低落。

不过，他们也还算是以彪悍著称的泉州武士，其士兵数量与沼间家族一样。两人下达命令后，步兵在前，士兵们争先恐后地跑出瓮门。

第三阵是真锅家族。这一边连把打仗视为本职工作都谈不上，简直就是去郊外游玩那样的轻松气氛。

"哎呀，振作起来吧。"道梦斋对骑在马上的七五三兵卫慢悠悠地说，而他自己不穿铠甲，甚至肩膀上还坐着他的孙子次郎。

道梦斋与经过深思熟虑后决定不上战场的沼间任世截然不同，他从一开始就根本没打算上战场，一切都交给儿子。

"你不上吗？"景站在道梦斋身旁，弟弟跟在她后面。这么一场大战，这个大僧道居然不上这个大舞台，景怒气冲冲地逼问他。但是，道梦斋若无其事地回答道："陆战我完全不行。"

"什么啊？"这德行样儿在昨天夜里应该是来夜偷的吧。景满脸不高兴，这时七五三兵卫大声对她喊道："要是你佩服我，就直说吧……"

这条大汉依然只穿着圆筒铠甲，手脚暴露无遗。嘲笑如此大言不惭的主人的士兵们也都一样的装束。无比勇敢的海盗面对陆战也与海战一样轻装上阵。

"知道啦，快去吧。安太夫他们也都已经去了。"景厌烦地回答。对于一心迷恋作战的景来说，这样的话简直让人心烦，她指着门外赶他走，但七五三兵卫还对景亲说俏皮话："景亲，看看我怎么打仗的，学着点。"依然不肯动身的样子。

儿子次郎见父亲这样子也心里着急。他本来就不喜欢这个海盗的女儿，见父亲对这女人表现亲热，心里不痛快。

"爹，不能好好的吗？"他从道梦斋的肩膀上气恼地斥责，接着大声叫唤，"别出差错！"

七五三兵卫本来开玩笑的表情一下子变得严肃起来，对着儿子吼叫："知道了。"然后直视前方，也不下命令："次郎，你也好好看看老爹打仗。"一鞭狠抽马屁股。巨大的战马驮着巨大的身躯飞也似的从门洞奔驰出去。

景看着迅速变小的七五三兵卫的身影，说道："景亲，过来！"观战最好的地方是地势比门口还要高的土垒。景一口气跑上土垒顶部。

义清，你傻啊——奔出天王寺城寨的七五三兵卫眺望前方，心里大骂打头阵的义清。

飞驰在上町台地上的七五三兵卫放眼望去，先锋部队是一片鲜红色的沼间军队，紧随其后的是稀稀落落颜色驳杂的松浦、寺田的士兵，而正前方就是同样雄踞台地上的大坂本愿寺。

不知为什么义清策马直奔本愿寺。

这家伙什么时候拐弯啊——如果往前直奔，就会抵达本愿寺，而现在的主攻目标是木津城寨。如果奔向木津城寨，从天王寺城寨的北面后门出去，就必须立即左拐。木津城寨位于正西面的难波砂堆。引领全军的义清是否在军事会议上听错了命令，毫无改变前进方向的样子。

这个傻瓜，怎么昏头昏脑啊——义清和七五三兵卫都是第一次受权指挥军队，但七五三兵卫没有义清那样兴高采烈。

这可怎么办——七五三兵卫开始烦躁。然而，义清并非七五三兵卫瞧不起的那种笨蛋。

"现在正是好时机。"义清细眉倒竖。他心里嘀咕着，泉州的小子们，好好看老子的策略。

义清在奔驰的战马上身体向左大幅倾斜。他自有计谋，这次攻打木津城寨是突袭。由于距离天王寺城寨只有半里（约2

公里），看似可以奔袭，但这边军队一动，对方看得一清二楚，有时间调动部队做好迎战准备。如此直奔而去，敌军也会决一死战。

这正是义清所担心的，因此，必须让敌人掉以轻心，如果佯装攻打本愿寺，木津城寨就放下心来，疏于防范。据了解，防守木津城寨的士兵几乎都是农民。他们一旦解除临战态势，就很难重新恢复。他瞄准的正是敌军的麻痹大意。这是这位喜欢一身轻装护具的男人的精明周到之处。

义清的身体从马鞍上斜挂在马腹左侧，马的身躯随着他的重量也极度倾斜，肚皮几乎擦地，急速左转。转回来以后，前方正是木津城寨。

"快！"义清加快速度。沼间家族的骑马武士也都在义清转弯的地方急速左拐。然后是步兵，接着是松浦、寺田的部队也跟着转变方向。

"这小子，脱裤子放屁。"七五三兵卫终于明白了义清的意图。尽管他骂骂咧咧，但也不得不跟着做同样的动作。

"你们别掉队。"他不高兴地扔下一句，向左调转马头。

"噢噢……"景高声欢呼，登上土垒顶部，隔着板墙注视军队的进军情况。上町台地一览无余，从天王寺城寨冲出来的织田方面三千八百名士兵都在同一个地点改变进军路线，急速向左前进。再看后门，依然有大量士兵不断拥出。从天王寺城寨突然如潮水般汹涌奔流的士兵以猛烈之气势改变着前进的方向，向着木津城寨奔袭而去。

跟随姐姐登上土垒的景亲看着眼前的景象，浑身毛骨悚然。他虽然也参加过几次战斗，但每一次都吓得双腿发软，屁滚尿流，都是士兵替他打仗，稀里糊涂地结束战斗。景亲紧皱眉头看着激战在即而喜气洋洋的姐姐，忽然产生一个疑问：她打算站在哪一方？

她把门徒们送到难波，同时又和织田家族手下的泉州武士嘻嘻哈哈闹成一团，应该对两边都有好感。那么，她究竟希望哪一方打赢呢？景亲询问姐姐，景毫不犹豫地回答道："当然是织田家族。"

姐姐的理由是仅仅为了念经拜佛而占据要地，这是门徒的不对。但此话刚一说完，又立即向木津城寨送去激励的呼唤："源爷、留吉，好好干啊！"

景亲终于明白，姐姐的希望只是看到一场漂亮的战斗。好武者皆如此。只要不涉及自己的利害关系，想观赏一场令人耳目一新的勇武激战，而不在乎哪一方胜负。姐姐的激励似乎正是为了出现这种精彩的场面。

然而，半里之外的源爷他们已经中计，以为义清要去攻打本愿寺。他们听到对方兵马出动的消息时也精神振奋地跑上土垒观察，见敌军向本愿寺方向奔去，于是放下心来。这个判断是完全错误的，但他们很快发现敌军转变方向，这才清醒过来，一下子慌了神。

太可怕了——昨天进入木津城寨以后，没吃上一顿饱饭，浑身乏力，两条腿都站不直。

源爷也曾随着当地的领主参加过几次战斗，但都主要是搬运物品，对打仗不过是小孩子打架互挠那样的感觉。面对如此大军，我到底能做些什么？源爷心里已经发虚。织田的军队步步逼近，从土垒的栅栏墙看下去，红色军团冲锋在前，马蹄声和脚步声滚滚而来，最前头的骑兵即将从台地上奔驰而下。这势不可挡的气势令人头晕眼花。

"他们的目标是我们木津城寨。"源爷叫喊起来，这已经不言自明，他丢下手中的弓箭。这种临阵逃脱的胆怯像传染病一样迅速传播开来，土垒上的门徒惊叫着从栅栏墙上跳下去。

义清在台地的边缘上回头命令家臣："气不可懈，一鼓作气，冲下坡去！"然后再次注视前方，毫不犹豫地飞奔与难波砂堆相接的坡下，进入芦苇茂密的地带，骑马武士和步兵也紧随其后，蜂拥而下。

39

本愿寺也能远远看出天王寺城寨部队的变化。

"呜……"站在寺墙后面观察部队情况的杂贺党铃木孙市不禁轻吐一口气。这个有着能从远处捕捉猎物的猛禽一样眼睛的男人快速嘟囔道："果然不出所料，奔木津城寨去了。"

门主显如表情严峻地凝视着孙市的侧脸，一副求救的目光，但这个火枪雇佣兵集团头领对他不予理睬，只是继续注视着从台地瀑布般奔泻而下的敌军。他把目光转向另一边，看见敌军不仅仅袭击木津城寨，还分兵攻向近前的三津寺城寨。

"打算截断海上通道。"但孙市依然不为所动。如果贸然发兵救援，陷入苦战，就必须投入更多的后续部队，这样本愿寺防守薄弱，很可能遭受攻击。如今只好把木津城寨完全交给下间赖龙了。可是，那坊官守得住吗？孙市盯着芦苇地上孤零零的木津城寨，眼睛充满力量。

"回来！都回到土垒上来！"坊官在一片混乱中摇晃着剃光的脑袋，声嘶力竭地叫喊，但门徒们慌作一团，不听他的命令。

"臭农民！"赖龙低声骂起来。不过，这个门主的心腹还是有办法的，这就是从小就锻炼出来的这张嘴，三寸不烂之舌滔滔不绝的话语让门徒们平静下来:"小子们,别害怕。即使阵亡,你们也都会上极乐净土。"

说得对啊——走投无路的源爷一下子停下脚步。阵亡难道不就是自己的真切愿望吗?如此一想,心灵就脱离人间俗世。

"源爷,我也去。"被赶到后面的留吉跑过来,拿起长枪,大概他看不下去大人们这一副狼狈相。

不过,源爷这时已经恢复了士气,对着留吉叫喊道:"下去!不许从土垒探出脑袋。"一把把他推开,拾起丢在地上的弓箭,跑上土垒。其他门徒也都这样,一片呐喊,跟着源爷跑上去。

源爷大声激励大家:"现在正是我们向佛陀报恩的时候。"他向下一看,敌军已经逼近,正横扫芦苇勇猛扑来,仿佛张开血盆大口的长蛇。

"前进!前进!"沼间义清骑在战马上,踏倒芦苇,目不斜视,勇往直前。步兵也分开芦苇,不敢怠慢,紧跟主人。

伏兵……义清扫视四周,担心芦苇里藏有伏兵,但没有发现,心想敌军不谙作战。一群农民拼凑起来的队伍,当然对军事谋略一无所知。城寨近在眼前,从芦苇看过去,土垒高约二间(约3.6米),上去易如反掌。

"小的们,没有敌人埋伏,迅速接近土垒!"就在他叫喊的时候,突然看见眼前并排横拦着尖刺的树枝,这是鹿砦。

"哼!"义清猛然勒住缰绳,飞身下马,命令后面的部队,"射箭!"

双方已经处在射箭的距离之内,对手木津城寨也不会坐失时机,就在义清下令的同时,赖龙也大声命令:"射!"

源爷等门徒听见命令,一齐放箭。已经从台地上下来的第三阵七五三兵卫也能够看到对方的箭矢。然而，箭矢的数量有点奇怪。箭矢遮天盖地飞过来，目测有千支之多。

"什么呀……"七五三兵卫开心地睁眼看着，"数量相当多啊。"

《石山军记》记载，当时木津城寨的兵力是二千。如果仅仅是守卫城寨的防御战，这个数量应该完全可以与从天王寺城寨出来的织田方面的三千八百士兵对抗。

当然，这是孙市的计划，尽管数量不足，但对木津城寨重点输送军粮，以保证二千的兵力。

该书还说，从天王寺城寨出来的织田方面三千八百名兵力中泉州兵力有一千五百人。从整个泉州的谷物产量来看，应该可以动员近七千人的军队，一千五百人感觉太少，但天王寺城寨的容纳能力有限，而且还要留一部分兵力守卫本地。一千五百名的泉州士兵中，打头阵的沼间家族只有五百人，真锅家族不过三百人。

义清动手拔掉鹿砦的时候，发现射来的箭矢数量出乎意外，不由得抬头观察。沼间部队的弓箭手约有二百人，虽然也已经射箭，但根本无法对抗。

不过，义清抬头一看飞来的箭矢，不禁失笑。原来箭势无力，箭头摇晃。这些食不果腹的农民气力不足，无法开满弓，只好仰角发射，但即使如此，多数在空中就力尽掉落。沼间军队所射的箭矢都是直线飞奔对方的城寨。门徒们所射出的箭矢大约不过一百支落在打头阵的沼间部队里。

义清泰然自若地命令："注意防箭！"接着把长枪在头顶舞动如转轮，保护战马，毫不费力地在空中将飞来的箭矢统统挡落，然后迅速收枪夹在腋下。回头发令："箭不能停！"接着向后面的寺田、松浦部队大声叫喊："又右卫门、安太夫……"

第三阵的真锅部队虽然还没到位,但第二阵应该已经进入射箭位置了:"你们也到位了。射箭吧!"

"好,看我的。"骑在马上的又右卫门一声回答,摆出强弩弓手的架势。这个丝瓜脸的本事不只是能拉强弓。他低声对弟弟说道:"安太夫,你好好看。"又右卫门射出的箭快如流星,弟弟射一支的工夫,他已经连发三箭。

而且箭无虚发。安太夫看着箭矢飞去,土垒上三个小小的人影接连扑倒,身子垂挂在栅栏墙上,一动不动。

实在是深不可测之精湛箭术。不仅又右卫门,寺田、松浦部队里也都个个身手高强,土垒上的门徒一个接一个倒下。

还真不能小瞧这帮家伙——正在和家臣一起清除鹿砦的义清不由得佩服他们的武艺,但没有听见兄弟俩射中目标时本应该发出的欢呼声,他们一味沉默着。这不对头啊——义清不由自主地想起他们弑主的那一段往事,不过现在作为自己的友军还是信得过的。他把最后一支鹿砦扔掉,大叫一声"跟我来",飞身上马,朝城寨奔去。这时,义清还没有意识到自己的骄傲。

赖龙俯视着逼近城寨的敌人,判断双方的距离,对门徒发出第二波射箭的命令:"往下射!"

义清率领的前锋部队已经逼近到不用仰角射箭的程度。第二波射出的箭矢远比第一波强劲有力。

"哼!"义清长枪一闪,拨开箭矢。还会射过来吗?抬头一看,土垒上密集排列着持弓的农民。义清心想这些农民刚才看见我军在中途急速调转的气势以及又右卫门等人精湛准确的射术应该被吓破了胆,没想到他们依然无所畏惧地发射第二波箭。他觉得不可思议,其实这是义清的判断错误。

守卫城寨的不是单纯的农民,他们是全身心燃烧着护持一向宗的信念的信徒。虽然义清也知道门徒具有坚定的信仰和强烈的信念，但还是低估了他们的这种本性。

出乎义清意料的还不止这个，他驱马来到芦苇地尽头时发现横在眼前的竟是一道宽阔的壕沟，不禁震惊愕然。

"这是怎么回事？"他急忙勒住缰绳，被马蹄踩踏倒地的芦苇边上是一道壕沟。虽然义清也想到过可能会有壕沟，但没料到如此之宽阔，与城寨极不协调。从天王寺城寨眺望过来，只是一片芦苇，芦苇的前面尽是土垒，没想到土垒下面隐藏着这样的壕沟。

壕沟宽约十间（约18米），严重的是水深约有三间（约5.4米）以及水底的淤泥。

义清面对的是木津城寨东面的土垒。景乘坐的回船靠岸的北面土垒以木津川支流作为天然的壕沟，所以没有人工挖掘河沟。而木津川本身就是西面的壕沟。

现在执行的完全是孙市的那一套策略，不知道能不能奏效——赖龙面部扭曲，既感到窝心，又感觉放心。孙市对守卫木津城寨的赖龙建议，在临江的东面和南面的土垒前面深挖壕沟，将木津川支流的水引进来。孙市为赖龙策划的战略是决不可主动出击，彻底固守城寨，坚持打防御战。

其实从木津川支流引进来的水量不足，都能看得见沟底，但这反而给门徒们带来效果。织田方面的部队面对泥淖一样的壕沟，只能揽辔止步，呆然若失。

"射！"赖龙第三次下令射箭，千支箭矢密集射向沼间部队。尽管没有固定的目标，却也有二十多人中箭倒下。

不好！义清翻身下马，一边躲避箭矢，一边飞速考虑对策。脚下的壕沟，其深如同一道悬崖。如果从沟底涉水过去，沟的深度加上土垒高度约有五间（约9米），必须攀爬上去。而且陷入沟底的淤泥，根本迈不开步，正好成为箭矢的目标。越接近土垒，箭矢的力量越强，虽然不是射箭精兵，但数量之大，难以阻挡。这样的话，陷在沟底，十有八九会中箭身亡。

在义清旁边抵挡箭矢的武士们大概想法都一致，虽然都从马上下来了，却没有一个人贸然下到壕沟里。

我家族部队就没有先驱吗？最先杀入敌军阵地的称为"先驱"，这绝对是头功，因为先驱起到号召全军冲锋陷阵的先锋作用。但是，要抢到这个头功，需要非同寻常的勇气。当前这种状况，勇气还是不够。

现在需要的甚至是一种狂气——义清看看左右，打头阵的一员军官三好笑岩及其部下、根来兵众各三百人已经向南北两面的土垒移动完毕。南面的三好部队隔着壕沟、北面的根来兵众隔着木津川支流开始射箭、开枪。但是，据《石山军记》记载，这两支部队的士气都不高，无意打仗，只是在相当远的距离外应付几下，根本没有派先驱冲击的样子。门徒方面也看穿了这边的意图，便将兵力集中到东面对付泉州部队的进攻。

怎么办——义清焦躁万分。当然，他丝毫没有考虑撤退。在泉州武士的众目睽睽之下，他不可能想要夹着尾巴逃跑。

战国时期，几乎没有人考虑打防御战。不惜性命地冲锋陷阵被视为勇敢，具有价值，更何况是袭击城寨。如果是小河沟那样的壕沟，则策马而过，跃上土垒，至于防箭的盾牌，因为带在身上不方便，所以根本就没有预备。

义清终于意识到自己低估了敌人，如果双方一直互射，对于据城固守的敌军极为有利。现在敌军居高临下，沼间的士兵接连被箭矢射穿。在这个关键时刻，需要置生命于度外率先跳下壕沟冲向敌军土垒的勇士。只要有这样一个勇士，战斗的局面就会改观。

但是，谁来担此重任——答案立刻就有了，义清却不由自主地浑身颤动。

40

坐镇后方阵地的主将原田直政立马上町台地的边上，眺望战场，凝视着倒伏的芦苇前方的壕沟，焦急不安。

"前进！"他大声命令，发出指示，于是擂响战鼓，催促前方部队火速前进。然而，从南、北、东面进攻城寨的前头部队都拥挤在壕沟边和河边，止步不前，无法靠近土垒。

先驱出不来吗——直政也明白这个时刻必须具有敢死的决心才能获胜，所以他只是焦急烦躁，多少减弱对前方部队的催促。

在天王寺城寨上观战的景嘟囔道："都干什么来着！"从景这地方看过去，那宽阔的壕沟不过是一道小沟。

景身边的景亲就像自己是织田方面的士兵一样，说道："战鼓不是已经擂响了吗？那么一道小沟，跨过去不就行了嘛！"观战者往往这样信口开河。

"仗打得怎么样了？"道梦斋悠然自在地走过来。他的肩膀上依然坐着孙子。次郎的目光像是要找茬与景吵架那样盛气凌人，说道："瞧我爹，真厉害。"

然而，了解真实战况的景听起来觉得实在可笑，露骨地嗤笑一声："哪里厉害了？根本就没动窝。什么呀，连泉州人也都是软蛋。"

次郎大吃一惊，在爷爷肩膀上伸直身子注意一看，果然情况如这个女海盗说的一样。沼间、松浦、寺田的部队都拥挤在壕沟边上，被挡住去路，而后续的真锅部队大概还没进入箭矢的射程，依然保持整齐的队列。

次郎无言以对，发出一声怪叫，探出身子想要挠景。"这可使不得！"道梦斋抓住孙子的衣领让他重新坐好。

景也像小孩一样对闹腾的次郎吐舌头扮怪相："嘿嘿……"

就在这时，战场上传来巨大的喧叫声。景定睛一看，部队并没有行动，却发生了一些小小的变化。

只见义清一个人下到壕沟里。

自方的士兵都惊呆了，说不出话来，不由自主地放下手中的弓箭，而对方的门徒们也都目瞪口呆，忘记射箭。这孤胆神勇的行动让敌我双方的士兵在瞬间停住了战斗。

只能是我去——这个触头之子无比激奋的眼睛紧盯着土垒。门徒们已经回过神来，箭矢集中对准在他身上。甚至还有火绳枪，枪口也对着他。

这就是所谓的"先驱"——沟底果然是泥淖，无法跑动。义清一条腿从烂泥里拔出来，再迈出去，一步一步艰难迈进，同时大声叫喊："我是泉州半国触头沼间任世的儿子沼间越后守义清。"

这简直是鲁莽的行为。江户时期的儒学家汤浅常山在编撰收集战国时期的武将逸闻的《常山纪谈》中这样写道："有部队接续时，应大声自报姓名。"这句话是针对先驱说的，如果判断没有后续部队跟着自己，不应该这样做："否则，一骑上岸，冲入敌阵，力战而亡，只能对敌有利。"

义清的行为为《常山纪谈》所告诫的忌讳。沼间的家臣依然站在壕沟边上，不打算下去。

任世把指挥权交给儿子，结果事与愿违。家臣们也看透这个下一任家主的意图，无非就是为了在泉州武士面前显示自己的能耐而这样胡来。

如果是任世亲自担任先驱，泉州武士们也许会跟随，但这个被热血冲昏头脑的儿子的冒险行为，即使是彪悍的泉州武士也不会盲目跟从。

赖龙从土垒上俯视义清，他也看清了沼间家臣的想法，说道："把他吸引过来！听我的命令，一齐射他。"

对这个送上门的愚蠢的武士，就用一千支箭和火枪来迎接他，粉身碎骨的尸骸可以摧垮敌军的士气。

这时，沼间部队中有一个武士骑马向后方奔驰而去，他是向主将原田直政禀报义清的功劳。"先驱是家主沼间义清，立下头功。"——他一边叫唤着自家主人在打头阵中的战功，一边驱马飞奔。

"瞧这家伙的得意劲儿。"七五三兵卫对向后方驰马而去的沼间家的家臣的叫声勃然大怒，翻身下马，大叫四方脸的家臣，"岩太！"

七五三兵卫在义清以及瓜兄弟的部队后面无所事事地发呆，开始感觉等得有点不耐烦了。他有自信，就那么个城寨，完全不堪一击，只要自己出手，立马叫它完蛋。如果使出自己的看家武器，这些自以为是的门徒们挖出来的壕沟还不是形同虚设。

他一声令下："把那家伙拿来！"岩太立即把一个藤条箱扑哧一下放在主人的脚边。藤条箱里密密装满几十根长枪一样的木棍。

"老爷，让我看一看。"岩太迫不及待地使劲抽出一根。长枪一样的木棍长约一间半（约2.7米），握在手里粗细如枪柄，中间部分用麻绳缠绕。七五三兵卫猛然一伸手，岩太准确地把木棍的中间部分放在他手掌里。

七五三兵卫手中木棍的一头镶嵌着尖锐锋利的长如大刀的箭

头，柄脚直至金属箍，箭头的顶端还设计成刺进去后拔不出来的"倒钩"。这是他捕捉旗鱼时使用的鱼叉。

"老爷，那走吧。"岩太的一声号召，真锅部队的士兵立即欢声四起。部队分成两路，在叉开双脚站着的七五三兵卫的面前形成一条小道。

前面是寺田、松浦两家的部队，再前面是沼间家的部队，再往前就是看过去显得很小的木津城寨的土垒。

七五三兵卫凝视片刻，怒吼道："叫他们吓破胆！"使足全身力气紧握右手的鱼叉。他的身体不可思议地发生变化，先是赤裸的两臂出现深沟，而像蛇一样的血管如浮雕般凸显出来。接着，网状的血管从胳膊扩大到肩膀，从肩膀扩大到脖子，再扩大到胸脯，最后扩大到全身。这时，他把鱼叉扛在肩上猛然往前跑。

七五三兵卫沿着士兵们分出的小路一股劲儿地迅跑，对两边的士兵无暇旁顾，很快来到小路的尽头，大步迈出左脚。

这一步仿佛用整个身体踩陷大地，大地向他的左脚涌起巨大的力量。他扭动腰肢，背部微微倾斜，将大地送来的力量从左脚传给背部，再传给扛着鱼叉的肩膀，再传给如鞭子般柔韧的手臂，不言而喻，最后传到紧握鱼叉的手掌。

这个瞬间，七五三兵卫咆哮起来："让你们够受的！"猛力抡动手臂，将长长的巨大鱼叉投掷出去，鱼叉在掌心滑动的时候，还不忘加上旋转的力量。鱼叉裹着风，呼啸着飞向木津城寨。

这时，木津城寨上的下间赖龙正看着下面的沼间义清，露出残忍的笑容。缓慢行动的目标已经走到壕沟的一半，但是本应跟从他的士兵却只是在壕沟边上射箭，与旁观没什么两样。

这个蠢货也被自己人抛弃了——赖龙举起右手，往下一甩，即将对将箭矢和枪口瞄准义清的门徒们发出"放"的命令时，忽然发现对面芦苇中有一个小小的闪光。这是什么——就在他凝视辨别的时候，这个东西拖着闪光的尾巴飞来，迅速变大，伴随着旋动的风声呼呼作响，掠过他的耳边。说时迟那时快，他身边一个持枪的门徒随着骨头粉碎的声音仰面倒下。

这……赖龙看着芦苇张口结舌，仿佛雷电在自己身边爆炸一样惊骇。他战战兢兢地回头一看，其状惨不忍睹，五个门徒的尸体重叠在一起挂在空中。他转过身仔细看，原来一管长枪穿过这五个人的胸脯，插进建筑物的墙壁里。其力量之大不可思议，长枪的尖头穿透最后一个门徒的胸脯还露出一点来。

这是怎么回事——被长枪刺穿的五个门徒的尸体忽然动起来，有气无力地挥手求救。

赖龙一阵恶心，脑子空白，看着尸体的眼睛一片黑暗，浑身瘫软，一屁股坐在地上，没有上过战场的坊官还是无法接受这种死亡的惨状。

门徒们也是如此，墙壁上的尸体本来就让大家丧魂失魄，而看到大将吓得丧胆瘫软，大家都肆无忌惮地放声悲叫呼喊，再次陷入恐慌。

真锅家族的部队沸腾起来，岩太大喊道："老爷就是了不起！"士兵们呼应喝彩，欢呼雀跃，就像过节一样热闹。

"看我的！"七五三兵卫吼叫着，手里又攥着一管鱼叉，猛劲助跑，铁臂一挥，嗖地投掷过去。

义清抬头看着空中，不屑地咋舌。他一直低着脑袋，在泥泞中艰难地拔腿迈步，所以不知道木津城寨上的门徒们究竟为什么喧哗吵闹，但当他回头看后面时，立刻明白其中的原因。

撕裂空气飞驰而过的武器状似长枪，却异常粗大。把那家伙拿出来了——义清听说七五三兵卫与自己的父亲道梦斋一样，在战斗中使用捕捉大鱼的渔具。这是与三尺五寸的钢刀一样杀得敌人胆寒的野蛮武器。

这是真锅的投掷本领——还没等义清看清楚鱼叉飞驰的轨迹，随着一声轰鸣，就穿透土垒上门徒的胸脯。

多么可怕的战果，义清不由得皱起眉头，抬头一看，门徒们惊恐万分，放下箭矢、火枪，一个个溜之大吉。两支鱼叉就让敌人吓破了胆。

是那个海盗救了我——义清虽然忿忿不平，但断定时机已到，回身向站在壕沟边上的自家部队大喝一声："胜败在此一举，小的们，跟我来！"

家臣们也知道不可错过获胜的时机，五百名沼间家的士兵呼啦一下子呐喊着跳进壕沟。

"大家别害怕！"木津城寨上的源爷不停地叫喊。这个老信徒从惊慌中恢复自信，坚定不移地固守在土垒上。他嘶哑的嗓门呼喊道："不能忘记弥陀的大恩大德。"但是，门徒们已经失控，如同遭遇残酷的法难，完全无视源爷的苛责，也不管不顾颓然坐地的大将，自顾不暇地跑下土垒。

"源爷！"留吉与门徒逆向跑上来，怀里抱着长枪，呈现出决战到底的表情。

源爷只好同意他参战，现在正是城寨生死存亡的关键时刻，与其将他赶到里面像待宰的动物被敌人砍杀，不如堂堂正正地战死，这才是对弥陀的报恩。

"来！"源爷伸手把留吉小小的身子拉到土垒上来。源爷的周围还有从濑户内一起过来的安艺国高崎的门徒在固守。源爷环视他们，说道："大家决不能后退一步！"

城寨上的战士俯视着下面的敌人。跳进壕沟，如赤潮般蜂拥过来的敌军大约有五百人，而留在东面土垒上的门徒不到二百人。

身在天王寺城寨的景毫不理会源爷他们所濒临的危机，从板墙探出身子，两眼放光，一味天真地赞叹道："噢，沼间的士兵上去了。"

打头阵的红衣士兵终于开始行动，迈进壕沟逐渐向土垒靠近。双方老是弓箭对射没有什么意思，攻守土垒的战斗才是攻城最有看头的场面。

"源爷也坚守住哦。"她同时也声援木津城寨。

这时，任世走过来，登上土垒，站在道梦斋身边，望着战场，明知故问道："怎么样了？"

道梦斋和次郎对任世这种装腔作势的样子流露出明显的厌恶。七五三兵卫的鱼叉改变了整个战局，但从这个地方的确看不到。尽管沼间家的部队开始迈进壕沟，真锅家的部队却依然在后方按兵不动。

任世过来就是为了取笑真锅家的部队，他瞧着城寨，"嘿嘿"嗤笑，一副得意洋洋的脸色。其实，这个老武士刚才独自在另一个地方观战，看到儿子在壕沟边上无计可施，踌躇不前，心里焦急万分，现在终于看到沼间部队采取行动，像个打头阵的样子了，才出来在大家面前炫耀面子。

当然，任世对刚才的状况绝不会吐露半个字，他再次看着战场，故意用卖弄的口气说道："不愧是我的儿子，带兵有方。"

景随声附和，朝着骑在道梦斋肩膀上的次郎做一个鬼脸，下巴对真锅家部队方向一扬，说道："比比看，你们家怎么回事？"

随着打头阵的沼间家部队蜂拥踏进壕沟，松浦、寺田两家的部队进到壕沟边上，真锅家的部队也随之前进。然而，两支部队的状况形成鲜明的对比，松浦、寺田两家的部队队列整齐，真锅家的部队则七零八落，好像是一群醉汉想混进战场。

"这德行样儿让人怎么佩服你。什么也没干，就是乱哄哄的。"

这个女人心地不好，次郎很讨厌她。她现在把七五三兵卫所说的"佩服"之类的话搬出来想戏弄孩子。

"……"次郎断定这是一个坏女人，也不说话，又怪叫一声，向她扑去。景咯咯咯笑着躲开。

"这可使不得！"祖父再一次告诉他。他重新坐好，窝心地狠瞪着景，哭丧着脸，对着战场吼叫道："爹，不能好好干吗？"

其实七五三兵卫正淋漓尽致地大显身手，从城寨射来的箭矢扎在脚边的地上，他声如裂帛，尖声怒骂着"混蛋"，一支接一支地把鱼叉投掷过去。

鱼叉百发百中，穿透门徒的身体，肉体腾跃起来摔下去。每次看到这个情景，海盗们都欢声雷动。

瓜兄弟中的哥哥又右卫门被这种气势震慑，抬头看着从身后飞来穿过头顶的鱼叉，扭曲着丝瓜脸对并排站在壕沟边上的弟弟说道："沼间那边有义清，真锅那边有这个蠢蛋，我们的触头不安稳啊。"

"要这么说的话，就像当年那样，哥哥以远箭射杀义清不就得了。"安太夫眼睛盯着一边射箭一边率先在壕沟前进的义清，声音虽小，那口气却平淡得简直不像是在策划阴谋。

又右卫门苦笑道："你傻啊，这么多人，怎么下手？"

话虽这么说，他拉开弓箭，箭头却已经对准义清，向着正准备攻取土垒的义清后背连发三箭。

箭矢呼啸着沉闷的响声飞驰而去，然而，命中的不是义清的后背，而是他身边的土垒，三支箭的箭头集中在一起。

那家伙——义清猛然回头看着又右卫门。

敌人的土垒远在自己的头顶，如此著名的弓箭手不可能射得这么偏。难道他瞄准的是我吗？

就在义清注视又右卫门的时候，他又开弓射出三箭。义清不由得闭上眼睛，但是，出乎他的意料，居然平安无事。他慢慢睁开眼睛，仰望土垒，终于明白了又右卫门的意图。

第二次射来的三支箭插在第一次那三支箭的右上方，也同样是三支箭头集中在一起，原来又右卫门是给义清制造登上土垒的阶梯。

三支箭集中成一束，应该可以承受自己的体重，这样就能轻而易举地攀登上坡度陡峭的土垒。

又右卫门这小子，真有鬼点子——尽管义清有点不服气，但后面的箭矢接连不断地射过来，在土垒墙壁上形成攀登的阶梯。义清回头一看，这个射箭名人双手平伸，卑恭地低头，做出"请吧"的姿态。

义清脚踩着箭束，向身后的士兵命令道："小的们，跟我上！"冒着敌人如雨般的箭矢，踩着箭矢的阶梯奋勇攀登。

"哥哥。"站在壕沟边上的安太夫噘着嘴。

"我不是说了吗？"又右卫门一边射箭一边说道，"现在不能射他，我这是给他一个人情。这才是聪明人的做法。"他用那张显得并不聪明的长脸说服弟弟，同时努力建造阶梯。他在土垒的各处建造阶梯，好让沼间家的五百士兵尽快一举进入城寨。

"既然做人情，那就索性做到底。"

"是这么回事。"

安太夫依然满脸不悦。他的士兵没有又右卫门那样的射箭本领，只好打掩护，像一本正经的匠人一样默默地朝门徒们射箭。

"大家别慌！"源爷一边射箭一边继续鼓励大家。

跑走的那些门徒可能躲在城寨里面，也可能待在对方攻击薄弱的南北两面的土垒里躲避风头，不见他们回到东面的土垒。本应指挥守卫城寨的大将赖龙还是呆若木鸡，源爷简直成为总指挥在不断地鼓舞士气。

在这个关键时刻，没有当逃兵，依然留在原地的门徒自然都支持源爷。

"早就知道……"他勇敢地弯弓射箭。敌军织田方面的部队现在正踩着箭束的阶梯迅速地登上土垒。门徒们的箭矢大部分射偏，偶尔被射中的敌人，仰面倒下，绊着后面的几个人一起滚下土垒，但敌人依然无所畏惧地成群结队攀登上来。

源爷也不由自主地想退却，但是他硬撑着站稳脚跟。他对着抱着长枪派不上用场的留吉喝道："站我后面！"

转眼一看，惊叫起来，一个武士眼看着就要攀援到城寨顶上。这就是战场上的"先驱"。源爷当然不知道他就是义清。

源爷惊愕之后，立即稍微放下心来，在这危险万分的时刻，面对义清的一个信徒正举起脑袋大小的石头。

糟了——义清抬头看着挡在面前的门徒，皱起眉头。他冒着雨点般的子弹和箭矢奋勇攀登的时候，不可能一直抬头，等他抬头一看，却是这个样子。躲避吧。他瞥一眼旁边的三支箭束阶梯，如果自己避开，石头砸中的就是后面的士兵。还是刺杀，虽然已经重新握好长枪，对方却举起了石头就要砸下。

既然如此，那就……在义清准备舍身的瞬间，身后忽然刮起一阵旋风，伴随着震耳欲聋的声响，举着石头的门徒应声倒下。

石头飞上天空，落下来，扑哧一声陷进土垒的土里。

又是那鱼叉——七五三兵卫两次救了自己。义清回头看着下面的真锅部队，海盗们正兴奋得手舞足蹈。七五三兵卫这小子——他心里窝囊，脸都气歪了，但前进的道路已经开辟，自己就是第一个攻占敌人阵地的"先驱"。

泉州的武士哟，让你们刮目相看我的武功吧——义清脚踩着最后一把箭束，双脚一使劲，噌地一下身体提起来，伸手抓住土垒的顶部。

41

"赖龙这家伙……"在大坂本愿寺观察战况的杂贺党铃木孙市低吼起来。

敌军正迅速地爬上木津城寨的东面土垒，从远处望过去，土垒从下往上就像涂上了鲜红的颜料。

"说起打仗头头是道，其实不堪一击。"孙市圆睁着猛禽般的眼睛，面目狰狞。

这时，一个士兵过来，单膝跪下，说道："老爷。"

他虽然只是穿着短铠甲的士兵，却戴着头盔。而且头盔也与众不同，几块铁板拼接成头盔的形状，上面打着无数的铆钉，这叫做"杂贺兜"或"杂贺钵"。在别的封地，只有相当身份的人才能戴头盔，士兵只能戴纸或者皮革做的"阵笠"。但是，杂贺党无论官兵都戴这种头盔，虽然在加工上有粗细之别，这一点完全体现火枪雇佣兵集团特有的装备。

大概是信徒吧，这个杂贺士兵目不转睛地凝视着孙市，恳切请求："下命令让我们冲锋吧！"

就是这帮家伙把我拉到大坂来的——孙市恶狠狠地盯着这个信徒士兵。但是，即使对一向宗的未来可以装作事不关己的样子，一旦进入这座本愿寺，就必须打这一仗。

既然要打，就要速战速决。军粮不足，时间拖得越长，对包围的敌人越有利，因此，胜负在此一战。既然敌人投入如此大量的兵力，正好一举歼灭，弄得好的话，还能趁势摧毁天王寺城寨。

孙市还在默默凝神盘算思考，而在一边死命恳求的正是讨人喜欢的那个门主。

"求你了！"显如就说这一句话，然后默不作声地凝视着这个杂贺党的首领。

真难办——孙市终于做出决断，发布命令："我杂贺党全体集合！"命令一下，杂贺党的士兵立即蹦起来，朝同一个方向跑去。孙市对显如略一点头，返身跟在士兵后面走去。

这时候，沼间义清面对成排的枪阵陷入苦战，对方的长枪接连不断地刺过来，只能勉强挡住拨开这些长枪，无力翻越土垒上的栅栏墙。

局面的打开从这一杆长枪开始。义清的手搭在土垒顶上的那个瞬间，一支长枪从栅栏墙里面横刺过来。

"好勇气！"义清看着枪头，不由得一声称赞。对于逼上来的武士敢于刺第一枪，这在农民信徒中应该是相当勇敢的人。然而，刺杀的力气不是很大。义清左手轻松地一把抓住"枪脖"（枪头与枪杆连接的部分），再一看持枪者，"什么啊……"停下本应还击的右手的动作。原来对手是一个要是武士绝不会让他上阵的未成年的孩子。

留吉大声叫喊道："宗门之敌，不许上来！"大人们对白刃战还在踌躇不前的时候，第一个向敌人发起刺杀的竟是这么一个小孩子。

"你这个小毛头！"义清怒吼起来，然而，他抓着枪脖旋转时候的手劲儿体现出战国时代武人温情的一面。

义清抓着枪脖轻轻旋转，留吉的身子仿佛受枪柄摆布一样，随之大大转动，终于劲头过大，一屁股坐在地上。

这只是抓住敌人长枪时运用的技巧，留吉没有见识过这一套，一撒手，目瞪口呆地看着义清。

"臭小子，还是多活一会儿再去死吧。"义清劝说似乎急于赴死的留吉，用夺过来的长枪的金属箍在他的胸口轻轻一捅，留吉一下子滚落到城寨里面。

义清苦笑一下，正想把夺来的长枪扔掉，却发觉有人使劲拽住枪柄。原来奔过来的是源爷。这个老信徒想把长枪夺回来，拼尽全身力气抓住枪柄摇晃。

"混蛋！"义清这一次可毫不客气，大喝一声，折断枪柄，右手挥起半截长枪。源爷手里只剩下半截枪柄，畏缩惊悚。敌人怒容狰狞，眼睛倒竖，张开血盆大口。源爷不由得闭上眼睛，嘴念"南无阿弥陀佛"。这时忽然有人从身后把他拽到，他捂着摔痛的腰部睁眼一看，身后站立一排持枪的门徒。

"呜……"眼前的枪阵也不得不让义清无可奈何，他命中注定成为第一个冲入敌营的"先驱"，一个人必须同时对付十几杆枪。

对于门徒来说，此时此刻也正是生死关头。只要有一个敌人冲进来，栅栏墙立刻土崩瓦解，敌军就会如洪水般蜂拥而入。他们在片刻犹豫以后，也表现出毫不逊色于留吉的勇气，枪尖一齐对准这第一个入侵者。

义清脚下站立的空间很小，几乎被固定住，根本施展不开。后续部队在哪里？他往左右一瞥，发现家臣们似乎还没有跟上来。既然如此，只有我杀开一条血路。

义清又张开大嘴，大叫道："我送你们去见阎王爷。愿意的尽管上来！"

门徒们手持长枪刺杀过来。

"臭小子们！"义清一边声嘶力竭地叫喊一边挥舞长枪，把对方的枪头拨开，接着使出这个被称为"枪神"所特有的绝招，呐喊一声"嘿"，双脚稳如泰山，腰部摇摆扭动，手中长枪风驰电掣，往来如飞。从旁看去，只见义清浑身抖动，刹那之间，长枪深深刺进门徒的身体里，白色的枪尖从腰间露出来。

"噢！"义清拔出长枪，重新刺杀。这时，身后飞来的鱼叉再次支援义清，海盗投掷过来的巨大圆木般的鱼叉尖厉呼啸着砸在对方的枪阵里。

义清睁开眼睛，眼前已经出现一定的空间。他双手抓住栅栏墙，身子拉上去，忽然听见右手的北面方向传来巨大的脚步声。

怎么回事——他手抓栅栏墙，眼睛瞪着门徒，竖起耳朵。这脚步声非同寻常，攻守双方的士兵都不由自主地侧耳倾听。像是一个人的脚步声，但如此震撼地面的声音绝非只有一个人。部队吗？义清不由得倒吸一口冷气，这不是一般的部队，不知道多少人，但绝对是经过千锤百炼、行动划一的精锐部队，而且从北面过来，肯定是敌军。

义清从土垒顶上回头一看，大约四分之一里（约1公里）开外的台地上，烟尘滚滚，一队人马飞奔过来。

"生力军来了！"义清对后续部队大声叫喊，发出警告。

岩太一边嘟囔着"老爷，这样一支接一支地投掷鱼叉只是给沼间好处"一边递鱼叉的时候，七五三兵卫也听见主力部队那整齐沉重的脚步声。

他表情苦涩地说："我说呢，真正的陆战军怎么老不来呢。"然而，巨大的响声震动着他的身子。这个对什么都无所畏惧的大汉停住手中的鱼叉，没有投出去，鼻子嗤笑一声。他身在比台地更低的难波砂堆，看不见主力部队的情景，但凭借对方特有的脚步声，他立即做出正确的判断。

"终于来了。"他浮现出蔑视的笑容，像欢迎似的大声说道："大坂的小子们，拿出看家本领来了。"

从位于上町台地的天王寺城寨可以清晰地看见主力部队扬起的滚滚烟尘。景面对这震耳欲聋的异常的脚步声和漫天飞扬的烟尘，问道："这是怎么回事？"

道梦斋说："这下可麻烦了。"然而，从他翘起的嘴角可以看出他心口不一，心里想的是另一回事，"那是大坂本愿寺引以为豪的杂贺党火枪兵团。"

这是杂贺党首领铃木孙市的部队。

一千人的部队，全不骑马。孙市带头，所有的人都戴着顶部钉有菊花形铁片的杂贺头盔，盔沿遮住眼眉，低着脑袋，疾步迅跑。士兵们手提一支火枪，步伐整齐，黑压压一片，散发着狙击手一般令人毛骨悚然的气氛，如同一团电闪雷鸣的乌云。

前面已经说过，杂贺党是盘踞在以现在的和歌山市为中心的乡村土著武士集团。过去和歌山市有一个地方叫做"杂贺庄"，便因此得名。顺带说一下，由于杂贺党的关系，铃木孙市后来被人称为"杂贺孙市"，但很多史料记述他的姓是"铃木"。战场上自报谥号"重芳"。

杂贺党的成员乡村武士形成一种称为"纪州惣国一揆"的自治组织。这个组织在战国时期不依附任何大名，但如果受到大名的请求，整个一揆都会参战支援。这样有时先前的盟友会成为这次的敌人，因此后人称之为"火枪雇佣兵集团"。

之所以冠以"火枪"，是因为枪支传入日本（1543年）后，该集团最先使用这种新式武器。而且在大规模作战中使用，用兵极其神妙。

日本历史上第一次使用火枪进行齐射似乎是杂贺党所为，而且是在六年前的元龟元年（1570年）织田信长与本愿寺首次交战时。

信长目睹杂贺党的火枪齐射后加以改进，即在五年后的天正三年（1575年）击败武田家族的长篠会战中所运用的"三排射"的战法。

信长克服了火绳枪的上子弹费时间的弱点，想出三排士兵互相配合射击的方法。就是第一排士兵射击后退到最后一排，这样反复轮流，就可以做到连续齐射。这是战史上具有划时代意义的战术，而开创者则是杂贺党。

在日本传教的牧师在写给欧洲总部的年度报告中这样评述："杂贺党以其在战场上的武勇名闻日本。"杂贺党就是信长受其用兵之术的启发、名扬海外的火枪集团。

孙市只要上战场，就极其警觉周到，从低压的盔沿下露出鹰隼般的眼睛，捕捉正面的天王寺城寨，又迅速扫一眼右边，"就在那儿"——没有停下脚步，却已经瞄准台地边上的一个小部队。

这支小部队集聚在为攻打木津城寨而下到难波砂堆的大部队的后方，大概在监督已经下到砂堆上的先头部队的作战情况。

敌军的主将应该在那个后方部队里——孙市极小的黑眼珠闪烁出一道亮光，回头对士兵下令道："在我下令之前，大家不要停步，只管朝着天王寺城寨继续前进！"

"哟！"杂贺党的队伍一丝不乱，有条不紊，如一头妖魔咆哮，士兵们齐刷刷一齐呐喊。

在台地边缘上的主将原田直政也早已发现主力部队的出击，他深深吸进一口气，又重重吐出来："终于出来了。"

看来敌军似乎奔袭防守薄弱的天王寺城寨，既然是从本愿寺出来的，这主力部队大概是杂贺党。

直政知道自己的主子信长在六年前曾被这射击战术害得焦头烂额，深受其苦，要是自己能亲手歼灭杂贺党，主子该多么高兴啊。

击毙杂贺主将，夺取头功——决心既定，便掉转马头，发布命令："小的们，粉碎那个敌人！"直政没有意识到在他下令时眉毛微微颤抖。

七五三兵卫发现布阵在后方山崖上的主将部队在逐渐减少，不禁大吃一惊。台地上的拒后阵就只有直政的部队，原本还有大和国和山城国的部队，但他们被调往靠近三津寺城寨，所以只剩下直政的家臣大约一千士兵。

七五三兵卫再看布置在真锅家族后面的大约四百名泉州武士，他们没有移动的迹象，看来主将没有下令要他们跟随自己行动。

七五三兵卫叫起来："这个笨蛋，难道就凭自家的兵和杂贺党较量？"

这个大汉深知杂贺党的可怕，因为真锅家族的根据地泉州淡轮与杂贺的据点是隔着和泉山脉的邻居，互相都听说对方的强大势力。虽然看不到杂贺党的部队，但仅仅凭借直政的兵力根本不是对手。酒宴上对这个家伙所产生的阴暗预感瞬间掠过七五三兵卫的脑海。

我也去吧——虽然有这个想法，但直政命令真锅家的部队是攻打木津城寨的先头部队，如果离开这个阵地，就是违抗军令。

"老爷，怎么办？"岩太对七五三兵卫的想法心领神会，凝视着他的脸。

"什么怎么办？就这么办。"七五三兵卫决心已下，对着岩太嘿嘿一笑。

他对扔鱼叉已经厌烦，即使真锅家的部队离开阵地，还有后续的泉州武士，支援义清完全不成问题。泉州人的习性，总是喜欢在主将面前显示自己的彪悍勇敢，同时想方设法保存自己的实力。

七五三兵卫对岩太说："给他点好看的。"然后翻身上马，指着山崖上面，说道："你们把那股主力部队冲散。"

他双腿一夹，驱马奔去。泉州武士见真锅的部队突然开始掉头逆行，大吃一惊，纷纷给他们让路。七五三兵卫驱马来到山崖上，马的前脚一踏上坡道，他就大吼一声："不许袭击直政公！"然后猛然跃上陡坡。

42

"好，好样的！"天王寺城寨的道梦斋大声欢呼。他认为即使违背军令，也应该和强大的主力部队较量。

但是，触头沼间任世并不这么认为。真锅的部队一走，就对自己儿子即将攻陷木津城寨的行动造成障碍。

他怒气冲冲道："七五三兵卫擅自行动。"

景也终于明白他的意思了："怎么回事？就这么擅自离开了？"她看见真锅的部队从准备攻打木津城寨的后续部队泉州武士中间穿过去，奔向上町台地。正如任世所说，只有真锅部队采取这种与众不同的行动，令人感觉奇怪。

其实，景根本不把军令什么的放在眼里，她只是觉得亲眼观赏豪言壮语的大汉在战场上大显身手的时刻到了，便拍着呆立在身边的弟弟的后背对道梦斋和次郎挑衅般地说道："看看泉州海盗都干些什么，是吧，景亲。"

害怕打仗、对战事不感兴趣的景亲不知如何回答，闷闷不乐地"哈"了一声，而骑在道梦斋肩膀上怒瞪景的次郎转向战场叫起来："爹，杀啊！"

七五三兵卫一边追赶原田直政的部队一边不无遗憾地大叫："真急死人了。"

登上台地一看，翻滚尘土的杂贺党与直政的部队一样，都是一千人。直政为了阻挡敌军前进，迂回到正面迎击。双方部队的距离即将逼近到一町（约110米）。如果距离缩短到一町，就进入火枪的射程。

而七五三兵卫的部队离直政还有大约五町的距离，大概赶不上两军的激烈冲突。

"你们给我快点！"七五三兵卫对后面的家臣怒吼。

直政居于中军，看到与杂贺党的距离即将缩短到一町，骤然立马，下达命令："火枪准备！"

士兵们对直政的紧急命令毫不慌张，有条不紊，不愧是精通文韬武略的直政所带的兵。部队立即停下脚步，最前排的百人火枪兵做好立射的姿势，其后面是二百名火枪兵排成两排。这就是信长发明的三排射。

直政凝视着杂贺党，低声道："笨蛋！"

不知何故，孙市的部队依然默不作声，秩序井然地继续前进。眼看着就要进入射程，士兵们右手提着的火枪也不端起来，只是整齐地往前走。

直政仿佛看见一年前长篠会战时敌军的武田骑马武士集团。他曾运用三排射战术打过胜仗。

据《信长公记》记载，直政与织田家族的将领前田利家、佐佐成政共同指挥火枪兵。如今看着面对一字儿排开的百支火枪枪口面无惧色勇敢挺进的杂贺党，不由得想起面对信长的三排射狂飙突进的武田骑马武士。

敌人看似拥有一千支火枪，那也不管事——直政对胜利充满信心。

杂贺党的齐射是拿手好戏，其用兵战术应该不比织田家族。对方有一千支火枪，我军第一排的火枪兵大概会有损失，但他们的齐射一结束，就轮到我们出手。在敌人忙于上子弹的时候，我军的第二排、第三排就可以轮流射击，重创敌军。

"杂贺党的用兵之术我家主公早就了如指掌。"直政见敌人已进入射程，大声下令，"射击！"

就在他下令的刹那间，自己却遭到沉重的打击。如果说这是率领杂贺党奔跑在最前列的孙市所为的话，那也只是稍微动了动左手而已。他迅速地一挥手，发出"干"的指令，只见杂贺党的士兵突然全部停止进军，身体跃动起来，整个部队化作变幻自如的活物，得心应手地改变队形。

在改变队形的过程中，每个士兵都在腾跃的空中打开火口盖，往火绳上吹一口气，然后稳稳地落地，已经完成射击的准备。这一千士兵刚一落地，就一齐扣动扳机，从一千个枪口喷射出通红的火焰。

直政部队的百支火枪也同时开火。双方的火枪喷发出蒙蒙烟雾，把士兵们遮蔽起来。

"糟了，已经打起来了。"七五三兵卫有点不耐烦，如此看来，只能自己单独前去支援直政。

"我先去了。"他甩下一句，提高马速，把士兵抛在后面，迎着顺风刮过来的浓浓白烟闯了进去。

"怎么样了？"直政从马上伸直身子注视前方，飘来的烟雾很快散尽，但映入眼帘的景象令人万分惊骇。

直政的火枪兵一败涂地，第一排自不待言，连第二排、第三排的士兵也都趴倒在地，呼爹叫娘。

"这究竟怎么回事？"他的目光迅速移向杂贺党，发现敌人摆出自己从未见过的阵形。第一排卧地，第二排单膝跪地，第三排站立，形成卧射、单膝跪射、立射的三排立体交叉火力。

严格地说，并非齐射，第一排卧射完毕，紧接着第二排开枪，然后是第三排的立射。

直政的三排队形无暇轮流交替，第一排倒下以后，第二排紧跟着倒地，第三排也遭到射击。

其实没有必要如此大张旗鼓地摆出"三排射"的阵势，日本的弓箭互射早就有"吊桶射"这种齐射法。原先写法是"连るべ（TURUBE）"，就是士兵站成一排连续射箭，后来使用汉字"吊桶"。

"吊桶射"字如其意，以利用滑轮拉动两个吊桶一上一下地汲水做比喻，一方射箭后退下，等待的另一方紧接着上来。最早引进火枪的杂贺党应该使用过这种传统的箭术。

在杂贺党看来，信长的三排射简直令人笑掉大牙，这原本是他们发明创造的战术。杂贺党之所以一直使用单排齐射，是因为无人模仿，这就足够了。一年前信长将三排射运用于实战以后，杂贺党也改用考虑成熟的新战术。这就是旁人看似齐射的三排射。

"我的火枪兵就这么不堪一击？"直政看杂贺党的战术也以为是齐射。

直政呆滞的目光紧接着看到杂贺党士兵子弹上膛的过程。这种装弹方式实在是狂妄得目中无人，士兵一边盯视着直政的部队，一边慢悠悠地用搠杖将铅弹从枪口压进枪筒里。没人说话，眼睛也不看手头的动作，所有的人都默默地装弹。

直政的士兵面对杂贺党的部队感觉毛骨悚然，他们使用魔术般的战术不费吹灰之力就把自己的三排射击得粉碎。捌杖扑哧扑哧捅实铅弹的声音仿佛刻写着走向死亡的时间。

无法忍受恐惧而悲叫起来的是火枪兵全体倒下以后成为第一排的长枪兵。混乱把部队高度紧张的弦崩断了，前锋部队转身撤退，兵败如山倒，向直政蜂拥而去。

"停住！"直政慌忙制止，却听到身后传来无数的脚步声，回头一看，连后面的士兵也溃败如水，开始朝天王寺城寨退却。

"从头乱起，全军溃败……"直政咬着嘴唇，环视四周，声嘶力竭地叫喊："停住！敌人装弹还需要时间，集合！"

然而，没有人听他的指挥，士兵们一个个从他身后跑过。不仅士兵如此，连直政身边的那些骑马武士也军心动摇，打算逃跑。一个随从护卫抓住直政马头的缰绳，准备掉头。直政举起手中的令旗打他的手，骂道："混蛋！"

《石山军记》记述："原田备中守早已决意战死。"就是说，如果这一仗不能获胜，直政决心战死沙场。对于备受信长倚重的直政来说，受命担任攻打大坂的主将就具有这样的分量。

"如果我们背对敌人，还有谁会面对敌人？"直政大声斥责骑马武士，用令旗敲打马屁股，迎着败逃的士兵，单枪匹马冲进敌军阵地。

然而，这种视死如归的决心变成了复仇。

这是他的失策。

他没有发现其实这时候孙市已经不在杂贺党的队伍里。

孙市命令杂贺党齐射以后，在浓烟的掩护下悄悄离开队伍，独自跑上台地的右面，潜伏在离敌军大约一町的草丛里。

孙市面无表情，那一双鹰隼的眼睛聚精会神地凝视着敌人的中军。在两军即将互相齐射的时候，他看见对方的指挥员在中军里挥动令旗。现在这个指挥员拒绝看似家臣的骑马武士的劝说，与溃逃的士兵逆流而进，奔向我杂贺党阵地。

孙市清晰地看见对方的表情，那种身负重任奋不顾身的形态无疑就是织田方面军的主将。

上钩了——孙市做好卧射的准备，极其娴熟地瞄准。

这是孙市的策略。

杂贺党的齐射不过是序曲，在狂风暴雨般的射击下，敌军前锋必然惨败，这时出来收拾残局的必然是最高负责人、即主将。

孙市的真正目的是把敌军主将从骑马武士中引诱出来，然后单独歼灭之。大部队貌似向天王寺城寨进击的行动，也是为了把主将与家臣的两支部队分离开来。

逆流而动的主将骑在马上，比徒步奔逃的士兵高出半个身子，尽管周围也有其他骑马武士，但只有这一匹马的马头与他们完全相反，所以格外显眼。

"虽然不知道此人姓名，但绝对是敌军主将。"孙市的手指轻轻搭在扳机上。枪口上的直政在马背上颠簸摇晃，但对于杂贺党首领来说，猎杀的目标已经是囊中之物。

"叫你知道对我杂贺党使用火绳枪的愚蠢。"就在孙市咬牙切齿地扣动扳机的同时，响起七五三兵卫的叫声："直政公……"

七五三兵卫的左前方一声枪响，右面的直政的身子从马上飞起来。

"被打中了！"七五三兵卫脱口而出，而直政的身体落在逃兵中，看不见了。

七五三兵卫疯狂地捶打着马鞍，但是战马依然向前狂奔。他从疾驰的马上朝左边望去，只见那个狙击手站起来，正准备回到自己的阵地，迅如疾风。

要不要追过去——但是，被击中的直政落在逃兵的浪潮里，不见他站起来，无影无踪。死了吗？在他凝神注视的时候，雷霆万钧般的齐射又席卷而来。

逃兵背部中弹，身体后仰着倒下去，还有几个逡巡不前的骑马武士也被击中落马，而其他骑马武士也觉得大势已去，混在逃兵中开始向天王寺城寨退逃。他们惊慌失措，把直政扔在一边，自己逃命去了。

"这些家伙，都干什么吃的？！"七五三兵卫感到震惊，但脑子清醒，现在只好亲自进去，最重要的是先确认直政是否还活着。他把马转向右面，却眉毛倒竖，怒视左面，可恨便宜了敌人，放走了那个家伙。

射击直政的那个狙击手已经老实下来，大概对七五三兵卫的行动感到放心，他突然停下脚步回头看去。

威猛的对手。

他对着骑马而去的七五三兵卫的背影轻轻挥手，睁大双眼凝视着。

这时七五三兵卫终于发现对方那一对泛黄的白眼珠闪动着亮光。他听说过杂贺党首领有一双鹰隼般的眼睛。

他就是杂贺党的孙市啊——没想到猎物如此之大，可惜让他逃跑了，感觉实在遗憾。

"哼！"而孙市也盯着骑在马上的这条大汉逐渐远去。这条大汉如此轻装上阵，孙市觉得有点奇怪，但并没有放在心上，只是嗤笑一句"马上的步兵者流"，看着他消失在败军里的身影，然后向自己的阵地跑去。

七五三兵卫进入混乱不堪的败军之中，很快就找到直政。七五三兵卫的马时而被惊慌逃跑的士兵碰撞，大声呼喊着"直政公"翻身下马，抱起趴在地上的直政，把他的身体翻转过来，却见他睁着眼睛，眉间被击穿，已经死去。

……七五三兵卫闭上眼睛，轻吐一口气。

尸体凝固着愤怒的表情。再看四周，还躺着几具大概是护卫武士的尸体。《信长公记》对直政之死只有寥寥几个字："原田备中（直政）、塙喜三郎、塙小七郎、蓑浦无右卫门、丹羽小四郎同时阵亡。"前面说过，"塙"是直政改姓之前的旧姓。塙喜三郎、塙小七郎大概是直政的近亲或者受赐"塙"姓的重臣。

43

被孙市这小子盯上了，就是这个结局——七五三兵卫轻轻地将原田直政的眼睛合上。

据兴福寺（奈良县）僧侣寻宪于一年前天正三年（1575年）八月至九月在越前国（福井县的北部）的旅行日记《越前国相越记》记载，原田直政似乎救过一向宗门徒们的性命。

天正三年八月，织田信长亲自率部上阵，风扫残云般一举歼灭越前的一向宗暴动。这次军事行动之后，大坂本愿寺就失去了越前国这个后勤基地。

由于越前国有兴福寺的领地，寻宪就向信长提出想去该地看看情况如何，也曾到直政的营地访问。

当时正在围剿歼灭越前国的门徒，试图斩草除根。直政亲自指挥搜山，军营就设立在山边。

寻宪探访的正是这个军营，然而，亲眼目睹的景象令这个高僧魂飞魄散。他这样记述："然此处搜山剿杀一揆之徒，削其鼻持来以报其数。"就是说，直政的士兵在搜山中杀死信徒后，把其鼻子割下来，带回军营，论数请功。埋葬被杀之敌的坟墓称为"耳冢"，其实应该称为"鼻冢"。

当时的军人有时以鼻子代替首级，理由很简单，因为人只有一个鼻子，很小很轻，携带方便。为证明所杀者为男性，则连同长有胡子的上唇一起削切下来。

不过，当时直政的士兵在搜山时逢信徒皆杀，不问男女，所以只是割下鼻子到军营向主将报告。

令寻宪心惊肉跳的还不止这个，士兵们把二百多门徒俘虏押到军营附近的农地里斩首杀戮。

"觉得格外可怜。"寻宪的日记这样记述："此时，想接收河口十乡并坪江庄上下乡之农民等，以解救之。"就是向直政请求至少免兴福寺领地的门徒于一死。

从这个记述无法确定寻宪是否请求让这二百多人免于一死，但直政要答应这个请求需要巨大的决心。如果答应寻宪的请求，必须获得信长的批准。如果违背信长的指示，弄不好自己都会被斩首。

但是，直政还是打算"予以奔走"，答应寻宪试试看吧。几天后，获得信长赦免门徒的许可。寻宪在这一天的日记里这样记述："先以祝贺。"

被门徒方面击毙的原田直政就是这样一个人。

"是条汉子啊。"七五三兵卫看着直政的脸，忽然发现他身上残留着拖爬的痕迹。

直政的眉心被击穿以后，大概还拖着身体向敌军阵地爬行。他身穿的盔甲背部铁板上布满践踏的脚印。这个对主子无限忠诚的主将在临死前一边被自己的逃兵踩踏，一边依然面对敌人。

"多么耿直的家伙。"七五三兵卫虽然无法理解这种忠义之心，却也终于理解直政的处境，无奈地将视线移开。

这时，整个部队也终于赶过来，岩太指着前方气喘吁吁地说道："老爷……"

不用岩太开口，七五三兵卫心里明白，直政的兵已经差不多跑光了，紧接着上来的是杂贺党的部队。

七五三兵卫睁开巨眼一看，在零零散散的逃兵后面，队伍整齐的杂贺党部队紧逼上来。他们也不奔跑，只是步步紧逼地坚定地前进。

杂贺党的兵力足有一千，真锅家的部队不过三百，而且杂贺党都是久经沙场、阵法娴熟的火枪高手。

岩太看见直政的尸体，顿时惊慌，催促七五三兵卫："主将都被击毙了，有什么法子啊？老爷，还是逃命吧。"

但是，七五三兵卫没有理睬他，怒道："能逃跑吗？"并命令其他士兵："取下直政公的首级，回天王寺城寨！"

他站起来，只见败兵被追赶得七零八落，杂贺党的部队铺天盖地，气势威武，个个端着火枪，一排排黑洞洞的枪口，不紧不慢地逼迫上来，显示出一旦开火、所向无敌的从容不迫、绰绰有余的姿态。

"嚯！"七五三兵卫大喝一声，回头指着敌人命令家臣，"你们给我打垮这帮家伙！"

他不是像直政那样出于对信长的忠诚而采取这个行动，在这摸爬滚打求生存的战场上，没有一个泉州武士在见到主将阵亡后还会拼命战斗，七五三兵卫也不例外，他的决定只是单纯出于战术上的考虑。

如果现在退却，整个部队就会像直政的部队那样溃不成军。气势被敌军压倒而退却的军队极其脆弱，士气丧失，人心惶惶，如惊弓之鸟。敌军就会乘虚而入，势不可挡，等待自己的只是覆灭的命运。

七五三兵卫熟知这种用兵之道，因此，虽然现在人数上我少敌多，但也只能主动出击拼搏。

"杀了杂贺这帮混蛋！"七五三兵卫吼叫起来，率先奔向敌军。这种鲁莽的命令反而激发海盗们奋勇无畏的斗志。

"干他的!"海盗们呐喊着一起向杂贺党冲过去。岩太在主人异乎寻常的勇气的鼓舞下,心情激动喜悦,一改原先打算退却的态度,也猛然往前冲去。

另一方面,木津城寨上的沼间义清虽然抓住了土垒顶上的栅栏墙,但杂贺党的出击出乎意料,心头一惊,不由得动作停止下来。

这时还有几个家臣隔着栅栏墙与门徒交手,从最前排的人数来看,门徒方面占有明显优势。家臣们只能做到勉强抵挡对方长枪的进攻。

鱼叉什么时候还会来啊——义清虽然心有不甘,但此时还是急切盼望七五三兵卫的鱼叉飞来支援。

这个触头的儿子不知道七五三兵卫的部队已经撤离攻打木津城寨的战场。他只顾着对付正面的敌人,一时疏忽,没有注意到真锅带兵追赶直政的部队。七五三兵卫这小子干什么来着——他回头看一眼难波砂堆,立即脸色大变:"真锅去哪里了?"

他一边拨开对方刺杀过来的长枪,一边朝着壕沟边上的松浦安太夫叫喊。没想到这个南瓜脸惊讶地回答道:"你还不知道吗?他跟随原田主将去了。"

不过,这个回答暗藏着安太夫恶毒的阴谋。

安太夫和哥哥又右卫门当然注意到位于自己后方的真锅家部队的动静,但是他们故意不告诉正在殊死拼搏的义清。

没有七五三兵卫的鱼叉的支援,义清这个触头的儿子独力作战,很可能战死,那样正合心意。瓜兄弟原先还老老实实地支援义清,但是当七五三兵卫擅自调兵救援主将以后,他们就改变主意。这实在是天赐良机,于是放缓进攻的强度。

义清哟,赶快阵亡吧——如果义清战死,罪在擅离战场的七五三兵卫。这是瓜兄弟求之不得的好事。

当然,义清对瓜兄弟的这种卑劣图谋心知肚明。他心头怒火燃烧,环视台地,看见直政的部队朝天王寺城寨落荒而逃,而勇敢地挺立在本愿寺部队前面,阻挡其追杀逃兵的正是真锅家的部队。

真锅家的士兵人数不及对方一半,明显劣势,但七五三兵卫的部队横向展开,呈现对队伍集结一团的敌军采取鹤翼阵的包围态势。

"蠢货！鹤翼是以多胜少的阵法,这家伙不懂得陆战吧？"义清恨得咬牙切齿,但自己这边也处在紧急关头。他挑开门徒刺杀过来的长枪,回手一枪刺穿对方的腹部,低吼道:"随他去吧！"

44

"老爷,你陆战行吗？"站在七五三兵卫身边的岩太无心地发问。七五三兵卫几乎没有参加过陆战,这个海盗家主只是说了一句"向敌人进攻",还没有下达任何命令。沼间义清所看到的鹤翼阵,其实并非他事先的布阵,只是士兵们争先恐后带头冲锋杀敌而偶然形成的阵势。

已经回到杂贺党中军里的铃木孙市看到这种不成队形的所谓阵形,不禁失笑道:"这玩的是什么花样啊……"

虽然敌军横向大幅展开,却破绽百出,看来是一个草包将军在指挥。这样的包围圈不堪我杂贺党一击。

"排出圆阵！"孙市当即命令部队停住,布出圆阵,枪口一律对外，只等着敌人进入射程。

岩太看到这个阵形，翻动眼珠又问道："老爷，行吗？"

然而，七五三兵卫的回答漫不经心，一边继续大步往前走一边吼叫道："我可不懂什么陆战。"

不过，话虽这么说，这条真锅家族家主的大汉自有其办法，他打算一招逆转制胜，睥睨着孙市布下的圆阵，然后环视左右，下达反攻的命令："升旗！"

真锅的部队向直政驰援的时候，是偃旗而行。现在七五三兵卫下令把军旗升起来。

主人一声令下，几个旗手立即解开捆绑军旗的绳子，黑底白色家徽的军旗在难波上空高高飘扬。这徽章是真锅家族的家徽"上藤"。

"糟了！"现在轮到孙市大吃一惊。

杂贺党的根据地是现在的和歌山市，面临大海。杂贺党引以为豪的精锐部队火枪手实际上大多是渔民。他们在没有战事的平时出海捕鱼，以此维持生计。而渔民的天敌，不言而喻，就是海盗。

"海盗啊？！"孙市以为逼近而来的身着轻装的敌人是一般的步卒，其实原来是海盗的装束，跑在最前面的那条大汉也是这样的轻装。

"这就是真锅家……"自己面对的敌人偏偏就是与杂贺党根据地相邻的泉州淡轮的真锅海盗。

我军士兵平时受到这帮海盗多大的欺辱啊！经常有一些渔船漂流过来，船上尽是因为没交帆别钱而被杀害的渔民的尸体。如今这帮海盗却突然出现在自己面前。

"遇到最棘手的敌人。"孙市看一眼自己的部队，畏惧动摇的情绪已经在士兵中开始蔓延。

渔民们出于对海盗惧怕的本能，大约半数的士兵垂下枪口，开始后退；依然端着火枪坚持不动的都是没有体验过海盗可怕行径的农民。

"别害怕。把他们吸引过来，消灭掉！"孙市大声叫喊，但渔民们的惊慌畏惧传染给农民，还没等真锅的军队进入射程，就擅自胡乱开枪。

"混蛋，不许随便开枪！"

杂贺党拿手的三排射已经乱套，孙市听着没有规则、四处乱响的枪声，怒发冲冠，厉声叱骂，然而士兵一旦慌乱恐惧，就无法重新振作起来。现在的杂贺党完全不是刚才与直政部队交手时候的那个威武，已经变成一摊稀泥。

"嗤！"孙市的目光从自己士兵的头顶上望过去，看见海盗们正进入射程，但他们的气势依然强劲，如惊涛骇浪般从四面八方拥过来。

"射！"孙市下令，但并没有出现齐射，只有零零散散的枪声。虽然有几个敌人被击倒，但海盗们毫不惧怕，冒着白烟勇猛冲过来，距离越来越近，似乎还不准备使用手中的飞器，只是不顾一切地靠拢。

看这样子，我军会一败如水。

还是七五三兵卫一锤定音，他一边跑一边向身后伸手："岩太，鱼叉。"

岩太立即熟练地从背上的藤条箱里抽出一管鱼叉递到主人手里。七五三兵卫把鱼叉扛在肩上，凝视前方，正面的敌人装弹已经完毕，枪口正要对准这边，七五三兵卫大吼一声"看你杂贺党有多大能耐"，借助奔跑的力量，把鱼叉投掷过去。

孙市看着鱼叉来势凶猛，不禁瞠目结舌。鱼叉刺穿正面的敌人，尖头又扎穿后面几个士兵的胸板，贯串几具尸体扎在孙市脚边的地上。

这……孙市顿时说不出话来，耳边响起自己的士兵乱作一团的惊叫声。

七五三兵卫看到敌人已经军心涣散，双方距离近在咫尺，两只巨眼灼灼闪光，拔出三尺五寸的钢刀，发布命令。

这个命令极其残忍露骨。

村上海盗的兵书《合武三岛流船战要法》中有这样一段话："欲飞跃登上敌船，应舍弃长枪，拔刀砍杀舻轴。勿论士兵、水手，遇谁杀谁。"泉州海盗的战术差不多也是这样。

海盗的战术一般在劫持之前对船队的行动进行极其细致周到的观察分析，而一旦登船，在甲板上同敌人交手，就不问青红皂白，持刀在船内大肆杀戮，不管是士兵还是水手，见人就杀。

所以，七五三兵卫下达的命令极其简单而残忍："放手杀！"

海盗头子一声吼叫，率先冲入敌阵，士兵们随后跟进。他们扔掉飞器，一起拔刀，把持闪着寒光的尖利刀刃冲进杂贺党士兵中。

"干得好啊！"七五三兵卫大声叫唤，不论是谁，见人就砍。持刀肉搏是海盗作战的信条，保持一定距离以射击为主的杂贺党就暴露出其弱点。

杂贺党的士兵惊慌过度而蜷缩不动，甚至连腰刀都拔不出来，只好横着火枪勉强招架七五三兵卫急如风火的钢刀。

"傻蛋！"七五三兵卫大喝一声，手起刀落，把火枪连同士兵劈成两段。岩太也扔下满载着鱼叉的藤条箱，挥舞钢刀冲进白刃战里。

杂贺党已经无计可施，在海盗们狂风暴雨般的猛攻下，溃不成军。竟然到这种地步——孙市也和溃逃的士兵一起奔向本愿寺。

但是，孙市还有杀手锏。这最后一招本不想使用，他一边跑一边想，可是事到如今，也顾不得那么多，不得不用。他扭曲着脸，猛然抬头，对着不知道逃到何处的号手下令："吹号！"

紧接着，螺号声鸣叫起来，声音开始低沉，逐渐升高，嘹亮高亢的号声一直传递到大坂本愿寺。

七五三兵卫也听见螺号声，但是他根本不往心里去。战场上进军的鼓声、收兵的锣声并不罕见，螺号一般是冲锋号，但这个真锅家族的家主误以为是敌军不许士兵溃逃的命令，说道："哼，现在吹号，拉得住士兵的腿吗？"指着朝本愿寺方向逃跑的敌人，对家臣下令，"追！给我追！我真锅家族拿下本愿寺。"

他挥舞三尺五寸的大刀，追赶逃跑的士兵，从后面接连砍杀，抬头一看，大坂本愿寺越来越近。

"赢定了！"只要紧紧跟随杂贺党的逃兵，就可以和他们一起进入寺内："不要和杂贺党拉开距离，紧紧跟上，一起进去！"

景在天王寺城寨上看到七五三兵卫刚强勇敢的行为，大为惊讶。在螺号的阵阵轰鸣声中，一千之众的杂贺党朝着本愿寺仓皇逃跑，只有三百人的真锅部队紧追不舍，仿佛是杂贺党为真锅部队进入本愿寺充当先导。

"嘿……"景不由得叫起来，但感觉有点不开心。

次郎在道梦斋肩膀上笑起来："怎么样？我说了吧，能岛的小姐。我爹多有本事。"

道梦斋也很讨厌，这么大岁数还对着满头银发的触头拍手叫道："你看见了吗？任世。"

"看见了。"任世一脸苦相地回答吹嘘儿子的大僧道。

景也歪着嘴唇，因为七五三兵卫的确十分勇猛，她也没有欺负次郎这小家伙的由头，只好老实说道："嘿嘿，是这样的。"

不过，泉州的坏小子可不会就此罢休，为报复以前受到的欺负，次郎对她吐舌头做怪相。

景在心里骂这小家伙太让人生气，偶然一看旁边，却见原本对打仗怕得要死的景亲也对真锅海盗的勇敢惊叹："呀，姐姐，真了不起，这个七五三兵卫。"

"讨厌。"景还是像往常那样敲着弟弟的脑袋教训他的时候，看见本愿寺附近出现了异常情况。

"怎么回事？"她皱起眉头。不过很快就明白事态的变化，对次郎说道："你爹过分深入了。"

"什么？"大家都盯着战场，看到本愿寺附近发生天翻地覆的变化。本愿寺的土垒基部突然哗啦一下开始崩溃。这个出人意料的崩塌虽然缓慢，却朝着真锅部队涌去，已经和杂贺党前头逃兵接触。

景亲猛地看着景，声音颤抖："那是部队吧？"

"是的。"景虽然明白事态的骤变，却依然目不转睛地注视着，紧绷的嘴角松弛下来："没见过这么多的部队。"

惊涛骇浪般的大军滚滚而来，大地在颤动。景看着这雄伟壮观的场面，不禁笑起来。而泉州武士一个个噤如寒蝉，连道梦斋也就说了一句"可怕"，张口结舌。

综合《信长公记》和《石山军记》的记述，天正四年（1576年）五月三日的会战中，大坂本愿寺出动的兵力似乎达到一万二千人。这支大部队的人数远超从天王寺城寨出动的织田方面的三千八百人士兵。真锅家族的三百名士兵简直不在话下。

本愿寺方面大概投入了居住在寺内町里适合当兵的全部男性。据《石山退去录》记载，大坂本愿寺的寺内町总人口为五万六千人，应该是最大限度地动员了所有的兵力。

杂贺党的铃木孙市的螺号就是命令这一万二千名伏兵出击的

信号。孙市判断这是一场恶战,事先做好部署,如果自己的杂贺党无法获胜,就动用全军的力量。

大军已经到达后退的杂贺党的中军一带,杂贺党也加入大军,回头对真锅部队开始反击,队伍一下子增加到一万三千人。如此大军,地动山摇,"南无阿弥陀佛"的名号声震天动地,门徒们一边高声念佛一边进行狂涛巨浪般的反击。

"爹,快逃!"次郎大叫。半里(约2公里)之外的七五三兵卫当然听不见他的声音。

"这都是些什么家伙?"七五三兵卫面对端着长枪逼近的大军,慌神呆立。门徒的大部队仿佛愤怒的大地碾压过来,齐声高唱的佛号惊天动地,震耳欲聋。

追击杂贺党逃兵的自己的部队也停下脚步,注视着七五三兵卫,所有的战士都是急切期盼的表情,希望自己的主将有起死回生之术,下达转败为胜的命令。

但是,事已至此,七五三兵卫也束手无策。

怎么办——他怒视敌人,略一踌躇,迅即做出决断,浑身充满斗志。拼了——主将死于非命,按照泉州武士的习惯做法,本想立即撤出战场,但这也正是对杂贺党挑战的关键时刻,现在只能勇往直前,杀出一条血路。七五三兵卫决定以三百之兵挑战一万三千之众。

七五三兵卫心想那个村上海盗的小姐景姬大概正在关注自己的勇敢举动,她对自己如此大胆的决断应该会刮目相看的。次郎这小子也在看着自己,想到这个儿子也跟自己一样桀骜不驯,不禁苦笑起来,立即大声叫喊道:"你们……看我的!"

七五三兵卫一跺脚,冲进敌军,挥刀砍飞迎面而来的门徒的头颅。

"怎么……"景从板墙探出身子，说不出话来。真锅家部队正大无畏地向敌人大军挑战，景震惊得一时语塞。等她回过味儿来，一个念头在心中跃动翻腾，倒不是担心七五三兵卫的性命安全，而是想到活在战国时代的勇士所具有的胆量气魄，情不自禁地心头激动，满脸通红地向他送去赞美之辞："好样的，铁打的汉子！敢于以少战多。真锅七五三兵卫，真正的武人！"

站在景身边心神不安的道梦斋也以泉州武士特殊的语言方式向七五三兵卫致以最高的赞美，对他做出常人根本无法想象的壮举赞叹道："真是个傻小子！"

真锅家的部队杀进门徒的大军里，如在芦苇地里横冲直撞，奋勇杀敌，并杀出几条血路深入敌军内部。尽管兵力悬殊，其勇猛刚强令人瞠目。

次郎欣喜若狂，双手抓着祖父的光头，使劲张着嘴大叫"爹！爹！"

但是，木津城寨上的沼间义清的脑子异常清醒冷静，他从土垒顶上回头看着上町台地，嘀咕道："七五三兵卫这笨蛋。"这倒不是出于他对海盗部队大显身手的嫉妒。

这么打，只能自取灭亡——不可小觑农民信徒强烈的报恩思想，隔着栅栏墙在与他们极近距离的长枪、箭矢的交锋中，他对此深有体会。

护法之信念实在可怕——近处门徒的脸庞印记在他的脑海里，尤其是那个老头子，虽是敌人，却表现出色，接替那个小孩子门徒前来挑战，现在他把武器换成弓箭，在旁边不断地射箭。

义清用护臂具将源爷射来的箭拨开，叫一声："喂，老大爷。"

"噢。"源爷被对方突然一叫，有点发愣。

"你这么卖命，阿弥陀佛一定很高兴吧。"义清嘿嘿笑着，然后命令家臣，"沼间家族放弃城寨。"

他的命令立即引起家臣们的不满，都已经登上土垒的顶上，与义清并肩而战，眼看着就要跨过栅栏墙，这不是功亏一篑吗？

然而，义清还是坚持己见，那一对黑眼珠充满愤怒："我第一个冲上来的时候，你们没有一个跟着我，现在来说三道四吗？那好，谁听我的，谁跟我走。"说罢，独自顺着土垒斜坡滑下去。

义清把第一个冲进敌人阵地的事情搬出来，就是想戳一戳家臣们的痛处，同时也让他们见识一下下一代触头的高超本领。在这个时候，跟随在敌军阵地上开辟前进道路的义清才是正道。家臣们七嘴八舌地附和道："没办法，跟着义清主人走吧。"大家一窝蜂似的从土垒上滑下去。

刚才在壕沟旁弯弓射箭的寺田又右卫门看到沼间部队的行动，大感不解，好不容易登上土垒顶上，却放弃城寨，主动撤退。

一天到晚策划阴谋诡计的这一对瓜兄弟的哥哥声音冷漠而低沉地问道："这是怎么回事？"

松浦安太夫也用同样的声调问道："哥哥，这是怎么回事？"

这个时候，义清在如雨般的箭矢中涉过壕沟，踏上堤坝。

安太夫伸手拉着义清上岸，问道："你们怎么啦？"

"我去对付台地上的门徒，你们控制住木津城寨。"义清说得很快，瓜兄弟终于明白事情的原委。

瓜兄弟所在的难波砂堆比上町台地低一大截，虽然看不见从本愿寺蜂拥杀出门徒部队，却也能听见念佛声的大合唱，所以判断敌军人数众多。主将已经阵亡，但并没有全军覆没，义清看见跑上台地的七五三兵卫等所有的织田方面的部队都已陷入困境，决定前去救援。

七五三兵卫和义清这两个好朋友一起进地狱吧——这是瓜兄弟求之不得的好事。弄得好的话，两大势力的下一代家主说不定会同时消失。这两兄弟内心窃笑，当然不会形诸颜色。

"那好，我们就在这里控制城寨。"他们一本正经地回答，然后就打算将义清送上死路。

"哼！"义清识破这两兄弟的恶毒心肠。看这个德行，他们完全不可信。按说可以让寺田、松浦两支部队对付台地上的门徒大军，自己继续攻打木津城寨。可是，如果把这个任务交给他们，会是什么结果呢？那必然事与愿违，不仅不会支援七五三兵卫，还会在混战中暗杀他，然后自己撤回到天王寺城寨。

说起来，义清救援真锅部队，其实并不是因为珍惜七五三兵卫的生命。当同是泉州人的七五三兵卫陷入困境的时候，不顾一切地予以支援，这是作为触头的第一要义。只有具备这种精神意识，才会得到部下的信赖和支持。

这一对弑主的兄弟根本不懂这些——义清翻身上马，手持缰绳，调转马首，满腹怨恨地睥睨他们，摆出自信的姿态。

"你们不可能知道触头的重大责任。"话没说完，就一夹双腿，与追赶上来的家臣一起向台地飞奔而去。

瓜兄弟被义清的激怒气势所震慑，低头恭顺地说道："是。"但当沼间家的部队消失在台地的时候，他们互相对视着，安太夫说："那家伙真是好玩意儿。"又右卫门点头附和道："噢，是个好玩意儿。"兄弟俩嘻嘻笑起来。

于是，瓜兄弟的部队成为攻打木津城寨的先头部队，但他们不许家臣下到壕沟里，为保存实力和自己的生命安全，命令部下只能射箭。

义清飞马跑上上町台地后，环视战场，不由得一声感叹。真锅部队以三百之兵有效地阻止了门徒部队一万大军的前进。

真锅的部队被吞没在漩涡般的大军里，看不出来他们是怎么战斗的，但是，漩涡在台地上停止不动，应该是真锅部队占上风。

义清在飞驰的马上企盼七五三兵卫切不可对门徒部队掉以轻心，紧接着对身后的家臣下令："进攻敌军的侧翼。快！"

45

正如沼间义清所担心的那样，七五三兵卫根本不把门徒放在眼里。"这帮草包，哪是我的对手！"他高笑着，挥舞钢刀，砍瓜切菜般大开杀戒。这精锐部队一旦深入到大军里，意外发现门徒竟然不堪一击。他们不仅体弱力薄，而且对战术一无所知。身上穿着干农活的衣服就上战场，只是一味地胡乱扎枪。

"呀！"钢刀横扫，连枪带人一起砍断，但紧接着又一个门徒挺着长枪扎过来。"再来呀！"七五三兵卫一刀横飞，又掉下几颗头颅。

然而，这时他发现门徒的脚下出现异常，挺枪直立在自己面前的门徒跨越被杀的尸体，这意味着决不后退半步的意志。

在这种气势下，七五三兵卫不知不觉地开始后退，而门徒转而前进。门徒目不转睛地盯视着他，一步一步坚实地迈步前进，嘴上不停地唱着"南无阿弥陀佛"。

这可不行——七五三兵卫瞥了一眼左右，岩太以及其他家臣也都开始后退。几个门徒趁势用长枪围逼一个家臣。

保卫宗门的门徒们无所畏惧地继续前进，淡定自若，旁若无人。七五三兵卫这时才终于明白最可怕的是这些弱兵的坚定信念。

士兵上战场，心灵深处必定都潜藏着怕死的思想，尽管极力隐藏起来，而眼前的这些门徒毫不畏死。绝不能与他们为敌，这就是所谓的"敢死队"。

七五三兵卫的身体最先感觉到敌人的本性，战场上忌讳与这种不要命的敌人交手，所以他不由自主地后退。

这帮家伙不贪生——这让七五三兵卫颤栗。但是，他没有丧失可以与门徒的护法之信念相对抗的精神支柱。面对一万多敢死队员，他依然坚持勇气。

他以巨大的勇气消灭内心深处萌发的害怕的念头："你们……"他盯视着左右的家臣，叫喊道，"拿出真锅海盗的威武来！"说罢，一刀结束正面敌兵的性命，重新迈出步子。

主人的勇敢极大地激励士气，大家都明白现在没有退路，后退就是死路一条。这种极其单纯的战场表现正是海盗最喜欢的鼓动。

岩太的四方脸兴奋得简直要哭出来，叫着"老爷"，一边砍杀阻挡在面前的门徒，一边追赶主人。全部海盗战士也都和岩太一样，重新向敌军疯狂冲击。

门徒们对冲击过来的真锅士兵层层包围，死缠烂打，从四面八方扎刺长枪，但海盗们在大军中形成大约三百处突击点。

"送他们上西天，让他们如愿以偿！"七五三兵卫怒吼着，浑身发力，纵横厮杀，尸体堆积如山。

在混战之中，他猛然看见那个射死原田直政、有着鹰隼般眼睛的男子。孙市——他用巨眼凝视。

那个大个子，也许正是……孙市略一迟疑，也立即判断出对方的姓名。众所周知道梦斋是一个大个子，对方那具非同寻常的巨大身躯定是其儿子无疑，他的名字应该是"七五三兵卫"。

孙市那一双极小的黑眼珠凝视着真锅家族的家主，深感这条汉子不愧真锅其名，但同时又觉得气恼，要是我杂贺党有这样的人冲锋陷阵，那该多好。

由于杂贺党的部队溃败，在救援的门徒大军的掩护下，孙市只好缩到中军，现在火枪派不上用场，如果齐射，势必伤及门徒，实在是左右为难，不知所措。

但是，孙市坚信胜利在望，尽管是海盗，不过三百人，面对一万大军，绝对寡不敌众。别看现在力大气壮，总有筋疲力尽举不起手的时候，到那时就乖乖地把脑袋送上来。门徒们现在已经开始对那些跪倒的海盗士兵围而歼之。

无谓的挣扎——孙市现在所要做的只是善后处理，万一真锅的士兵突破门徒的包围圈冲进杂贺党所在的中军，那就如张网捕兽一样使用火枪予以歼灭，而第一个钻进网里来的应该是比家臣奋勇率先冲锋的真锅家族的家主。

孙市命令火枪手："大家原地待命！"

在门徒所组成的坚固的墙壁保护下，杂贺党士兵都基本稳定下来。在孙市的"做好准备，迎战敌人"的命令下，大家重新整顿队伍，持枪备战。结果，在一片混战的大军中，只有杂贺党所在的中军如台风眼一样平静安宁，形成不可思议的阵形。

真锅七五三兵卫，有能耐就来吧——只要从门徒的包围圈中冲过来，就让你尝尝我的火绳枪的厉害。孙市睁开鹰隼般的眼睛，把枪口对准时隐时现于门徒之中的七五三兵卫。

正是在这个时候，义清率领的部队冲进门徒大军的侧翼。正在聚精会神地瞄准七五三兵卫的孙市像自己的脸颊挨了一巴掌似的猛然抬起头来。

"敌人？"敌人的援军立即加入门徒与真锅的两军混战中，如果对这一支生力军射击，必然也会造成门徒的伤亡。孙市的图谋完全落空。

"七五三兵卫！"义清一边叫喊着一边挑开对着七五三兵卫扎刺过来的长枪，来到他面前。

然而，令人生气的是，这个真锅家的家主对义清连个"谢"字都没有，甚至露出不快的表情，问道："是义清啊，你怎么来了？"

义清怒气冲冲地大声斥责道："你，七五三兵卫，离开阵地。现在由沼间家族担任殿军，真锅家族向天王寺城寨逃跑。"

七五三兵卫说道："多管闲事。"然后避开骑马的义清，准备与敌人交战。

不会轻易撤退的——义清又一次领教到海盗的固执，但是，他必须履行触头的职责。

义清一边刺杀门徒，一边大喝一声："七五三兵卫！"接着展开他特有的娓娓道来的说服方式："你的勇敢顽强我亲眼所见，但是，你一个人即使有万夫莫当之勇，士兵们可不一样。他们在混战中一个个倒下去，结果最后轮到你。寡不敌众，实力悬殊太大，还是撤退吧。"作为下一代触头，义清的话合情合理，既照顾七五三兵卫的功名之心，又规劝其撤退，接着语调一变，大声逼问道，"难道还打算把我们沼间家族牵连进去吗？"

七五三兵卫却不肯轻易点头："是你自己跑来的。"在他看来，一旦撤退，就会被趁势反扑的门徒大军所歼灭，所以只进不退。虽然义清前来增援，如果退却，显然连沼间家的部队也要被击溃。

不过，七五三兵卫听了义清的劝说，也不能不重新考虑自己的想法。他的内心有点说不清楚，以少量的部队与大部队交战，肯定抱着必胜的决心，当然也做好战死的思想准备。如果这样，也只能说运气不好，自己必须具有战斗到最后一口气也要获胜的信心，毫无玉碎的想法。另一方面，这条汉子还有别的想法，那就是怎么死和死后别人怎么看自己。现在别的部队前来增援，如果连累他们也一起被歼灭，自己必定被后人耻笑。对于泉州武士七五三兵卫来说，战场立功是次要的，他只重视武士的名誉。因为如果家主的名声衰微，就关系到家族能否继续存在下去这个至关重要的问题。

真的是多管闲事——七五三兵卫环视周围，发现义清的预测正在变成现实。前来增援的沼间的家臣到处被歼，消失在大军的漩涡里。

"啊，真该死！"七五三兵卫捶胸顿足地懊悔。

义清见此，紧叮一句："七五三兵卫，你相信我。"

"谁不相信你了？"七五三兵卫盯着对方，但是他已经没有考虑的时间了，对着被门徒长枪包围的四方脸大叫："岩太！逃吧。"

"老爷，你说逃命？"

岩太表示不满，但七五三兵卫不容他说话，吼道："别捣乱！叫你逃，你就逃。逃回天王寺城寨。"

岩太等家臣虽然心有不满，但看到主人气势汹汹的样子，还是很不情愿地表示同意，以海盗特有的语气叫唤着发泄心中的怨气："既然你这么说了，那就逃呗。"然后转身一起退却。

骑在马上的义清说道："七五三兵卫，你做得对。"

七五三兵卫用憎恶的目光看着他，粗暴地叫唤："别扯这没用的话！"可是，他自己还是不动身，看着家臣们开始全部撤退，才向天王寺城寨方向跑去。

"找死！"他吼叫着劈死紧追后面的门徒，冲进大军里。义清也调转马头，与徒步的七五三兵卫一起奔向天王寺城寨。

孙市看到敌军阵势大变，开始退却，便大声下令："追！"

虽然没能让他们吃火绳枪弹有点遗憾，但利用他们退却的机会，大军可以趁势冲进天王寺城寨。这与七五三兵卫打算利用杂贺党的退却趁势冲进本愿寺的图谋一样，只不过现在战场态势完全颠倒过来。

以此一战攻陷天王寺城寨——孙市重新下定决心，命令道："使劲追。紧追不舍！"

孙市也亲自往前跑，观看整个战场，真锅、沼间两军仿佛已被歼灭，只有门徒大军向着天王寺城寨蜂拥而进。

"爹……"次郎声音细微，神情沮丧。

任世也大惊失色，罕见地满脸怒容，叫唤道："七五三兵卫这小子，难道还要拖累我儿子一道战死吗？"

道梦斋目光锐利地看透敌军的状态，他关注到门徒进军速度的缓慢，转过脸看着任世，一副瞧不起的表情，说道："根本不是这么回事。笨蛋。"

仔细一看，发现七五三兵卫和义清的部队在门徒大军中大显身手，英勇奋战，努力突出重围。门徒们紧贴着七五三兵卫的部队，形成外围，阻挡他们逃脱的去路。但在七五三兵卫部队猛烈的攻势下，外围的门徒逐渐后退，看上去像是进军天王寺城寨的形态，所以整个大军的行动十分缓慢。

"要是七五三兵卫他们被干掉了，门徒能这么行动迟缓吗？"道梦斋嘲笑任世的无知，"就这么点小打小闹，那小子怎么会死呢？"

道梦斋的话反映出战场的态势变化，只见真锅和沼间的部队从门徒大军包围圈的各处突围出去。那种势不可挡的突围气势犹如无数道金光从乌云中穿射出来。

"你看！"道梦斋手指战场，其中沼间士兵的红色军服格外显眼，和他们一起奔跑的大概是真锅的士兵。这两支部队势头勇猛，动作迅速，很快就把朝这边慢慢涌过来的门徒大军分割开来。

一旦退却，就管不了什么体面，一溜烟地逃跑，这才是优秀的武士所为，道梦斋面对战场大声叫道："逃得好！"满意地大笑起来。

46

七五三兵卫突破门徒大军的包围圈，喘着气，稍稍放下心来，虽然还要继续撤退，但总算闯过了第一关。

前方是裸露的广袤的大地，但已经没有敌人，只要逃进远处的天王寺城寨，就可以歇一口气。这小子救了我——七五三兵卫抬头看着马上的义清。

如果凭着自己那一股鲁莽激情继续前进的话，恐怕自己和部下都已经阵亡了，而正是义清阻止了这场悲剧。

七五三兵卫明白义清的行为只是出于履行触头的职责，未必是显示对他本人特殊的真情厚意。不过，不论出于什么原因，义清的行为的确是冒着生命危险。这让七五三兵卫深受感动。

他一边跑一边招呼："义清。"

"嗯。"骑在马上的义清依然表情严峻。

部队正在撤退，自然不能有任何的麻痹大意。义清丝毫没有自己是七五三兵卫救命恩人的表情。义清的这种装腔作势的神气样儿让七五三兵卫有点生气，就他的性格而言，还真想讽刺他一通："没见识过这样的作战吧？"不过，转念一想，这小子还是有两下，于是决定把该说的话说出来，表示感谢："你真是瞎掺和什么啊，多管闲事。"

这是泉州武士特有的赌气话，不过义清心领神会，不由得开颜微笑："要是不助你一臂之力，我在泉州武士面前可就丢大脸了。这就是触头的难处啊。"

七五三兵卫嘲笑般戏谑道："那辛苦你了。"

"就是有你这号人，我的辛苦才没完没了。"义清也用鼻子嗤笑着，接着神情严肃地问道："原田老爷呢？"

"原田公啊？死了。"

义清一听，微微低头，但是他无法沉浸在悲伤里，说道："来了。"回头看去。

"嗯。"七五三兵卫明白他的意思，略一点头，也回头看去。

门徒的一万三千大军突然加强了攻势，刚才他们试图一边阻止七五三兵卫的部队突出外围，一边向天王寺城寨推进，但由于包围圈被突破，他们变成外围，于是立即掉头追赶七五三兵卫。这样，一万三千大军终于全部往前推进。门徒们加快追击速度，风起云涌般势头的大军迅速缩短与真锅、沼间部队的距离。

然而，义清在这千钧一发的危急时刻，面不改色，镇静自若，对身边又要反守为攻而大肆叫嚷"拼它个你死我活"的七五三兵卫冷静地说道："别担心，我自有安排。"接着手往前一指。

"嗯？"七五三兵卫顺着他手指的方向看去，只见约有二百名士兵埋伏在台地略呈高地起伏的地面上，手中的箭矢和枪口对着这边。不是敌人，从他们身穿的红色军装可以判断是沼间家的部队。

是这么回事——七五三兵卫终于明白其中的部署。原来与自己一起撤退的沼间家的部队大概是三百人，义清事先从五百人的部队中分出二百人埋伏此地。

片刻之后,真锅和沼间两支各三百人的部队进入沼间预先部署的埋伏圈下面。但义清在马上催促道:"别停,七五三兵卫,继续跑!"他自己也驱马前进。

后有敌人的追兵,不容七五三兵卫提出异议。"真烦人!"他抱怨一句,冲进伏兵阵地,不停地往前跑,两家的部队紧随其后,把将箭矢和枪口对准门徒大军的伏兵甩在后面,一路奔向天王寺城寨。

跑过半町(约55米)左右,义清停下来。大概事先已有布置,沼间家的三百士兵也立即停下脚步。

义清严命势头不减的七五三兵卫:"真锅家部队进入天王寺城寨,后面的事就交给我了。"

七五三兵卫不由自主地停下脚步,大声问道:"你说什么?"但义清已经调转马头,背对着他。义清注视着门徒大军,也不回头看七五三兵卫,面对前方继续喊道:"你已经同意我当殿军朝天王寺城寨撤退。既然如此,就必须服从我的命令。真锅家部队在这里会妨碍我执行谋略。"

义清这臭小子——七五三兵卫觉得自己被甩在后面,心头怨恨,但一看左右,自己的士兵好像没有注意到主人已经停止前进,一边捡起战斗时丢弃的飞器一边继续逃回天王寺城寨。

没法子——下令撤退的本来就是七五三兵卫,中途也没有下令"折回",他轻轻一咋舌,说道:"遇到什么麻烦,叫一声,我来支援。"说罢,继续往前跑去。

"别瞎说。"义清苦笑着,然后向二百伏兵下令,"射!"

一声令下,伏兵朝着门徒大军射出箭矢和子弹。但是,对方是一万三千人的大军,二百人的射击无异于杯水车薪,只撂倒前排的一些士兵,后面的门徒踩着尸体一波接一波地蜂拥上来。

义清毫不惊慌,等到伏兵的射击结束,大声发令:"先锋，撤！"

伏兵也没有慌乱，面对门徒大军的逼近，依然保持整齐的队伍向后方跑去，在义清率领的三百士兵前头大约半町的地方停下来，再次整理队形，瞄准敌军。

这样，义清率领的三百士兵完全暴露在门徒大军面前。义清睥睨着成群结队冲过来的大军，对三百士兵下令："射！"

射击完毕之后，这三百士兵撤退到伏兵后面大约半町的地方，然后命令伏兵射击，然后再撤退，这样两支部队轮流对付门徒大军。

"打得好。"往城寨奔跑的七五三兵卫一边回头一边慢悠悠地赞叹："'捯轮'用得好啊。"

退却时，将部队一分为二，一支撤退，另一支阻挡敌人的追击，这个战术当时称为"捯轮"。一分为二的部队前后轮流退却，还可以打击敌军。这是担任殿军的将领所采取的最佳作战战术。

海战也运用这个方法。海战与陆战有相似之处，将船队一分为二，互相掩护撤退。

所以，七五三兵卫也知道这个战术，同时明白运用这个战术需要士兵对将领的高度信任。

在退却的士兵眼里，会产生追兵比实际人数膨胀两三倍的错觉，草木皆兵。让这些惊魂不定的士兵转身重新面对敌军作战，一般的将领做不到。平庸的将领所率领的士兵在这个时候总是风声鹤唳，仓皇溃逃。

然而，义清却能牢牢地掌握军队，运用自如，指挥若定。分为二百人和三百人的两支部队秩序井然地轮流着退却、还击；再退却、再还击。

"士兵训练有素。"义清在攻打木津城寨时第一个冲进敌军阵地的英勇表现让沼间家的家臣们心服口服，但七五三兵卫没能察知此事，只是十分佩服。

由于义清运用捯轮战术，门徒大军的人数逐渐减少，进攻速度被迫减缓。这样，七五三兵卫的真锅部队得以拉开与追兵的距离，跑到离天王寺城寨还有五六町（约500~600米）的地方时，前面一片开阔地，已经没有障碍。

大概感觉已经逃离虎口，放下心来，岩太对义清说道："老爷。"他身上背着不知道什么时候捡到的、装满鱼叉的藤条箱。

七五三兵卫总是在确定士兵安全退却以后自己才撤退，所以岩太跑在他前头。岩太一边跑一边回头看着主人的脸："呀，那个义清真了不得啊。"

七五三兵卫听家臣这样称赞义清公，心里就有气，满脸不高兴地说："那两下有什么了不起的。"

岩太继续调侃说："老爷就知道傻乎乎地往前走，也应该向义清公学着点啊。"

"闭嘴！"七五三兵卫瞪着眼珠子怒吼起来。接着，长臂一伸，把岩太背上的藤条箱一把取过来，自己背上。

"老爷……"岩太心头一热，觉得主人大概是因为藤条箱很重，自己替他背一会儿，感动地说道，"担心我受累是吧。"

"傻蛋。"七五三兵卫冷冰冰地说道，"你走得太慢，我也跟着慢下来。"说罢，一下子加快步伐，把岩太甩在后面。

七五三兵卫很快就超过自己的士兵，拉开距离，天王寺城寨的瓮门近在眼前，但是他突然右拐，朝着与瓮门接续的土垒走去。

岩太喊道："老爷，你去哪儿？"

"你们先进城寨。"七五三兵卫扔下家臣，独自向土垒跑去。他在景他们观战的土垒底下停下来，抬头叫唤儿子："次郎……"

次郎从道梦斋的肩膀上探出身子，七五三兵卫神气活现地挺起胸膛："怎么样，看到你爹打仗了吧？"

"打输了。"次郎也跟着大叫，不过满面笑容。他对父亲的表现非常满意。

七五三兵卫也明白儿子的意思，大笑道："啊，别这么说。"

这两个家伙还挺亲热的——景满脸苦涩地瞧着这一对父子。七五三兵卫痛打杂贺党的时候，趾高气扬的次郎对自己冷嘲热讽，所以心有怨恨。而这个坏小子居然对父亲的退却也没有垂头丧气，还笑逐颜开，这也让自己心头堵得慌。还有这小子，也一个德行。景看着土垒下面的七五三兵卫，心里骂道。你脱离了危险，第一个打招呼的难道不应该是你心中思念的女人——我——吗？尽管我并不稀罕，可总觉得心里不痛快。

"七五三兵卫，你打仗输了，我不佩服你。"景故意紧皱眉头对着土垒下面叫喊。她本来是想泼点冷水，不料七五三兵卫满不在乎："我不是说了吗？男人不会善罢甘休的。好了，看我下一次的表现吧。"

"哼！"景无言以对。

她身边的道梦斋指着一方，斥责儿子道："这蠢货，尽说废话。还不赶快进城寨？小心被卷进去……"

"嗯。"七五三兵卫凝目注视，右边传来部队急切前进的脚步声。那不是追击义清的一万多门徒大军，声音来自木津城寨方向。

原来那是攻打木津城寨的瓜兄弟以及根来兵众、三好家的部队开始撤退，而门徒们从城寨里追出来，其中包含刚才攻打三津寺城寨的大和国、山城国的部队。

瞧，成这个样子了——七五三兵卫看着织田的部队争先恐后地跑上上町台地，轻轻点头。在他们看来，这是理所当然的判断。如果继续攻打木津城寨和三津寺城寨，就很可能被从本愿寺出来的大军切断后方，受到夹击。"

可是，这样麻烦就大了——如果逃进天王寺城寨，就被门徒大军团团包围，这就变成守城战了。

七五三兵卫苦着脸笑道："好，能岛小姐，以后再会。"就要离开，却又停下脚步，回头望着土垒上面，放声叫喊，"任世！"

"什么事？"任世不高兴地俯视着他。

七五三兵卫指着在后面指挥着漂亮退却战的义清说道："你这儿子啊，比我会打仗。"然后粲然一笑，朝瓮门跑去。

七五三兵卫已经下定决心，这是对真锅家族来说的重大决定。不过，任世没有从刚才这句赞誉中领会出来。景当然也没有领会。她现在正专心致志地关注从难波砂堆出来的门徒部队追击织田方面的部队的战况。冷若冰霜的表情一下子充满激情，两眼放光。作为旁观者，她对门徒部队表示一种天真的赞叹："农民居然把织田家族的部队驱赶得七零八落。源爷、留吉，你们干得好！"

47

"七五三兵卫，你为什么不早点进城寨？"在门徒大军追赶下好不容易跑到城寨瓮门的义清发现这家伙还在外面，不由得怒火燃烧。

"别生气，刚才办事去了。"

"你混蛋，没看见那些门徒吗？"义清驱马过来，下巴对门徒大军扬了一下。

捯轮已进入最后阶段，义清率领的三百士兵刚刚进入瓮门，在半町前面射击完毕的二百伏兵也正在跑步撤回到瓮门，他们的后面是卷起滚滚烟尘追袭的一万多门徒。

其实情况并没有义清说得那么急迫,敌军在义清的捯轮战术下大吃苦头,双方的距离拉开到三町(约330米),有足够充裕的时间逃进城寨里。

多亏了这小子的战术——七五三兵卫不得不承认义清的厉害,再一看从木津城寨逃过来的友军,如同一排排滚滚波浪从自己的面前横扫而过,即将安全到达瓮门。如果没有义清的捯轮,恐怕早已被吞没在敌军的巨浪里。

泉州的触头有义清一个人就足够了——这是七五三兵卫的决心。真锅家族不必去争抢,只要拥戴义清,自己家族也就能继续生存下去。

这小子足以信赖——不过,七五三兵卫没有时间把自己的这个想法告诉义清。

"七五三兵卫,和我们一起进城寨。"义清扔下一句,策马跑进去。

"噢。"七五三兵卫精神饱满地回答,跟着义清进去。因为刚才真锅部队进城,所以瓮门的门扉一直敞开着。义清率领的五百士兵进门后,后面就是从木津城寨退下来的织田方面的部队。

可是,问题也随之发生。瓮门一带立即出现极度的混乱,无法容纳这么多的士兵,挤得水泄不通。义清见此,立即下马,跑上土垒。七五三兵卫也避开激流般的士兵,走上土垒。

义清看着拥挤混乱的友军部队,对着山城国、三好家族、根来兵众大声叫喊,做出正确的指示:"泉州武士负责北面的瓮门,你们可以转到南面的瓮门和东西两边的土垒。"

七五三兵卫也立即明白义清的意图,说道:"义清,尽说好听的。"他从土垒上看下去,混乱的局面一目了然,这主要是其他领地的部队造成的,他们认为只要进了瓮门就万无一失,进来以后都停住不动，结果集中在天王寺城寨北面马场的士兵就无法进来。

但是，义清并没有说"别捣乱，走开"之类的话，在多支部队会战的战场上，这种话显然会引起纠纷，因此，只好给他分配任务，离开自己身边。

这就是触头的说话方式——义清完全继承了父亲任世的避免无谓摩擦的作风。要是自己的话，肯定会反唇相讥："浑人，你想怎么样？"义清在劝说自己撤退的时候，还真是说过"即使有万夫莫当之勇"这样让人感觉肉麻的话。

我可不行——尽管七五三兵卫理解义清的意图，但明白自己无论如何也说不出来。在这个场合，无疑七五三兵卫没有能耐，而义清的确显示出他的才干。

没得说，能当触头的就他一个人——七五三兵卫有意无意地想着，再一看其他领地的士兵，他们正跑步离开城寨的主干道，而原先集中在北面马场的士兵迅速进入瓮门，占据腾出来的空地上。

这时，敌军趁着我方友军混乱开始追击，织田方面的士兵迫不及待地抓住瓮门的大门开始关门。

"不行！"义清怒吼，"友军没有全部撤回之前，不许关门！哪怕有一些门徒混进来也不怕，正好围歼！"

站在义清身边的七五三兵卫对集结在土垒底下的海盗下令："你们发什么呆啊，还不赶快上瓮门准备射箭。"可是他猛然抬头一看，不由得皱起眉头，发现有几个部下已经潜伏在瓮门二层上。

杂贺党的铃木孙市在门徒大军的中军位置大声发令："趁机冲进去！"

义清的"不要关门"的命令给孙市创造了绝好的机会。孙市命令门徒追击败退的敌军，直指瓮门："与敌人一起闯进城寨，控制瓮门，绝不许关门！"身处一万大军之中，不知道他的声音能否传递到最前面的士兵耳朵里，但整个大军仿佛化作孙市的意志，惊涛骇浪般地冲向城寨。

看这个样子，天王寺城寨可能会被我拿下来——孙市紧握厚实的拳头。

门徒大军以排山倒海之势全面铺开向城寨北面的土垒冲锋，先头部队在瓮门附近突然收窄，即将突破大门。眼看着城寨就要攻陷，但就在敌军的先头部队全部进去的时候，瓮门二层上突然站起成群结队的弓箭手。

"不管它！"孙市十分清楚，此时正是关乎大坂本愿寺生死存亡的关键时刻，他声嘶力竭地叫唤，"低下脑袋，继续冲！"

排列在瓮门二层上的弓箭手都是精兵强将，箭矢如暴风骤雨般密集，门徒接连倒下。

义清抓住时机，果断命令："立即关门！"

门扉轰隆隆地关闭，阻挡住了巨浪，门外的门徒一个也不放进来。织田方面的部队重新收回到天王寺城寨里。

"都回来了？"七五三兵卫对深吐一口气的义清责怪道，"这可不是闹着玩的。"

门徒大军正在门外集结队伍，这边也必须立即做好守城战的准备。

"嗯。"义清点点头，可是心里有点挂念，在不断从瓮门拥进来的七零八落的士兵里没有看到寺田家和松浦家的部队。

他问集中在土垒底下的沼间家的士兵："你们看见又右卫门和安太夫了吗？"但是，沼间家以及旁边的真锅家的士兵都摇头。

因为沼间和真锅两家的部队共同对付一万三千门徒大军，所以没有看到留下来攻打木津城寨的瓜兄弟的退却，不过知道与瓜兄弟一起攻打木津城寨的其他泉州武士的四百士兵已经撤回。

义清发现这四百士兵的表情有点异常，又问一遍："你们知道吗？这两人去哪里了？"

这时，有人突然从头顶上回答道："是找我们吗？在这儿呢。"又右卫门和安太夫一副若无其事的样子从瓮门二层上下来。原来瓮门上的弓箭手是瓜兄弟及其家臣。

射箭的是这两个家伙啊——由于他们的防备，才能歼灭跟随最后撤退的友军混进来的门徒，关上大门。不过，义清不但没有表扬他们，反而愤怒地斥责道："你们这是……"

最先返回城寨的应该是真锅家的部队，沼间家的部队紧随其后，但谁也没有看见已经登上瓮门二层的瓜兄弟。就是说，在义清和七五三兵卫退却之前，他们早就率领自己的部队返回天王寺城寨了。

义清的部队离开阵地前去救援七五三兵卫的时候，瓜兄弟成为攻打木津城寨的先锋，然而他们最先逃跑。瓜兄弟的部队是在后续的泉州武士四百士兵中逆行而逃，逃到了上町台地。因为泉州武士四百士兵处在难波砂堆的低洼处，所以无法判断他们的具体去向，但大体能察觉出来是逃往城寨。泉州武士四百士兵表情异常无疑正是这个原因。

"你们丢下部下武士，只顾自己逃回城寨吗？"义清注视着泉州武士士兵，责问瓜兄弟。

又右卫门卑贱地歪着长脸，低声下气地辩解："我想反正都要退却，所以先回城寨部署弓箭手做好防守准备。"

义清根本不会相信弑主的家伙所说的话，他们的退却就是贪生怕死。集中在马场的泉州武士大概和义清同样的想法，都冷眼看着瓜兄弟。这还像泉州半国的触头吗？义清气得满脸通红，正要开口把他们痛骂一通，却听见旁边的七五三兵卫张开大嘴叫唤起来："你们这两个家伙，真有意思。"

七五三兵卫轮流指着瓜兄弟大笑起来，他应该也看穿瓜兄弟的抵赖诡辩，却没有表现出责难的样子，只是从内心深处觉得他们的滑稽。

是这样——义清从七五三兵卫的笑声中也终于明白了其中的意思。在泉州武士眼里，这种小滑头才是瓜兄弟的特色个性吧。这一对兄弟本来就是这个德行，这件事一看就知道，瞒不了人，耍小聪明，把自己的部队撤出来，还花言巧语辩解，完全是拙劣的伎俩。泉州武士认为他们是"故伎重演"，只是觉得滑稽可笑。如果七五三兵卫义正辞严地谴责他们，显得多么没有风趣。

这个七五三兵卫胸怀大度——看待同样一件事，这个大汉如阳光般明亮，自己却如淫雨般阴晦。在他手下，沐浴灿烂的太阳，可以充分发挥自己的才能，因此会心甘情愿地赴汤蹈火。反观自己，当着众人的面斥责瓜兄弟，这只能使全体士兵的心情低沉郁闷，士气不振，很可能影响到守城防御战。

这是我的心胸狭窄所造成的——义清在作战中第一个冲进敌阵，从而赢得家臣的极大信任，但是在激战的时候不可能感觉到自己的这种心态。现在他反思自己器量的狭小。

"你们脚下开溜得真够快的啊。"七五三兵卫还在嘲弄瓜兄弟。

大家一阵爆笑，义清往土垒底下一看，真锅、沼间以及泉州三十六士的士兵们不再是冷若冰霜的表情，而是呐喊着明朗欢快的声音。瓜兄弟寺田、松浦的士兵也难为情地苦笑起来。

也许这条大汉才是最合适的泉州触头——这是父亲任世所害怕的，义清这时也终于深切感受到这一点。义清本来就没想过要把下一代的触头这把交椅让给七五三兵卫。自己从父亲手里继承触头的地位，然后再传给自己的儿子，这是沼间家族内部的事情。虽然这件事不是由义清个人决定，但是他无法抑制心情的沉郁。

义清从刚才的笑声中仿佛听到别人说他"你是不解情趣的外地人"的声音。这时，有人用力拍一下他的肩膀，让他一下子从思绪中回过神来，却见七五三兵卫调皮地皱着眉头，眯缝着大眼睛，含带给义清添麻烦、表示歉意的语气说道："我陆战不行。"接着又语气粗鲁地说道，"今后我听你的命令。"

七五三兵卫不但不是小声表态，声音反而大到响彻整个马场，于是在场的所有泉州武士都知道真锅家族将进行重大的方针调整。

真锅家族臣服沼间家族——泉州武士都这样理解七五三兵卫的表态。

说什么呢——义清一下子没有反应过来，心想这也许是这条大汉一贯大嗓门的口无遮拦，并非心中的真实决定，可是听见七五三兵卫斥责面露不满之色的真锅家的家臣："你们这都是什么嘴脸啊？不服吗？这是我的决定。"

这时，义清才终于明白七五三兵卫的真意。原来真锅家族要服从我沼间家族，他在心里再次斟酌、思考七五三兵卫的决心，感觉从下颚、肩膀开始全身乏力，甚至不由自主地眼圈发热。这样一个男子汉要跟随自己——他这是重新认识自我。

在酒宴上，他随心所欲地指挥泉州武士；在木津城寨，他投掷巨大的鱼叉救我一命；他勇猛坚毅地与一万多敌军交锋作战；他对同样是泉州武士的卑劣手段付诸一笑。集泉州武士优点于一身的这条汉子竟然认可自己，即使所有的泉州武士都不支持，唯独他懂得自己。

如果他陷入危境，我绝对会不惜一切代价地相救——义清暗自下定决心。

"喂，义清，怎么不下命令？"七五三兵卫用胳膊肘捅了捅义清。

七五三兵卫的爽朗笑声让泉州武士重新振奋精神，心情开朗，他们正在待命。

义清恢复端正严肃的表情，一口气发布命令："泉州武士登上土垒，坚守城寨北面！不要把箭矢和子弹用完。寺田、松浦在瓮门上射箭防守。七五三兵卫……"他抬头看着大汉，"用鱼叉击退他们！"

"就这个啊。"七五三兵卫苦笑一下，从背上的藤条箱里抽出鱼叉，泉州士兵开始进入守城战斗。全军喊声震天，一齐跑上土垒。

48

"于是，一揆之徒奔袭天王寺，围攻佐久间甚九郎、惟任日向守、猪子兵介、大津传十郎、江州兵众等之固守城寨。"

《信长公记》如此记述一万多门徒在打败原田直政所率织田方面三千八百人队伍后趁势围困天王寺城寨的情况。

附带说一下，佐久间甚九郎是接替阵亡的直政担任天王寺城寨主将的佐久间信盛的儿子，惟任日向守是后来在本能寺之变中逼信长自刃的明智光秀。

直政在出城作战时，大概让光秀等人留守天王寺城寨。但是，好像当时光秀患病，二十天后离开城寨回到京都，因此在这场战斗中没有发挥什么作用。攻打木津城寨作战中出现光秀的名字,仅此一文。

总之,门徒大军成功地阻挡了织田方面的进攻,并包围了天王寺城寨。被景、七五三兵卫等人瞧不起、视为乌合之众的门徒依靠人多势众和杂贺党的谋略战术初战告捷。

但是,当杂贺党的铃木孙市看到天王寺城寨紧闭大门的时候,嘟囔一句"完了",并停止奔跑,说道:"无法一战拔掉天王寺城寨。"

从上阵的敌军数量,加上留守的部队,现在守卫天王寺城寨的士兵应有五千。要对抗他们,一万多大军显然不够。

攻城之兵,需要守城之兵十倍之兵力。因此,沼间义清无法攻克木津城寨,反之亦如此。

孙市认识到事态之严重,无法预想需要多长时间才能攻陷这座城寨。兵粮不足,在台地上连日攻打,风吹日晒,食不果腹,完全是一场冒险的赌博。

当然,我大军可以横扫敌人为阻挡向本愿寺运送军粮而修建的从天王寺城寨到难波海的栅栏和关卡,但是,即使各地门徒听到这个捷报而打算向本愿寺运送军粮,由于越前国的后勤基地已被摧毁,能运送的军粮也极其有限。不,在军粮运达之前,便有人奔袭而来。此人就是织田信长。

孙市神色严峻。织田信长得知难波局势发生变化以后,肯定会亲自出马。孙市曾和信长交战过一次,并且获胜,但当时有赖于友军威胁敌后。如今本愿寺独力作战,如果与信长亲自率领的部队一对一交锋,结果如何,难以预料。

恐怕一万多门徒会四散溃败——在此情况下,现在只能收兵返回本愿寺和木津城寨,等待毛利家族运送军粮过来。虽然战局回到原点,但既然不能一气呵成地攻陷天王寺城寨,这样做算是中策。于是孙市做出决断:解围撤退。

但是，坊官下间赖龙坚决反对："这是瞎胡闹！"

这是个势利小人，依靠友军的强势支援，自己重新振作起来，带领门徒从木津城寨上阵。队伍人数膨胀到一万五千人，赖龙也随之越发趾高气扬："胜券在握，如此大军攻打，岂有不破之城？"

这小子——孙市激怒，扯着嗓门吼道："在木津城寨那样出丑丢脸，现在居然还厚着脸皮谈打仗。"

他往天王寺城寨瞥了一眼，发现织田方面的部队开始反击。将近二千官兵并排站在土垒上面，密密麻麻，对着门徒大军猛烈攻击。不言而喻，这是义清率领的泉州士兵。

门徒集中在城寨的壕沟边上，密不透风，挤满台地。这样一来，对方射来的箭可以说箭无虚发，前排的士兵一个接一个倒下去，七五三兵卫投过来的鱼叉还插倒数人，门徒大军立即阵脚混乱。

"赖龙，你看！"孙市摁着坊官的脖子让他看战场，说道，"平时没有军事训练的农民门徒怎么能攻城？"

农民军队的弱点在这里暴露无遗，他们打仗外行，如果依靠人海战术打了胜仗，士气也能上去，但只要有一点劣势，士气就马上一落千丈。

虽然门徒都有护法的思想，但坚定的程度因人而异，有强有弱；作为作战的士兵，也是参差不齐，有优有劣，并不是个个都像源爷守卫木津城寨时那样具有坚定不移的信念和舍生忘死的精神。在追击真锅部队的时候，看似成为敢死队的门徒，一旦遇到攻城的艰难残酷，就恢复农民的本性，惯于逃跑。

孙市说道："现在就撤。保住木津城寨平安无事，这就足够了。你带兵回木津城寨，我杂贺党担任殿军回大坂。"

但是，赖龙还是固执己见。大概因为对方的箭矢射不到中军的缘故,他虚张声势:"现在正是考验信仰的时候。我已经做好舍命决战的准备,门徒们也都是同样的决心。"

"混蛋!"孙市怒吼道,"硬拼只能损兵折将。赖龙,现在就撤!"

现在的赖龙充耳不闻,对着大军大声叫喊:"继续前进,决不后退!"

这种状态下,继续劝说已经毫无作用,孙市只好大声下令:"撤退!大坂的部队回大坂,木津城寨的部队回木津城寨,各自迅速撤退!"

"不行,绝不后退半步!"赖龙也不肯退让,扬起修行锻炼的优美声音叫唤。

然而,果然不出孙市所料,此时战况开始恶化。前方的门徒土崩瓦解,成群结队地往后面倾倒过来。

"这帮家伙,我对他们不知说了多少遍。"看着退潮般逃过来的门徒,赖龙嘴都气歪了。

孙市瞧着赖龙,略一点头,开导似说道:"好了,赖龙,等东山再起吧。"

但是,坊官赖龙还是不肯罢休,他还有一张王牌。他深深地吐一口气,露出淡淡的浅笑:"孙市哟……伊予国大三岛有一个藤原忠左卫门,他做了一面军旗。"

供奉有大海守护神三岛神社(现在的大山祇神社)的大三岛离能岛颇近,景所敬仰的鹤姬就是三岛神社大祝的女儿。

这个大三岛的口总地区(现在的爱媛县今治市大三岛町口总)当时住着一个名叫藤原忠左卫门的门徒。一向宗在伊予国并不兴盛,却也有这样的信徒。

为了与织田家部队打仗,这个藤原忠左卫门召集当地的门徒,尽管人数不多,好像也跑到难波去。这一点与源爷、留吉一样,不同的是,这个忠左卫门还制作了一面自己设计的军旗。

"这面旗做得很出色,上面还写着响亮的口号。守木津城寨的时候,我让部下照那个样子制作了几面。"身处激战之地,赖龙说话的口气却显得平静轻松,这声音显示出只要把这面军旗立起来,门徒必定停止退却的自信。

孙市没见过这面旗子,大概连门主显如也不知道。

"赖龙,你想干什么?"孙市疑虑重重地责问。

赖龙终于亮出一直深藏不露的王牌,一声令下:"把旗子举起来!"

大军的各处接连举起旗子,这些有的用布、有的用纸、有的用草帘制作的旗子都脏兮兮的,不会感觉这种东西能提高门徒的士气。

然而,当孙市看清楚旗子的时候,立刻脸色苍白。旗子上大字书写的口号都一样,孙市念了一遍,怒不可遏,喝道:"你这是干什么?"狠狠扇了赖龙一巴掌。

旗子上写有两行文字,每行六个字:

进则往生极乐

退则无间地狱

其实,跟随赖龙从木津城寨冲出来、和这个坊官一样身在中军的源爷他们根本就不识字。他们抬头看着旗子,不知道什么意思。

赖龙也知道农民不识字,一边擦着嘴唇上的血一边大声叫道:"大家听着,谁不认字就听我念。"

"不许念!"孙市扑上去打算掐住他的喉咙,但为时已晚。赖龙一边和孙市扭打着一边大声叫喊:"上面写的是'进则往生极乐,退则无间地狱'。这是阿弥陀佛的本愿。"

"真的吗?"源爷一听,浑身震颤。不仅源爷,所有的门徒都同样颤栗。打先锋的门徒看见旗子，当他们明白其中的含义时，如同看见火海一样，立即转身，再次面对敌人的城寨，端挺长枪，但面部表情因恐惧而扭曲。

门徒的这种表现其实很正常，他们与脑子里对死后的世界模糊不清的现代社会的我们的想法完全不同。对他们来说，极乐往生是现实中的真实，所以堕入无间地狱也是迫在眉睫的事实。

藤原忠左卫门制作的这面写有十二个文字的军旗现在收藏在广岛县竹原市的长善寺里。

如果一向宗的宗祖亲鸾看到这面旗子，大概会勃然震怒，跳起来把旗子扯下来。因为一向宗教义认为，要实现极乐往生，只要有信仰就足够了。然而，在与织田家的部队作战时，实际上使用过这面旗子。可以说这是可怕的欺骗行为。

以堕入地狱进行威胁，逼迫门徒停止退却的例子还有其他。据《石山军记》记载，在与信长作战最激烈的时候，本愿寺方面的将领志摩与四郎看见门徒出现动摇退却的征兆，便大声呵责道："此乃报谢佛恩之战，退则受地狱之苦。"以这种手段威胁门徒，或许是本愿寺方面的将领惯用的手法。

已经无能为力了——孙市为赖龙的这种做法深受震撼，知道自己无计可施，原本使劲掐着坊官脖子的手腕也就松软下来。

门徒大军中到处响起"进则往生极乐，退则无间地狱"的呐喊声，汹涌澎湃，淹没了"南无阿弥陀佛"的念佛声，重新向敌军迈进。

"源爷，逃跑的人就进地狱，不能逃跑啊。"留吉对着淹没在大军人海中一时找不到的祖父，嘴唇颤抖。留吉待在木津城寨里，他本想随着大军冲出城外，但被源爷制止，只好和其他门徒一起留在城寨里守卫。

从土垒上面环视战场，只见门徒大军一边呐喊着"……无间地狱"，一边如潮水般拥向天王寺城寨；还能模糊看见门徒们一个接一个跳进壕沟。

敌人从城寨上开枪，枪林弹雨的轰响，加上不计其数的箭矢射过来，跳进壕沟里的门徒不见站起来，眼前的景象实在惨不忍睹。

赖龙的威胁对留吉是多余的，因为他原本就没有丝毫退却的念头。不过，"无间地狱"这句话还是在他心中引起反响，声音颤抖着不断重复"不能逃跑，决不能后退啊，源爷"，这就是门徒不可思议的地方。即使留吉亲眼见到赖龙的这个手段所造成的严重后果，他的信仰也不会产生动摇，对着源爷叫唤以后，就一心一意地念佛。

虽然有留吉这样盲信的人，但除了孙市以外，也还有对赖龙坊官的手段不以为然的人。

这就是景。这个海盗的女儿一看到军旗上的文字，只是"啊"了一声，顿时说不出话来，目瞪口呆，片刻之后，轻声自言自语道："这不是骗人吗？"她巨眼圆睁，头发倒竖，愤怒爆发："这不是骗人吗？"不是说只要有信仰就可以往生吗？不是说保证大家都可以前往净土吗？至少那个小家伙对此坚信不疑。那么，退却就会下地狱又是怎么回事？极乐净土难道附带条件？

被骗了。留吉、源爷、我带来的所有人都上当受骗了。什么报答往生之礼？大坂的和尚利用这些人的善良，欺骗他们，驱赶他们上战场——景睥睨本愿寺的眼睛发射出杀人的凶光，咬牙切齿，发出嘎吱嘎吱的磨牙声。

她从一开始就认为这一战理在织田方面，如果可能的话，自己也想参战，摧毁本愿寺，可是门徒大军里有一些是自己从濑户内带过来的人。源爷、留吉……旁观者的心情早已飞到九霄云外。

即使本愿寺欺骗门徒上战场，这与武士利用强权动员农民也没什么区别，但是把战场视为精彩表演舞台的景并不这么认为。她知道有人受到谬误思想的蛊惑而卖命上战场。这样的话，门徒之死就只是凄惨的下场。她想拯救他们，必须把自己带来的这些人救出来。

织田方面的士兵关闭门扉的景象掠过景的脑海。这里的土垒与瓮门在一条横向直线上，虽然刚才没有细看，但觉得一部分门徒已经混进了城寨里面。

到底是不是这样——景心想应该亲自到瓮门确认，便立即眺望土垒上面，只见那里挤满射箭与开枪的泉州士兵，密密麻麻，简直无立锥之地。

景回头看了看城寨里面，然后一口气跑下土垒。

"姐姐，你去哪儿？"景亲看着勃然作色的景突然往外跑，大叫起来，急忙追上去。留在原地的泉州武士不知道怎么回事。

道梦斋把肩膀上的次郎放下来，正打算投掷鱼叉，见景跑下去，也摸不着头脑："这是怎么啦？"

只有沼间任世感觉敏锐，预感到会发生争执，便扔下一句"这里就交给道梦斋老爷了"，也随着景亲追赶上去。

"源爷、留吉……"景一边疯狂叫喊着一边奔跑，翻越象征城郭的墙垣，穿过建筑物，肆无忌惮地踩踏庭院，朝着瓮门一路狂奔。她一边跑一边回忆这几天发生的事情，乘船抵达难波的过程——留吉这个小家伙居然嘲笑我长得丑，被我狠狠欺负，弄得他哭哭啼啼的，结果船上所有的人都用责备的眼光恶狠狠地瞪着我。还有那个源爷，真是一个莫名其妙的家伙。明明是一个对盐饱海盗怕得要命的窝囊废，却居然说"小姐什么都想要"，劝我有所舍弃。一个种田的，还这么狂妄自大——虽然都是一些鸡毛蒜皮的小事，但想起来，还是令人感觉亲切，其中有的还印象深刻。

他们看到大坂本愿寺都会激动得热泪盈眶，他们就是这样的一群人。可是，他们被诓骗上战场卖命——景绽开的嘴唇又紧紧闭上，神色严峻，跳跃过最后一道墙垣，跑到瓮门里面的马场，迅速地环视四周。

源爷他们阵亡在这里吗——当然，这里没有一具尸体。于是，景终于明白原来没有一个门徒进到瓮门里面来。她放下心来，吐一口气，然后对着瓮门叫喊道："开门！我要出去！"

她抓着门栓，使劲叫唤，但所有的人都注视着城寨外面，没有人听见她的喊声。无奈之下，她只好试着把门栓举起来。

但是，这个门栓要几个人才能搬动，一个人根本举不起来，门栓只是上下稍微松动一下。景不死心，双脚用力，野兽般咆哮着，拼将全身力气，托举门栓。真是蠢得可以，她也不想想，万一门栓被她打开，门徒大军岂不蜂拥进来？

"蠢货！"瓮门附近土垒上的泉州士兵听见景的叫声，回头一看，大吃一惊，吼叫起来。激战时刻，管你是不是美女。其他泉州士兵也十分愤怒，有几个人从土垒上跳下来。

当然，景不会就此罢手。"你们想阻挠我吗？"她一边用肘臂把冲上来的士兵击倒，抬脚踹倒，一边继续抬门栓。

义清也发现城寨里发生的这起意外事件，他一直在瓮门附近的土垒上指挥家臣作战，转眼看到这场冲突，叫道："能岛小姐，你要干什么？"

景眼神坚毅地望着土垒："我要把源爷他们从战场上拉出来。义清，快开门！"

"他们是什么人？你先放开门栓。"

"那不行。"景继续用力。
"叫你放开门栓!"
"别啰嗦!"景吼叫回应。
士兵们继续向景扑上去,这时,刚才离开瓮门去投掷鱼叉的七五三兵卫回来,问道:"那家伙要干吗?"他和义清一样,也不明白景的意图。
"就是叫喊着要开门。"
七五三兵卫忽然看见景亲慌慌张张地走过去,便问道:"喂,景亲,你姐姐有点奇怪。发生什么事了?"
景亲摇头回答道:"我也不明白。"
接着,任世走过来。
"连他都来了。"七五三兵卫看着这白发苍苍的任世,脸色大变,只要这个触头亲自出马,就可以想象会是什么结果。于是更提高嗓门对景怒吼:"小姐,别干傻事了!"
但是,景正和十几个士兵周旋打斗,没听见七五三兵卫的叫喊。
"这可不行。"七五三兵卫轻咬一下牙齿。
任世停下脚步,并没有立即制止打斗,而是抬头看着土垒,目光盯着义清,表情严峻,又转向七五三兵卫,一样神情严肃,似乎在责怪将领面对冲突不闻不问的态度。
"怎么啦?任世,有意见吗?"七五三兵卫也盯视着任世,瞪圆那一对巨眼,其实是虚张声势。
他意识到自己的判断晚了一步。战场上的内部冲突是绝对的禁忌,因为可能被误解为敌军来袭,使全军陷入恐慌状态。现在守卫在南面和东西面土垒上的其他领地的士兵也许就误认为敌人已经破门而入。
义清也明白这个道理,所以比起回答七五三兵卫"那家伙要干吗"的问题更迫切的是结束冲突。现在被父亲责备,自己无话可说。

义清与七五三兵卫大不一样,他绝对不会虚张声势,明显是垂头丧气,被父亲严厉批评,一副可怜兮兮的样子。

这样可不行——七五三兵卫对义清的懦弱感到扫兴,与刚才指挥若定、调兵遣将的表现判若两人。不论心里多么羞愧,都要挺起胸膛——七五三兵卫看着义清,默不作声,用目光鼓励他。

这时,任世注视着打斗,发出命令。果然不出七五三兵卫所料,命令残酷无情:"一个疯子,还犹豫什么?杀了这个女人!"

"手下留情!"

任世对景亲的求情置若罔闻,大声喝道:"干掉她!"

泉州士兵后退一步,一齐拔刀。

"来吧!谁敢?"景毫无惧色,放开门栓,抓住刀柄,背靠瓮门,嗖地一声拔刀出鞘。

"这可不行!"七五三兵卫急忙从背上的藤条箱里抽出一支鱼叉,只见景已经向前踩出一步。

"傻瓜!"说时迟那时快,鱼叉一下子飞插在景脚下的地面上,她脚下一趔趄,倒在地上。

"你!"景吼叫着正要站起来,泉州士兵一拥而上,踩着她的后背,把她按在地上。

"呜!"景的双臂被士兵使劲踩踏,刀也被踢飞,双脚被紧紧抓住。

"你们不能这样!"景亲叫喊着要把姐姐拉出来,却被士兵推到一边。一个士兵反手持刀,准备对着景的后背砍下去。

就在这个瞬间,七五三兵卫斜眼一直凝视着义清。他要救景一命,刚才的鱼叉没有命中景就是向义清发出的信号。但是,义清还是意气消沉,没有发号施令。这小子还是无精打采——

七五三兵卫喷地一声，对士兵大喝道："抓活的！"

那个抡刀的是沼间家的士兵，他比较任世的"杀掉她"和七五三兵卫的"抓活的"两个不同的命令，还是被海盗家主的怒吼所震慑，慌忙扔掉手中的刀，改用拳头对着景狠揍下去。

"呜！"景的下巴挨了一拳，却没有屈服，全身挣扎，咬紧牙关，倔强地抬起脑袋，脸颊又挨了一拳。这下子整个脸颊狠狠地撞在地上，终于老实下来。

49

过了一刻（两个小时），景在真锅城郭的一个房间里睁开眼睛。起先感觉脑袋迷迷糊糊，"姐姐"——景亲的叫声让她逐渐清醒过来。恢复意识以后，第一眼看见的就是景亲哭得眼睛红肿的脸庞。

"走开！"她抬起右手把景亲的脸推开，却发现自己的左手也随着抬起来。原来双手被捆绑在一起。再动一下脚，发现两只脚也被捆绑。

她怒气冲冲地说道："景亲，把绳子解开！"

"那可不行。"传来一个粗野的嗓音。景瞪着巨眼，环视室内，只见屋子三面都是厚实的土墙。再看采光的一面，也是墙壁，七五三兵卫背靠房门，盘腿端坐。他身边放着景的长刀和收在手背套里的小刀。

景还记得正是这个大汉的鱼叉使自己的打斗受挫，不由得心生忿恨，喊道："七五三兵卫……你！"

她坐起来，可是大汉一动不动，平静地说道："直政公死了。"

"什么?"景停止动作,面无表情,嘴唇微张,"他……"

七五三兵卫点点头:"啊,被杂贺党的孙市击毙了。"

"……死了啊。"景的脑子里掠过在酒宴上喝得醉醺醺开心大笑的这个织田家族武将的容貌,但立即收敛表情,低声说道,"直政大概也已经做好捐躯沙场的准备了。他是死得其所。"

七五三兵卫表示同感:"是啊,是这样。"

景的语气突然尖锐起来:"可是,源爷、留吉这帮门徒不一样。"她豁然睁大巨眼,直盯盯地看着七五三兵卫,吼叫道:"他们来难波是为了报答极乐往生的大恩,而现在打仗是因为受到威胁说退却就下地狱。他们没有这个觉悟,他们是上当受骗了。"

但是,七五三兵卫无动于衷,呆然若失般说道:"就是因为那一面军旗?"他刚才也看见门徒大军中竖起的旗子:"你真的打算把门徒拉出来?源爷、留吉不用说,还有难波海上见到的那些人。"

景依然神色严肃,回答道:"是的。"

七五三兵卫摇摇头,深叹一口气:"能岛小姐,你真天真。"

"什么意思?"

"我说了,你心地天真。"

七五三兵卫本想可能的话给她松绑,可是听她说要把门徒拉出来的理由就是"因为他们没有这个觉悟",这不是愚蠢的想法吗?这个大汉感觉看到能岛小姐破天荒地流露出来的另一面性格,不过这是小孩子一样的性格,甚至令人失望。生在激荡乱世中的泉州海盗头目不喜欢这样的冠冕堂皇的话。

但是,他并不打算放弃说服,对女人的感情也不能过于心急,结果这个真锅家族的家主罕见地开始讲述道理:"我不懂一向宗的教义,不知道门徒是不是受骗上战场,但我知道那面旗非常灵验。信仰薄弱的人像火烧屁股似的往前跑,而信仰笃深的人不用管它，都会主动拼命作战。"他把自己的道理尽量向景的观点靠拢，"和门徒们交手以后才知道，如果人多势众，他们就不怕死，都很强悍，可怕得很。这次他们竖起旗子，几乎全部都是亡命之徒。大坂的将领也有厉害的家伙。"

这些话并不能让景信服："你要是明白的话，就赶紧把绳子解开，把刀还给我。"

"噢，你听呀。"七五三兵卫扬起手制止她。

他的信条姑且不论，总之现在开始进入正题："是这样的，其实大坂的那些和尚也很玩命，形式上也就顾不了那么多，所以就在战场上打出那样的旗子来，不过嘛，这是策略。不管是欺骗门徒上战场，还是在战场上对他们火烧屁股，没什么不可以的。"

真锅家族和一向宗在组织结构这一点上没什么两样，一向宗现在是在全国各地都拥有信徒的巨大教团。

开山祖亲鸾不打算建立教团，所以可以不操心，一旦组织教团，要维持下去，就不得不呕心沥血。杂贺党的孙市认定"人好"的门主显如在六年前与信长开战的时候也对近江国（现在的滋贺县）的门徒发布威胁性的檄文，其中说"不响应者，永不承认为门徒"，当时也是顾不了那么多脸面的。

为了本家族的生存发展，如果某人已经无法依靠，不论他是信长还是别的什么人，都会被抛弃。这一点与七五三兵卫的做法完全一样。这条汉子感同身受地理解本愿寺为了维持教团而急红了眼、不择手段的做法。

如果从维持组织这个观点来看，景所诉贬的一向宗的欺骗行为的确不可取。即使彪悍勇敢如真锅海盗的士兵，照样也有害怕上战场的胆小鬼。利用威胁利诱的手段让他们产生觉悟上阵杀敌，这是七五三兵卫等将领的谋略和器量。本愿寺只是利用军旗达到这个目的而已。

景也是能岛村上家族的成员，七五三兵卫希望她能理解，没想到她越发怒形于色："什么谋略！"

"真是讲不通道理的家伙。"七五三兵卫无奈地摇头，继续说服，"大坂本来就是运用这种谋略来指挥调动门徒的，和信长那大叔也打了七年的仗。要是没有谋略啊，本愿寺早就夷为平地了，门徒们也就失去了极乐往生的场所。反过来说，那面旗子对门徒来说不也是需要的吗？"

景听着这个大汉讲述的道理，感觉自己有点底气不足。也许他说得对。的确，不论门徒以什么形式参战，只要打赢了，他们就可以一直是门徒，这总比袖手旁观从而失去极乐往生的路子强。

七五三兵卫看到景有所心动，不失时机地趁热打铁，语气也变得尖锐起来："你知道吗？"

"知道什么？"

"你把门徒带到难波来，你知道他们是什么人吗？"

这句话让景明白七五三兵卫的意思。恐怕不行——自己想把源爷他们从战场上拉下来的想法不切实际，根本行不通。虽然刚才在气头上叫嚷着要冲出去，但从那时候开始就已经产生了这个想法。

在前来难波的船上，在战场上，她都亲眼目睹门徒所具有的笃深坚定的信仰，即使对"退则无间地狱"的威胁心有异议，他们也不会轻易地放弃信仰。

"他们只是对阿弥陀佛俯首帖耳，如果能听从你一个普通女子的说服就停止战斗，那他们当初就不会来难波了。"

景低下头。七五三兵卫看着她的小脑袋，依然滔滔不绝："门徒们都集中在天王寺城寨外，你一个人跑到那儿去，他们能老老实实听你的话吗？一下子就把你给杀了。"

的确是这样——景心里对他的判断表示赞同。

七五三兵卫放低声音说道："我是不想让你死去。"

果然是这样——景终于明白了这个男人的真心。如果刚才在城寨里继续狂暴下去，大概现在已经成了泉州士兵的刀下鬼。即使侥幸跑出城寨，也一定会被门徒视为敌人，死于长枪之下。

七五三兵卫为了不让自己陷于死地，就把自己捆绑起来，而长篇大论地说服也都是为了自己免遭横祸。稍微一想都明白他的良苦用心，景深切感悟到此人是一条好汉。她微闭双眼，感觉到他最后的那句话深深沁入自己的肺腑。

但是，她睁开眼睛的时候，并没有因为感激对方的深情而忘记愤怒。他曾经对她说过把门徒拉出战场的可能性，但是她根本就不管什么可能不可能，虽然脑子深处也闪过不可能的念头，却任由一股冲动身不由己地向瓮门跑去。她根本就不认为本愿寺的做法是一种谋略，即使门徒说自己多管闲事，也打算揪着他们的脖颈拖出战场。

我就是生气——景情绪一变，昂然抬头，再次怒容满面。

真拿这家伙没办法——七五三兵卫无奈地笑了笑，仿佛承认自己已经束手无策。这女人生气的理由实在无聊，甚至令人感觉不快，但绝不卑躬屈节这一点令人赞许，乃至敬佩。

"瞧你这样子，没法给你松绑。"七五三兵卫说罢，站起来，欲走出库房。

景亲实在看不下去，插嘴道："姐姐，你适可而止吧。那些门徒，还是算了吧。"

"你给我闭嘴！"

被姐姐怒喝一声，景亲沉默下来。七五三兵卫对他说道："景亲，别担心。小姐的忍耐也就三四天的工夫。"

"嗯？"景亲觉得奇怪，要让她放弃这个鲁莽的冲动，只有一个办法，就是彻底铲除门徒。哪怕有一个门徒活着，姐姐都会奋不顾身地把他带回濑户内。

但是，如果照此下去，别说几天，城寨很可能被围困几个月，那姐姐也得一直被囚禁着，而更令人担心的是，城寨是否会被攻陷。

看着景亲忧心忡忡的样子，七五三兵卫笑一笑，说道："不要紧的，景亲。"

"为什么？"

"信长这大叔会来的。"

50

"五月五日，作为后方预备队亲自出马，身着浴衣，只带百骑，至若江上阵。"

据《信长公记》记载，信长进入天王寺城寨东面不足二里（约8公里）的若江城（现在的大阪府东大阪市若江北町）是在原田直政的部队进攻木津城寨失败两天以后的天正四年（1576年）五月五日。

前面多次说过，此时的信长住在京都的妙觉寺。他接到进攻失败、主将直政阵亡的紧急报告后，大叫一声"咔"，从屋子里飞奔出来，连甲胄都没换，穿着浴衣翻身上马，风驰电掣般直奔若江城。

他绝不是心慌意乱。信长每次上阵几乎都是这样，急如星火，突然飞奔出去，家臣们手忙脚乱地紧随其后。这就是信长的兵贵神速的作风，这一次也只有百骑左右的家臣紧跟着主人。他们大概是信长的贴身近臣。

信长当时四十一岁。

与信长见过面的葡萄牙传教士路易斯·弗洛伊斯在《日本史》中这样描述对信长的印象："他的面容略显犹豫。"

向若江城奔驰的时候也是如此,思考下一步行动的时候总是如此,他在马上陷入沉思,面无表情地驰进城里。

信长在宅邸前面的广阔庭院上停下来,呼地一声,急切地喷出一口气,吹起稀疏的胡子。

一个武士跑过来,单膝跪在马脚边。这是天王寺城寨派来的使者。天王寺城寨派使者到信长所在的京都住处报告战况,但为了续报,就将他留在若江城等候。现在这个使者大概从门徒的包围圈中突围出来,衣服破烂不堪。

使者一口气报告道:"包围天王寺城寨的门徒大约一万五千人,再过五天,难以坚持。"

信长凝视着使者,无动于衷,默不作声。

接着,也全是一身褴褛的使者络绎而来,所报告的情况大体相同,看来战局吃紧,但是他依然面无表情。

紧急报告接连不断,信长的重臣们也都追随主人入城。他们都是单枪匹马,或者仅仅带着几个骑马武士随从,都没有带部队来。

《信长公记》这样记述:"因事发突然,不相协调,下下者、步足以下,难以相继,唯首领抵达阵地。"

其实每次都是如此,步卒和人夫行走的速度当然赶不上骑马的,所以弄得重臣几乎都是单枪匹马紧追信长而来,否则,惹得主人满肚子不高兴。

该书还记载:当时赶到信长身边的将领中有羽柴秀吉(后来的丰臣秀吉)、丹羽长秀、泷川一益等重臣。信长命令家族中最出色的智臣和猛将上阵参战。

攻打天王寺城寨的铃木孙市最担心的事态正在逐步形成。

信长为救援城寨，部署下最强大的阵容。他原本打算对大坂本愿寺采取攻打军粮的战术，现在由于门徒大军都被调动在外面，所以决定改变作战方针，击溃门徒部队，在其败逃中乘虚直捣本愿寺。在信长眼里，如今的天王寺城寨如同是钓到大坂本愿寺这条大鱼的鱼饵。

当然，话说回来，如果鱼饵被大鱼吞食，那就是鸡飞蛋打，赔了夫人又折兵。根据使者的紧急报告，只有五天的时间。所谓五天，从打败仗的五月三日那一天算起，今天是五月五日，还有三天时间，鱼饵就会被他们吃掉。

信长的神速用兵也会受到制约，无论多么心急如火，三天之内要调动足以对抗一万五千敌军的部队绝无可能。围聚在主人身边听取紧急报告的重臣们也对时间的紧迫和敌军的众多束手无策。

"三千。"信长突然开口，声音高亢。说罢，翻身下马，也不听重臣们的议论，径自朝宅邸走去。

信长宣称只要有三千兵马，就可以攻向天王寺城寨，与五倍于己的敌军交锋。三千人的队伍，的确有两天时间就可以集结起来。但无论如何对方有一万五千大军，连原田直政的部队都被他们消灭，这么点兵能打得赢吗？

但是，没有人劝说信长"请三思"，大家看着信长走进宅邸。不愧都是赫赫有名的勇将，努力领会主人的意图，面无改色，一起高声回答："诺！"

两天以后。
五月七日正午过后。

天王寺城寨里的景依然手脚被捆绑着。

七五三兵卫走后，再也没有来过，吩咐五个家臣监视她，自己却没有露面。看守大概在门外，时而还能听见景亲的声音。战场上的枪声和呐喊声也传到土窖里，景目不转睛地凝视着墙壁，一副沉痛悲愤的表情。

"小姐，怎么样？"门开处，道梦斋的巨大身躯慢吞吞地走进来。他手里拿着木方盘，上面放着饭碗和盘子。

景由于双手被捆绑，三顿饭都由看守喂食。这一天是道梦斋主动要求照顾她吃午饭。

道梦斋把托盘放在景身边，嘲笑般说道："好像你还挺倔强的。"

景现在连嘴都被堵上了，捆绑双脚的绳子一头从格子窗伸到外面，握在看守的手里。

景被关进来以后，就没有老实过。由于双手不是反绑，她就试图用嘴咬断绳子，所以只好把她的嘴堵上。还有就是上厕所。看守跟着她到厕所外面，把她双脚的绳子解开。她从厕所出来的时候，就闹腾，但因为双手被绑，一下子就被看守制伏。上厕所的时候，必须把绑在一只脚上的绳子伸到外面，一旦发现可疑的动作，看守就立刻收拢绳子，把她拽到外面来。

就这样，景越反抗，监视越严，照这样下去，绳子越捆越多，最后会像结草虫一样吊在树枝上。

道梦斋劝说道："行了，差不多就行了。"

景根本不理睬他，大眼睛瞪着这个大僧道，催促道："吃饭。"

"怎么？就吃饭的时候老实？"道梦斋显然很失望，把堵在她嘴里的东西拿下来，端起饭碗。

"你傻啊，先喝汤。"

"嘿，还挺啰嗦的。"他放下饭碗，端起汤，放在景嘴边。

景伸出下巴，像咬着碗边似的喝汤。等喝足了，说道："饭。"
　　"嗯。"道梦斋用筷子夹着米饭喂到她嘴边。景张嘴接住，狼吞虎咽，那样子动作有点滑稽，但依然板着脸，一言不发。
　　"说什么你也听不进去。"道梦斋表情缓和下来，"到这种地步，你从不求饶叫苦，了不起。"说着，使劲拍一下景的肩膀。
　　这时，一种巨大的物体相撞的声音在土窖里回响，低沉粗壮的声响直透腹腔。
　　"嗯？"景停下吃饭，凝神倾听。这声音与先前的呐喊声、枪声不一样，与土垒上空互相投掷的飞器的声音有着本质的不同，是肉体相撞的声音。无数的肉体同时猛烈相撞发出巨大的轰鸣。如果这样的话，或是城寨的部队出击，或是城寨失守，开始激烈的肉搏战。
　　景命令道："道梦斋，你去看看！"
　　大僧道的回答却出人意外："是右近卫大将。"
　　"这是什么？"右近卫大将是朝廷任命的官职。景对这种东西原本就漠不关心，所以反问道梦斋。但即使无知如景，也知道去年天正三年十一月被任命为右近卫大将的这个名震天下的大人物的名字，说道："是信长公啊，他终于出动预备队了。"

　　此时，七五三兵卫等泉州武士正忙着守卫城寨北面的土垒。壕沟里尸体堆积如山，门徒们前仆后继，攻取土垒，杂贺党的一千支火绳枪配合支援。枪手都很专业，射来的子弹造成守卫城寨士兵的很大伤亡。
　　高唱着"进则往生极乐，退则无间地狱"的门徒们如密密麻麻的蚁群络绎不绝地攀登着土垒的斜坡，即将爬上土垒顶。
　　"这样子可没有个头啊。"寺田又右卫门在瓮门上叫苦不迭。守卫战已经进入第五天，瓜兄弟俩虽然轮流休息，但还是睡眠不足。他的丝瓜脸拉得更长，拿手的强弓也势头减弱。

"又右卫门，有发牢骚的工夫，还不如射箭呢。"义清对他叫喊。

大群门徒已经逼迫到义清的脚下。七五三兵卫对着义清脚下的门徒投去鱼叉，大喊："义清，你发什么呆！"鱼叉横扫门徒的身体顺着斜坡飞下去，插在壕沟的尸体上。这样，土垒上辟出一条路，但其他门徒立即蜂拥而上。

"真是不怕死的家伙。"七五三兵卫圆睁大眼，依然力气不减，吼叫着鼓励大家："再坚持一两天，不能气馁！"

这时，肉搏战的低沉可怕的声音轰鸣起来。

听到这个轰鸣，懊悔气恼的是正在攻打泉州武士坚守的土垒北面的铃木孙市，吼叫道："晚了！"鹰隼般的眼睛放射凶光，怒瞪着旁边的下间赖龙。

这五天里，门徒大军狂风暴雨般攻城，孙市一直说服赖龙"把军旗收起来"，手指着对门徒形成无形压力的军旗敦促赖龙停止进攻，撤兵退却，但这个坊官充耳不闻。

不善作战的坊官在这一点上的想法按说应该是妥当的，即使信长要来，还需要好几天才能到达城寨。但是，曾经与信长的军队直接交过锋的孙市知道他那种可怕的强行军，感觉兵贵神速的信长部队马上就要泰山压顶般冲过来，正在急躁万分的当头，忽然听见这种轰鸣声。

孙市叫喊道："赖龙，快逃！"

赖龙却表示异议："可能是我军已经攻破南门了吧。"声音来自与孙市攻打的城寨相反的方向，即南面。赖龙一直认定信长的到来还需要时间，所以以为是友军攻破南门，正与敌军发生激烈搏斗。

然而，孙市看透了真相："对打仗真是一窍不通。这是后备军。信长的后备军从南面打进来了。"

因为前面土垒上的敌人军心稳定，没有出现惊慌动摇的迹象，如果南门被攻破，他们会立即乱成一团，防线顷刻土崩瓦解。孙市把自己的判断告诉赖龙，说道："不会错。如果现在还不走，那就会彻底完蛋。"

可是，孙市心里有一点不明白：为什么一直没有发现敌军靠近过来呢？门徒大军包围城寨的同时，还在周围布置哨兵，瞭望观测。如果信长的部队逐渐靠近过来，哨兵应该向自己报告的啊。

《信长公记》这样记述孙市疑惑不解的信长进军概况："五月七日，调集马匹，仅以三千之兵攻打一万五千之敌，人分三部分，自住吉口进入。"

住吉口在天王寺城寨西南面一里（约4公里）的住吉大社附近。信长率领三千兵马从天王寺城寨东面的若江城出发，不直接向西，而是南下前往住吉方向。

重要的是，当时的住吉大社靠近海岸，也可以轻而易举地进入难波砂堆。信长抵达住吉后，利用砂堆上生长茂密的芦苇作隐蔽，人不知鬼不觉地开始北上。

当然，信长也派出侦察兵，沿途杀掉孙市布置的斥候，所以很快就到达被门徒大军包围的天王寺城寨脚下。

信长仰望着修建在上町台地山崖上的城寨，气势勃发，也不说话，扬鞭跃马，第一个冲上山坡。家臣们也一起紧追主人登上山崖，信长亲率三千援军从背后袭击攻打城寨南面的门徒。

《信长公记》这样记述："信长身先士卒，横冲直撞，随处下令。"信长作为主将，与打头阵的步卒一起奋不顾身地作战，可见他对这一仗的重视。

敢死队般的信徒面对这突如其来的攻势也开始乱了阵脚,黑黢黢的惊涛巨浪以排山倒海之势猛扑过来。

门徒们当然不会知道,这支部队是织田家族中最精锐的生力军,更何况信长一马当先,势如破竹,攻打南门的门徒一下子惊慌混乱。

而那一面写着"进则往生极乐"的军旗哗啦啦被扯倒,门徒们仿佛从咒术的束缚中解脱出来似的,乱哄哄地拔腿逃窜。

他们朝大坂本愿寺方向逃跑,一路上把攻打城寨东西两面的门徒裹进去,一起逃跑。

孙市和赖龙还在攻打城寨北面。"赖龙,退吧。把旗子卷起来,向木津城寨撤退。"孙市不遗余力地继续劝说,"敌人的后备军肯定是信长亲自率领。我们输了,退吧。"

但是,无论孙市还是坊官都没有看见从南面逃过来的门徒,只听见敌我双方的士兵肉体激烈冲撞的轰鸣。赖龙不耐烦地把孙市推到一边,转过头对附近已经停止作战的门徒大喊道:"胆小鬼!"他指着军旗,呵斥道,"看见了吗?向着敌人冲击!"

这时,一派可怕的景象突然映入眼帘,从东面土垒角上拥出成群的门徒,抱头鼠窜,嘶声惊叫。

"这是怎么啦?"

从西面也传来门徒的尖厉惊叫声,他们从难波砂堆攻打城寨,所以赖龙看不见,但惊叫声和马蹄声凄厉地传过来,他们一定也是一败涂地。这样,剩下的友军就是自己率领的北面的门徒。

信长的行军速度太可怕了。不是这几天援军不应该出现的吗?从哪里冒出来的?

"难以置信。"赖龙的膝盖瘫倒下去。

51

七五三兵卫看着门徒的残兵败将从城寨的东面溃逃到北面战场的惨相,扔下鱼叉,拍手说道:"大叔来了。"

败兵门徒如潮水般拥进集结在北面土垒上的门徒,双方混杂在一起,恐慌立即传播开来,混乱不堪。

不大一会儿工夫,门徒大军的先锋部队如退潮般开始撤离城寨。门徒从土垒上接连不断地剥离下去,原先被门徒大军的人山人海挤得密不透风的台地也很快露出地面。

"终于赶来了。"沼间义清舒出一口长气,放下手中的弓箭。他周围的士兵们都高声欢呼起来,五天的保卫战即将结束。虽然现在还看不见正勇猛追击门徒的援军的人影,但大家准备热烈地欢迎他们。

由于援军的到来,整座城寨沸腾起来,只有被拘禁在土窖里的景坐立不安,心烦意乱。道梦斋在叫喊"信长来了"以后,景就听见狂风暴雨般的惊叫呐喊,却不知道哪一方获胜。她担心源爷他们,不会出事吧?道梦斋手里端着饭碗,却已经忘记给景喂饭,侧耳倾听战场的变化。

我必须出去——景决心已定,便将被捆绑的双手伸向道梦斋。她的目标是道梦斋腰间佩带的短刀。只见她把整个刀鞘抽出来,嘴含刀柄,甩掉刀鞘,如猿猴般轻巧灵捷地把手腕的绳子割断。

道梦斋看着景灵巧的动作,只是"噢"了一声,瞪大眼睛,也没有动手抢夺短刀,可笑地皱起眉头。

景拿着短刀,将脚上的绳子割断,立刻站起来,大步往门口走去。道梦斋叫住她："小姐，现在去已经来不及了。"

"噢？"景回头看他。

"门徒输了。小姐带来的那些门徒，不是被杀就是逃走了。为时已晚。"大僧道通过声音判断胜负，这样的话，试图把门徒从战场上拉下来的小姐的愚蠢计划也就落空了。即使她想救的那些人还活着，大概也都逃回城寨里了，她也无能为力。正是因为道梦斋对战场变化已有预料，才没有阻止景夺刀割绳。

"算了吧。"道梦斋站起来，低声劝导，走到呆立不动的景身边，一把夺下她手中的短刀。

这时，在外面担任看守的真锅的士兵和景亲感觉土窖里有动静，开门探头往里看。

景凝视着道梦斋，意识到门徒大军已经溃败逃跑。她在这次作战中，认识到这个大僧道眼神的坚定，但是，如果真是如此，她更想要亲眼确认这个结局，不然心里不痛快。

"我不听！"景转身踢倒看守和景亲，向外跑去。

"姐姐……"一屁股跌坐在走廊上的景亲大叫起来。他每次都不得不跟随姐姐的疯狂举动，爬起来像往常那样紧追上去。

景向着七五三兵卫所在的北面土垒跑去，来到土垒脚下，一口气飞奔上去，从板墙探出身子。果然如道梦斋所言——景环视战场，心中叫唤。尸横遍野，打头阵的门徒正不顾一切地逃命。中军似乎还保持稳定，但那也是苟延残喘。那些人呢——景满怀悲痛地凝视着土垒周边的尸体。紧追而来的景亲也登上土垒，旁若无人地放声大喊"得救了"，景对他也没有呵责，只是目不转睛地注视着尸体。

但是，众多尸体脸部朝地，根本不知道哪一个是濑户内的门徒。源爷他们也在其中吗——景定睛寻索。

一群骑兵突然闯入景的眼帘。怎么回事——她睁大眼睛，大约五百人的骑兵队迎面而来。他们是追击门徒的三千援军中的前锋，后续的二千五百人部队准备冲入止步不动的门徒中军。

"盼望已久的援军……"泉州士兵看到援军的前锋，欢声雷动。

援军的前锋对门徒的尸体毫不介意，马蹄踩踏着，来到泉州士兵围绕的土垒下面。泉州士兵更加兴奋，情绪高涨，可是，当看见在最前头奔驰的那个骑马武士时，所有的人都脸色大变，闭嘴不再叫喊，紧张凝神。

并不是因为这员骑马武士穿着主将的披肩，他低着头，看不见他的容貌，但是他浑身散发的武士的勇猛霸气着实非同寻常，让所有的人噤若寒蝉。

景也感觉出来，他的霸气仿佛使周围的空气凝固扭曲。他在景的正前方停下来，景不由自主地屏息凝神。

这个天不怕地不怕、狂妄任性的女子感到颤栗。

景自己也不知道为什么会这样，控制不住地惊惧恐缩，不寒而栗，全身毛孔竖立。她身边的景亲大概也感受到那人的异常威猛，一眼就能看出来浑身在颤抖。

景已经意识到此人的真实面目，从牙缝里挤出半句话："他就是……"但没有说下去。这时，原本让她焦虑狂躁的源爷他们的事情甚至从脑子里消失得干干净净，只有恐惧占据她的全身心，终于又挤出下半句来，"……织田信长啊！"

七五三兵卫、义清等泉州武士也都奔到景身边来。大家都目不斜视地凝视着这个迸发着电光石火般逼人气势的骑马武士，而对貌美如花的能岛小姐不看一眼。

"小姐，看到了吗？"七五三兵卫问景，眼睛却不离武士。他异常兴奋，似乎对景从土窖里出来并不觉得奇怪，不断地拍打她的后背。

七五三兵卫未曾见过信长，但他知道这个骑马武士就是织田信长本人。他从不叫信长的名字，这次还是很不礼貌地叫喊道："大叔啊，你亲自当前锋啊。"

这时武士才抬起头来，手握缰绳，歪着脖子，锐利的眼神直逼城寨上的土垒。他身后几十杆书写着"进则往生极乐"的军旗缓缓倒下去，仿佛信长一个人的神奇气势让林立的军旗顿时萎靡失色。

泉州士兵面对如此英姿又欢呼沸腾起来。七五三兵卫也是心潮澎湃，两眼放光，大声欢呼："大叔，你好风采！"

信长在惊天动地般的欢呼声中不发一言，从容不迫地举手指向北面。

他的指尖对着大坂本愿寺。

"嘎……"一声怪叫，猛然调转马首，向北面疾驰而去。五百名骑马武士立即紧紧追随。信长是打算加入准备攻击门徒中军的队伍，这种令人眼花缭乱的瞬息万变简直不像是一军之主。

"大叔，够你忙的。"七五三兵卫呵呵笑起来。但他毕竟是泉州武士，没有忘记对第一次见到的信长予以评估。所有的泉州武士也都以同样的目光注视着远去的信长的背影。

信长离开以后，景的表情如同遭到狂风暴雨袭击般茫然若失，眼前仿佛有蝴蝶翩翩飞舞，像是某种暗示。景起先以为是梦幻，但立刻明白这是现实。

后人把信长的这身装束称为"凤蝶纹鸟毛披肩"。景所看到的正是披肩后背上的凤蝶纹饰。凤蝶纹饰以鸟的羽毛镶边。

"呼……"景终于长吐一口郁积的气，冷静下来以后，感觉心头充满不祥的预兆。源爷、留吉……她呼吸急促，探出身子远眺战场。

"赖龙,站起来!"孙市在战场上不停地叫喊。

门徒的部队现在已经无法收拾,在织田援军的追击下,门徒部队的前锋都拥往中军,造成中军的门徒阵脚大乱,扔下军旗,开始逃跑。只有孙市率领的杂贺党近一千士兵和赖龙从木津城寨带来的大约二千门徒还能稳住阵脚。

"赖龙……"孙市抱着坊官的两腋,让他站起来。但是,懦怯胆小的赖龙双腿发软,又马上瘫下去,像一堆烂泥。

"站不起来吗?"战况已经没有回天之力,中军的混乱传染到拒后阵,拒后阵也开始动摇,照此下去,只剩下他们两人的三千兵马与敌军对抗。

"你们……"孙市凶狠地瞪着从木津城寨过来的门徒,命令道,"不能有丝毫的犹豫,立即把这个懦夫抬回木津城寨去!"

他抱起赖龙,把他交给周围的门徒。真不愧是在战场上一直保持稳定的门徒,大家都看着孙市,没有人打算退却。

孙市用鹰隼般的眼睛怒视他们,吼叫道:"这是命令!不许违抗,撤!"

门徒们这才勉强服从,二千门徒一边嘴里念叨着"撤回城寨",一边向木津城寨退却。

孙市见他们开始撤退,转身面对自己的部队,叫道:"杂贺的小子们,听着!敌人的目标是大坂。我们杂贺党担任殿军,把大坂的门徒们安全送回寺内,然后撤到大坂城门口,摆开阵势,孤注一掷,痛歼敌人!"

这个杂贺党的首领在战局不利的情况下,依然要与信长进行最后的决战。

从敌军的气势来看,信长的目标是要攫取大坂本愿寺。他们应该不会把木津城寨放在眼里,只是一味追击本愿寺门徒。

孙市打算在本愿寺门前摆开杂贺党的阵势，给进攻的敌人竖起一道坚固的屏障，亲自挡住信长，让门徒们安全返回本愿寺。

孙市竭尽全力地叫喊："让信长再次见识一下我们杂贺党当年的手段。小的们，别害怕。你们记住：这是向门迹奉献的最好机会！"

大多是门徒的杂贺士兵在这句话的鼓动下精神振奋，齐声相应。

孙市在士兵们孔武有力的叫喊声中下令："跑到城门口！"然后向本愿寺奔去。